연기

Дым

Иван Тургенев

대산세계문학총서
189

연기

Дым

이반 투르게네프　이항재 옮김　　　　　문학과지성사

대산세계문학총서 189

연기

지은이	이반 투르게네프
옮긴이	이항재
펴낸이	이광호
주간	이근혜
편집	김은주 김인숙
마케팅	이가은 허황 최지애 남미리 맹정현
제작	강병석
펴낸곳	㈜문학과지성사
등록번호	제1993-000098호
주소	04034 서울 마포구 잔다리로7길 18(서교동 377-20)
전화	02) 338-7224
팩스	02) 323-4180(편집) 02) 338-7221(영업)
전자우편	moonji@moonji.com
홈페이지	www.moonji.com

제1판 제1쇄 2024년 9월 4일

ISBN 978-89-320-4315-9 04890
ISBN 978-89-320-1246-9(세트)

이 책은 대산문화재단의 외국문학 번역지원사업을 통해 발간되었습니다.
대산문화재단은 大山 愼鏞虎 선생의 뜻에 따라 교보생명의 출연으로 창립되어
우리 문학의 창달과 세계화를 위해 다양한 공익문화사업을 펼치고 있습니다.

차례

연기　　7

일러두기

1. 이 책은 Иван Тургенев의 Дым((Москва-Ленинград: Наука, 1965)을 우리말로 옮긴 것이다.

2. 본문의 주석 가운데 '원주'라고 밝힌 것을 제외한 나머지는 모두 옮긴이의 것이다.

3. 19세기 러시아의 귀족들과 지식인들은 서클이나 사교계 모임에서 지식과 교양을 과시하기 위해 러시아어보다 프랑스어를 비롯한 외국어로 대화하는 것을 선호했다. 이 작품에서도 다수의 표현과 대화가 러시아어 이외의 외국어(주로 프랑스어)로 쓰였는데, 의미 전달을 위해 모두 한국어로 번역했으며 해당 부분을 진하게 표기했다.

1

1862년 8월 10일 오후 4시, 바덴바덴의 유명한 '교제의 집' 앞에 많은 사람들이 무리를 지어 있었다. 날씨는 더할 나위 없이 좋았다. 주변의 모든 것—푸르른 나무들, 쾌적한 도시의 밝은 집들, 기복이 심한 산들—이 넉넉하고 축제 기분에 흠뻑 젖어 은혜로운 햇빛 속에 널려 있었다. 모든 것이 어쩐지 맹목적이고 남을 잘 믿는 듯한, 다정한 미소를 띠고 있었다. 애매모호하고 선량한 그 미소가 노인들과 젊은이들, 못생긴 사람들과 잘생긴 사람들의 얼굴에도 어려 있었다. 심지어 눈썹을 검게 물들이고 얼굴에 하얀 분을 바른 파리 매춘부들의 모습조차도 분명한 만족과 기쁨이 넘치는 전체적인 인상을 망치지 않았고, 모자와 베일을 장식한 알록달록한 리본과 깃털, 금과 강철로 만든 번쩍이는 장식물들은 봄꽃과 무지갯빛 날개의 선명한 광채와 가벼운 유희를 눈앞에 떠올리게 했다. 프랑스 은어를 쉴 새 없이 따분하게 지껄이는 굵은 목소리만이 사방에서 들려왔는데, 그 목소리는 새들의 노래를 대신할 수 없었고, 그것과 비교될 수도 없었다.

그럼에도 불구하고 모든 것이 차질 없이 진행되고 있었다.

누각에서는 오케스트라가 때론 「라 트라비아타」의 혼성곡을, 때론 슈트라우스의 왈츠를, 때론 친절한 악장이 여러 악기를 위해 편곡한 러시아 로망스 「그녀에게 말해주오」를 연주하고 있었다. 도박장의 녹색 테이블 주위에는 누구나 아는 인물들이 놀란 건지 화가 난 건지 모를 멍청하고 탐욕스러운 표정, 본질적으로 약탈적인 표정을 띠고 서로 밀치며 웅성거리고 있었다. 모두가, 심지어 가장 귀족적인 사람들조차도 그런 표정을 짓고 있는 것은 바로 도박열 때문이다. 이상하게 몸을 떨고 서두르면서 눈을 부릅뜬 채 테이블 위로 몸을 기울이고 있던, 역시 뚱뚱하고 매우 말쑥한 차림의 탐보프 출신 지주가 '도박장 지배인'의 싸늘한 비웃음에도 아랑곳없이 **"이번이 마지막!"**이라고 외치는 바로 그 순간, 땀이 흥건한 손으로 룰렛 판 네 귀퉁이에 둥근 루이* 금화를 흩뿌렸다. 그 바람에 그는 행운이 찾아왔을 때 돈을 딸 수 있는 모든 가능성을 스스로 잃고 말았다. 하지만 이것이 그가 그날 저녁, 공감 어린 분노의 표정을 띠고 귀족 야당의 유명한 지도자들 중 하나인 코코 공작에게 맞장구를 쳐대는 것을 방해하지는 않았다. 이 코코 공작은 파리의 마틸다 황녀의 살롱에서, 게다가 황제의 면전에서 **"마담, 소유권의 원칙은 러시아에서 심하게 뒤흔들렸습니다"**라고 아주 멋지게 말했던 사람이다. 러시아의 나무, 즉 라브르 뤼스 l'arbre russe**

---

* 17~18세기 프랑스에서 사용된 금화로 1루이는 20프랑.

** 바덴바덴의 온천장 옆에 밤나무가 있었는데, 이곳에 온 러시아의 엘리트들이 자주 이 밤나무 주변을 산책했다. 바로 이 밤나무가 '러시아의 나무'로 불렸다.

쪽으로 우리의 친애하는 남녀 동포들이 평소처럼 모여들었다. 그들은 최신 유행을 따라 도도하고 부주의하게 걸어오면서 현대 교양의 최고 수준에 있는 사람들이 마땅히 그래야 하는 것처럼 위풍당당하고 우아하고 허물없이 서로 인사를 나누었다. 그러나 무리를 지어서 자리에 앉은 그들은 서로에게 무슨 말을 해야 할지 전혀 몰랐고, 괜한 말을 지껄이거나 이미 오래전에 한물간 프랑스 문사의 진부하고 극히 뻔뻔스럽고 극히 평범한 농담을 들으면서 이럭저럭 시간을 보내고 있었다. 이 프랑스 문사는 아주 작은 발에 유대인이 신는 단화를 신고, 혐오스러운 낯짝에 볼품없는 작은 수염을 기른 어릿광대이자 수다쟁이다. 그는 러시아 **공작들**을 상대로 『샤리바리』나 『텐타마르』* 같은 오래된 문예 작품집에서 뽑은 따분하고 무의미한 온갖 얘기를 늘어놓았고, 러시아 **공작들**은 외국인 재사才士의 압도적인 우월성과 뭔가 재미있는 것을 아무것도 생각해내지 못한 자신들의 완전한 무능을 무심결에 인정한다는 듯이 감사의 웃음을 쏟아냈다. 한편 여기에는 우리 사회의 **정화**精華, 즉 '모든 명문 귀족과 최신 유행을 좇는 사람들'이 자리하고 있었다. 여기에는 그 누구와도 비교할 수 없는 우리의 예술 애호가인 X 백작도 있었다. 깊은 음악적 재능을 지닌 그는 로망스를 아주 멋지게 '낭송하곤 하지만' 검지로 건반을 여기저기 두드려보지 않고서는 사실 두 음도 식별할 수 없고, 서툰 집시나 파리의 이

---

* 『샤리바리』는 1832년부터 파리에서 발간된 삽화가 있는 주간 풍자잡지이고, 『텐타마르』는 1843년부터 발간된 프랑스의 문학·연극·음악 유머잡지이다.

발사처럼 노래를 부른다. 여기에는 매혹적인 Z 남작도 있었다. 그는 문사, 행정가, 연설가, 노름꾼 등 무엇을 시켜도 잘해낸다. 여기에는 종교와 인민의 친구인 Y 공작도 있었다. 당시 독점 판매를 할 수 있었던 좋은 시절에 마약을 섞은 화주火酒를 팔아 엄청난 재산을 모은 사람이다. 그리고 뭔가를 정복하고 누군가를 진압했던 훌륭한 장군 O.O.도 있었다. 그러나 지금 그는 어떻게 처신하고 어떻게 자신을 드러낼지 모른다. 익살스러운 뚱보인 P.P. 씨도 있었는데, 자신을 아주 병약하고 현명한 사람이라고 생각하고 있지만 실은 황소처럼 건강하고 멍청하다. 이 P.P. 씨는 1840년대, 즉 『우리 시대의 영웅』*과 보로틴스카야 백작 부인 시대의 사교계 멋쟁이들의 전설을 오늘날까지도 여전히 간직한, 우리 시대의 거의 유일한 인물이다. 그는 뒤꿈치로 흔들흔들 걷는 걸음걸이, '르 퀼트 드 라 포즈'**(이것은 러시아어로 말할 수 없다), 부자연스러운 느릿느릿한 동작, 마치 모욕당한 듯 움직이지 않는 얼굴에 감도는 졸린 듯한 위풍당당한 표정, 하품을 하면서 남의 말을 끊고 자기 손가락과 손톱을 꼼꼼히 들여다보는 습관, 코웃음을 친다든가 갑자기 모자를 푹 눌러쓰는 습관 등을 유지하고 있었다. 여기에는 위정자들, 외교관들, 유럽식 이름을 가진 세도가들, 황금칙서***가 교황이 공표한 것이고 영국의 '빈민세'가 빈민들에게 부과된 세금이라

---

* 레르몬토프의 소설로 주인공 페초린의 우수, 고독, 의심, 냉소, 환멸 등을 그려냈다.

** 프랑스어로 '포즈의 숭배'라는 뜻.

*** 1356년의 독일 헌법.

고 생각하는 똑똑하고 분별 있는 사람들도 있었다. 마지막으로 여기에는 사교계의 젊은 멋쟁이들이 있었다. 그들은 고급 매춘부들을 열렬하지만 소심하게 숭배하는 자들로 뒷머리에 멋진 가르마를 타고 아름답게 드리운 구레나룻에 진짜 런던제 양복을 입고, 소문난 프랑스 수다쟁이처럼 속물이 되고 싶어 하는 것 같다. 하지만 그것도 쉽지 않다! 아마도 우리나라에선 국산이 인기가 없는 것 같다. 독설가들이 '말벌들의 여왕' '보닛을 쓴 메두사'*라고 부르는, 유행과 스타일을 주도하는 S 백작 부인도 수다쟁이가 없으면 주변에서 서성대는 이탈리아인이나 몰다비아인들, 미국인 '강신술사들', 외국 대사관의 민첩한 비서들, 여자 같지만 조심스러운 표정의 독일인들과 얘기하는 걸 더 좋아한다. 바베트 공작 부인도 아네트 공작 부인도 파셰트 공작 부인도 이 백작 부인을 본보기로 삼고 있다. 쇼팽은 바로 바베트 공작 부인의 두 팔에 안겨 죽었다고 한다(유럽에는 쇼팽이 자기 팔에 안겨 죽었다고 말하는 부인들이 얼추 천 명쯤 된다). 아주 은은한 용연향龍涎香 속의 양배추 냄새처럼 만일 가끔씩, 갑자기 그녀에게서 평범한 시골 세탁부의 모습이 나타나지 않았다면 아네트 공작 부인은 모든 면에서 돋보였을 것이다. 파셰트 공작 부인에게는 크나큰 불행이 일어났다. 요직에 있던 그녀의 남편이 돌연 **어찌 된 영문인지** 시장을 구타하고 은화 2만 루블의 공금을 횡령했던 것이다. 공작의 딸들인 잘 웃는 지지와 잘 우는 조조도 있다. 이들은 모두 동포들을 거들떠

---

* 그리스 신화에 등장하는 괴물.

보지 않고 쌀쌀맞게 대했다…… 그러나 우리는 이 매혹적인 부인들을 그냥 남겨두고, 무척 비싸지만 약간 몰취미한 옷차림을 한 그들이 빙 둘러앉아 있는 그 유명한 '러시아의 나무'에서 물러나기로 하자. 주여, 그들이 자신을 갉아먹는 권태에서 벗어나게 하소서!

2

'러시아의 나무'에서 몇 걸음 떨어진 베버 카페 앞, 작은 테이블에 서른 살가량의 멋진 남자가 앉아 있었다. 중키에 몸은 마르고 피부가 가무잡잡하며 남자답고 인상이 좋은 사람이다. 허리를 앞으로 숙이고 두 팔을 단장短杖에 기댄 채, 그는 누군가가 자신을 알아보거나 자신에게 관심을 가질지도 모른다는 생각을 전혀 안 하는 사람처럼 편안하고 한가하게 앉아 있었다. 그는 노란 반점이 있는, 표정이 풍부한 커다란 갈색 눈으로 천천히 주변을 둘러보면서 때론 햇빛 때문에 살짝 실눈을 뜨기도 하고, 때론 기이한 옷차림을 하고 옆을 지나가는 사람을 돌연 집요하게 바라보기도 했다. 게다가 거의 어린애 같은 빠른 미소가 그의 가는 콧수염과 입술, 그리고 눈에 띄는 가파른 턱에 보일락 말락 감돌았다. 그는 독일풍의 헐렁한 외투를 입고 회색 중절모로 넓은 이마를 반쯤 가리고 있었다. 첫눈에 정직하고 유능하며 어느 정도 자신감이 넘치는 젊은이, 즉 이 세상에서 흔히 볼 수 있는 젊은이라는 인상을 주었다. 그는 오랫동안 일을 하고 나서 쉬고 있는 것 같았고, 그래서 그 앞에 펼쳐진 광경을 더 한가하게 즐기고 있는 듯했다. 그의 생각은 멀리 있었고, 지금 이 순간 그를 둘러싸고 있는 세계와는 전혀 다른 세계에서 빙빙 돌고 있었다. 그는 러시아인이고, 이름은 그리고리 미하일로비치 리트비노프였다.

우리는 그와 알고 지내야만 하니 아주 단순하고 평범한 그의 과거에 대해 몇 마디 하지 않을 수 없다.

상인 집안 출신의 성실한 퇴역 관리의 아들인 그는 예상했던 대로 도시가 아닌 시골에서 자랐다. 귀족인 그의 어머니는 기숙여학교를 나왔는데, 무척 선량하고 매우 열광적인 여자였으나 약간 성질도 있었다. 남편보다 스무 살 어렸지만, 그녀는 자신이 할 수 있는 한 남편을 재교육시켜 관리의 생활에서 벗어나 지주의 생활로 들어서게 했고, 강하고 견디기 힘든 남편의 성격을 길들여 온순하게 만들었다. 아내 덕분에 남편은 단정하게 옷을 입고 예의를 지키며 욕설을 하지 않게 되었다. 그는 단 한 권의 책도 손에 잡지 않았지만 학자와 박식을 존중하게 되었고 품위를 잃지 않으려고 온갖 노력을 다했다. 심지어 더 조용히 걷고 더 고상한 문제에 대해 께느른한 목소리로 말하기까지 했는데, 이것이 그에겐 꽤나 힘들었다. '에라! 집어치워라!'라고 속으로 생각하면서도 "예, 예, 물론이죠…… 그게 문제입니다"라고 큰 소리로 말했다. 리트비노프의 어머니는 자기 집을 유럽식으로 관리했다. 그녀는 하인들을 '당신'이라고 불렀고, 누구도 식사 중에 식식거릴 정도로 배불리 먹지 못하게 했다. 그녀의 소유인 영지에 관한 한, 그녀도 그녀의 남편도 어떻게 관리해야 할지 전혀 몰랐다. 오랫동안 방치된 영지에는 경작지가 많고 여러 부속물과 삼림과 호수가 있었다. 예전에 이 영지에 열성적이지만 방탕한 지주가 세운 큰 공장이 하나 있었다. 이 공장은 교활한 상인의 손으로 넘어가 번창했으나 정직한 독일인 극단주劇團主가 관리하면서 완전히 망해버렸다. 리트비노프 부인은 파산하지 않고 빚을 지지 않은 것만으로 만족했다. 불행하게도 그녀는 건강이 좋지 않아 아들이 모스크바 대학교에 입학한 그해에 폐병으로 숨을 거두었다. 아들은 여러 가지 사정으로(독자는 나중에 그 사정을 알게 될 것이다) 대학 과정을 마치지 못했고, 얼마 동안 일없이 떠돌아다니다가 연고도 없고 친구도 거의 없는 시골에 파묻혀버렸다. '기권주의棄權主義'의 해악에 대한 서구 이론보다는 오히려 '육친에 견줄 만한 것은 없다'는 자생적인 신념에 물든 그 지역의 귀족들은 그를 좋아하지 않았다. 이 때문에 그는 1855년 국민군에 징집되었고, 크림에서 티푸스에 걸려 하마터면 죽을 뻔했다. 크림에서 그는 '우군'을 한 명도 보지 못한 채 아조프해 서안의 토굴에 여섯 달 동안 처박혀 있었다. 그 후 지방의회 의원으로 선출되어 잠시 일했는데, 물론 불쾌한 일이 없지 않았다. 그는 시골에 살면서 영지 경영에 열중했다. 노쇠한 아버지가 어머니의 소유지를 서툴고 허술하게 관리하여 당연히 올릴 수 있는 수입의 10분의 1도 올리지 못하고 있지만, 경험 있고 능숙한 사람에게 이 땅을 맡기면 노다지가 될 수 있다는 것을 그는 알았다. 하지만 바로 그 경험과 지식이 자신에게 부족하다는 것도 알았다. 그래서 농학과 공학을 기초부터 배우려고 외국으로 갔다. 그는 메클렌부르크, 실레지아, 카를스루에에서 4년 남짓 세월을 보냈고, 벨기에와 영국으로 가서 열심히 공부하여 관련 지식을 습득했다. 쉽지 않은 일이었지만, 그는 시련을 끝까지 이겨냈다. 이제 그는 자기 자신과 자신의 미래를 믿었고, 자신이 고향 사람들과 심지어 지역 전체에 이익을 가져다줄 수 있다는 확신에 차서 고향으로 돌아갈 채비를 하고 있었다. 한편 농노해방, 농지의 분할, 농노해방 후 농민이 토지 대금으로 지불하는 연부금 계약 등, 한마디로 새로운 질서 때문에 머리가 완전히 혼란해진 고향의 아버지는 편지를 쓸 때마다 필사적으로 간청하고 애원하면서 아들의 귀향을 재촉했다…… 그런데 왜 그는 바덴에 있는 것일까?

그가 바덴에 있는 것은 육촌 여동생이자 약혼녀인 타티야나 페트로브나 셰스토바가 이곳에 도착하기를 날마다 기다리고 있기 때문이다. 그는 타티야나를 거의 어린 시절부터 알고 있었고, 그녀가 고모와 살고 있는 드레스덴에서 봄과 여름을 함께 보냈다. 그는 이 친척 처녀를 진심으로 사랑하고 깊이 존경했다. 막연한 준비 작업을 끝내고 새 생활에 진입해서 관직이 아닌 실제적인 일을 시작하려는 그는 사랑하는 여인이자 동료이고 친구인 그녀에게 기쁠 때나 슬플 때나 일할 때나 쉴 때나, 영국인들의 말대로 '좋을 때나 나쁠 때나' 자신의 삶과 그녀의 삶을 합치자고 청혼을 했던 것이다. 그녀는 청혼을 받아들였고, 그도 자신의 책과 물건과 서류가 있는 카를스루에로 떠났다…… 하지만 그가 왜 지금 바덴에 있는지 여러분들은 다시 물을 것이다.

그가 바덴에 있는 것은 타티야나의 고모이자 그녀를 키워준 카피톨리나 마르코브나 셰스토바 때문이다. 타티야나의 고모는 더할 나위 없이 선량하고 성실한 괴짜이자 쉰다섯의 노처녀로 헌신과 희생을 갈망하는 자유로운 영혼의 소유자였다. 그리고 자유사상가이자—사실 그녀는 조카딸 몰래 슈트라우스*를 읽고 있었다—민주주의자로 상류사회와 귀족계급을 지독하게 혐오했다. 하지만 그녀는 바덴 같은 유행의 중심지에서 단 한 번만이라도 상류사회를 보고 싶은 유혹을 떨쳐버릴 수가 없었다…… 카피톨리나 마르코브나는 버팀테를 넣은 스커트를 입지 않고 흰 머리칼을 둥글게 치고 다녔다. 그래도 때로는 번쩍이는 사치품을 보면 은근히 흥분하기도 하면서 그런 것들을 욕하고 경멸하는 것이 그녀에게는 유쾌하고 즐거웠다. 그러니 어찌 이 선량한 노처녀를 위로하지 않을 수 있겠는가?

리트비노프가 이토록 편안하고 한가하게, 그리고 아주 자신만만하게 주변을 둘러보고 있는 것은 그의 인생이 그 앞에 분명하게 펼쳐져 있고, 그의 운명이 정해졌으며, 자기 손으로 만든 작품인 자신의 운명을 자랑스러워하고 기뻐하고 있기 때문이다.

---

* 종교를 비판한 독일의 종교철학자.

3

"아니! 바로 여기에 있었군!" 갑자기 그의 귓전에 새된 목소리가 들리더니 수종水腫으로 부은 손이 그의 어깨를 두드렸다.

그가 고개를 들어보니 모스크바의 몇몇 지인들 중 하나인 밤바예프라는 사람이었다. 밤바예프는 호인이지만 실속 없는 사람들 중 하나로 이미 젊지 않은 나이에 마치 삶아서 연해진 듯한 말랑말랑한 볼과 코, 기름기 많은 헝클어진 머리칼 그리고 축 늘어진 뚱뚱한 몸을 하고 있었다. 언제나 돈 한 푼 없고, 무엇 때문인지 늘 열광하는 이 로스티슬라프 밤바예프는 소리를 지르며, 아무 목적도 없이 우리의 참을성 많은 어머니인 대지를 떠돌아다니고 있었다.

"이렇게 만나다니 정말 놀랍군!" 퉁퉁 부은 눈을 크게 뜨고 두툼한 입술을 움직이며 그가 되뇌었다. 물들인 콧수염이 입술 위로 이상하고 어울리지 않게 삐죽 솟아 있었다. "아, 역시 바덴이야! 모두들 바퀴벌레처럼 여기로 기어든단 말이지. 자넨 무슨 바람이 불어서 여기에 왔나?"

밤바예프는 세상 사람 모두를 '자네'라고 친근하게 불렀다.

"나는 사흘 전에 여기에 왔네."

"어디에서?"

"그건 알아서 뭐 하려고?"

"뭐 하냐고! 그래, 잠시 기다리게. 아마 자넨 모를 거야. 누가 또 여기에 왔는지 말이야. 구바료프! 그, 그분이! 바로 여기에 있어! 어제 하이델베르크에서 왔어. 물론 자네도 그를 알고 있겠지?"

"그 사람 얘기는 들었네."

"그뿐인가? 이럴 수가! 지금 당장 그에게 자넬 데려가지. 그런 분을 모르다니! 그래, 마침 여기에 보로실로프도 있어…… 잠깐, 자네 이 사람도 모르나? 영광스럽게도 내가 두 사람을 소개하게 되었군. 둘 다 학자야! 게다가 이 사람은 불사조네! 서로 키스를 하게나!"

이렇게 말하고 나서 밤바예프는 옆에 서 있는 잘생긴 젊은이를 돌아보았다. 젊은이는 생기 넘치는 장밋빛 얼굴에 진지한 표정을 짓고 있었다. 리트비노프는 엉거주춤 일어나서 물론 키스는 하지 않았지만 그 '불사조'와 가볍게 인사를 나누었다. 엄격하고 위엄 있는 태도로 보아 젊은이는 이 뜻밖의 인사를 그다지 마뜩잖게 여기는 것 같았다.

"내가 '불사조'라고 했는데, 이 말은 취소하지 않겠네." 밤바예프가 말을 이었다. "페테르부르크의 ○○유년학교에 가서 황금판黃金板을 보게나. 거기에 누구 이름이 첫번째로 나와 있을까? 바로 보로실로프 세묜 야코블레비치의 이름이야! 하지만 구바료프, 구바료프, 이보게들!! 당장 그 사람에게 달려가야만 해! 정말로 나는 그 사람을 존경하고 있네! 나뿐만 아니라 모두가 그 사람을 존경하지. 그는 지금 굉장한 것을 쓰고 있는데, 오…… 오…… 오!"

"무엇에 관한 저서인가?" 리트비노프가 물었다.

"모든 것에 관한 거야. 여보게, 그는 버클* 같은 사람이야…… 단, 훨씬 더 깊고, 더 심오해…… 그 저서에서 모든 게 해결되고 명확해질 거야."

"자넨 그 저서를 읽어봤나?"

"아니, 읽지 않았어. 심지어 그건 아직 발설해서는 안 되는 비밀이야. 하지만 구바료프에게 모든 것을 기대할 수 있어. 모든 걸! 정말이야!" 밤바예프는 숨을 내쉬고 팔짱을 꼈다. "만일 우리 러시아에 그런 뛰어난 사람이 두세 명만 더 나타났다면, 정말로 무슨 일이 일어났을 텐데, 아아! 그리고리 미하일로비치, 자네에게 한 가지만 말하겠네. 자네가 최근에 무슨 일을 했건—대체로 자네가 무슨 일을 하고 있는지 난 모르지만—그리고 자네 신념이 무엇이건—이것 역시 내가 모르지만—자네는 그에게서, 구바료프한테서 뭔가 배울 게 있을 거야. 불행하게도 그 사람은 여기에 오래 있지 않을 거야. 이 기회를 이용해서 그 사람에게 가야만 해. 자, 그에게, 그에게 가자고!"

그때 불그레한 곱슬머리에 푸른 리본이 달린, 운두가 낮은 모자를 쓰고 지나가던 멋쟁이가 돌아보더니 조롱하는 듯한 웃음을 지으며 외알안경 너머로 밤바예프를 쳐다보았다. 리트비노프는 짜증이 났다.

"왜 그렇게 소리를 지르나?" 리트비노프가 말했다. "마치 사냥개에게 짐승의 흔적을 쫓으라고 외쳐대는 것 같군! 난 아직 점심도 먹지 않았네."

---

* 영국의 역사가. 지리적·풍토적 요소를 중시하는 문명사관을 적용하여 문명사 연구에 새 분야를 개척했다. 저서로 『영국 문명사』가 있다.

"그게 어쨌다는 건가! 지금 베버에서 먹으면 되지…… 셋이서…… 멋진데! 내 것까지 계산할 돈은 있겠지?" 그는 나직한 목소리로 덧붙여 말했다.

"있긴 있지. 하지만 난 정말 모르겠네……"

"제발, 그만두게. 자넨 나한테 고마워할 거야. 저 사람도 기뻐할 테고…… 오, 멋지군!" 밤바예프가 잠시 말을 멈췄다. "「에르나니」*의 피날레를 연주하고 있군. 정말 매혹적이야! 아솜…… 모 카를로**…… 참, 나라는 녀석도! 금방 눈물을 글썽이다니. 자, 세묜 야코블레비치! 보로실로프! 같이 갈 거지?"

꼼짝하지 않고 계속 맵시 있게 서 있던 보로실로프는 여전히 약간 거만하고 위엄 있는 태도를 유지하면서 의미심장하게 눈을 내리뜨고 눈썹을 찌푸리더니 입속말로 뭐라고 중얼거렸다…… 하지만 거절하지는 않았다. 리트비노프도 '좋아! 그렇게 하자. 시간도 있으니까'라고 생각했다. 밤바예프는 리트비노프의 팔짱을 끼고 카페로 향하기 전에 경마클럽의 꽃 파는 처녀인 유명한 이자벨라에게 손가락으로 신호를 보냈다. 그녀에게서 꽃다발을 하나 사려고 생각했던 것이다. 그러나 때 묻은 면벨벳 잠바를 입고 알록달록한 넥타이에 파리에서 한 번도 보지 못한 삐뚜름한 장화를 신고 장갑도 끼지 않은 신사에게 그 처녀가 뭐 하러 다가오겠는가? 그러자 이번엔 보로실로프가 그 처녀에게 손가락으로 신호를 보냈다. 그녀가 보로실로프

* 주세페 베르디가 작곡한 4막의 오페라.

** 이탈리아어로 '위대한 카를로에게'.

에게 다가왔다. 그는 꽃바구니에서 조그마한 제비꽃 한 다발을 집어 들고는 그녀에게 굴덴* 한 닢을 던져주었다. 후하게 값을 치러 그녀를 깜짝 놀라게 할 생각이었다. 하지만 그녀는 눈썹 하나 까딱하지 않았고, 그가 그녀에게서 등을 돌리자 꼭 다문 입술을 경멸하듯이 삐죽거렸다. 보로실로프는 아주 말쑥하게, 심지어 세련되게 옷을 입고 있었지만 파리 여자의 노련한 눈은 그의 옷차림과 풍채, 그리고 일찍이 군대에서 배운 동작의 흔적이 남아 있는 걸음걸이에서 진짜 순수한 '기품'이 없다는 것을 금방 알아챘던 것이다.

베버 카페의 중앙 홀에 자리를 잡고 점심을 주문하고 나서 우리의 친구들은 대화를 시작했다. 밤바예프는 큰 목소리로 구바료프의 중요한 의미에 대해 열렬히 이야기하다가 이내 잠잠해졌다. 그는 요란하게 숨을 내쉬고 음식을 씹으면서 술을 한 잔 한잔 들이켰다. 보로실로프는 마치 기분이 내키지 않는 듯 별로 마시지도 먹지도 않으면서 리트비노프가 하는 일과 관련해 이것저것 물어보더니 일보다는 대체로 다양한 '문제들'에 대해 자기 견해를 열심히 얘기하기 시작했다…… 그는 돌연 활기를 띠더니 별안간 준마와 같은 기세로 졸업시험을 보는 유년학교 생도처럼 한 음절 한 음절, 철자 하나하나를 당당하고 날카롭게 발음하고 두 손을 힘차게 엇박자로 휘둘러대면서 빠르게 이야기했다. 아무도 그의 말을 막지 않았기 때문에 시간이 흐르면서 그는 점점 더 말이 많아지고 신이 났다. 마치 학위

---

* 네덜란드의 화폐 단위. 1굴덴은 은화로 약 80코페이카.

논문이나 강연 원고를 읽는 것 같았다. 최신 학자들의 이름을 들먹이며 그들의 생몰 연도와 최근에 간행된 소책자의 제목들을 덧붙이면서 전반적으로 이름, 이름, 이름들이 그의 혀에서 한꺼번에 쏟아져 나왔다. 그것은 그에게 커다란 쾌감을 가져다주었는데, 그의 퉁퉁 부은 눈을 보면 알 수 있었다. 아마 보로실로프는 낡은 모든 것을 경멸하고 교양의 정수精髓와 학문의 가장 새롭고 진보적인 논점만을 소중히 여기는 것 같았다. 화제에 어울리진 않았지만, 펜실베이니아주의 교도소에 관한 자우어뱅겔 박사 같은 사람의 저서나 『아시아 저널』에 어제 발표된 베다와 푸라나*에 관한 논문(물론 그는 영어를 몰랐지만 '저널'이라고 말했다)을 언급하는 것이 그에겐 진짜 즐겁고 행복했던 것이다. 리트비노프는 그의 말을 경청했지만, 실제로 그의 전공이 무엇인지 전혀 알 수 없었다. 그는 역사에서 켈트족의 역할에 대해 말하다가 고대 세계에 대해서도 이야기했다. 또 이집트 대리석에 대해 논했고, 페이디아스** 이전에 살았던 조각가 오나타스에 대해 열심히 설명했다. 그러다 화제가 오나타스에서 요나단으로 변했고, 순식간에 자신의 모든 논의에 성서적인 혹은 미국적인 색채를 부여했다.*** 갑자기 그는 정치경제

---

* 베다는 힌두교의 가장 오래된 성전聖典이고 푸라나는 고대 인도의 힌두교·자이나교·불교의 종교적 문헌들 가운데 특히 힌두교 경전의 한 장르이다.

** 고대 그리스의 조각가.

*** 요나단(조나단)은 성서에 나오는 사울의 장자이면서 전형적인 미국 시민의 이름이다.

학으로 화제를 바꾸더니 바스티아*를 바보이자 시골뜨기라고 부르며 "애덤 스미스나 모든 중농주의자들만큼이나 나쁘다"고 말했다. "중농주의자들!" 밤바예프가 그의 뒤를 이어 중얼거렸다…… "귀족주의자들이겠지?……" 그런데 밤바예프조차 보로실로프의 말에 놀란 표정을 지었다. 보로실로프가 매콜리**를 시대에 뒤진 작가이자 이미 최신 학문에 의해 추월당한 작가라고 함부로, 가볍게 말했던 것이다. 그리고 그나이스트***와 릴****에 대해서는 그들의 이름을 언급하는 것만으로 충분하다고 선언하며 어깨를 으쓱했다. 밤바예프도 어깨를 으쓱했다. '이 모든 것을 단번에 아무 이유도 없이, 그것도 카페에서, 남들 앞에서 말하다니.' 리트비노프는 새로 알게 된 남자의 금발과 맑은 눈동자, 하얀 치아를 쳐다보며 생각했다. (특히 리트비노프를 당황케 한 것은 각설탕처럼 커다란 그의 치아와 이상하게 휘둘러대는 손이었다.) '게다가 한 번도 웃지 않았어. 이 모든 걸 보면 필시 이 사람은 선량하지만 아주 미숙한 젊은이야.' 마침내 보로실로프가 조용해졌다. 햇병아리처럼 낭랑하고 쉰 그의 목소리가 잠시 끊어졌다…… 그러자 밤바예프가 시를 낭송하기 시작했고 당장 울음을 터뜨릴 것만 같았다. 이에 옆 테이블에 앉아 있던 어떤 영국인 가족이 이게 웬 추태냐며 분개했고,

---

* 프랑스의 고전경제학자로 자유무역과 시장경제를 지지했다.

** 영국의 역사가·정치가·작가로 식민지 인도의 법 개정에 힘썼다.

*** 독일의 법학자이자 정치가.

**** 독일의 민속학자.

다른 테이블의 손님들은 킥킥대며 비웃었다. 그 테이블에서는 매춘부 둘이 연보랏빛 가발을 쓴 어떤 나이 든 도련님과 식사를 하고 있었다. 웨이터가 계산서를 가져왔고, 친구들은 계산을 했다.

"자," 밤바예프가 의자에서 무겁게 몸을 일으키며 외쳤다. "이제 커피 한잔하고 전진! 그런데 저기 저 여자는 우리 러시아인 같은데." 문가에서 걸음을 멈추고 거의 환희에 차서 부드럽고 붉은 손으로 보로실로프와 리트비노프에게 손짓하며 밤바예프가 덧붙여 말했다⋯⋯ "어떤 여자일까?"

'그래, 러시아 여자군.' 리트비노프는 생각했다. 보로실로프는 다시 긴장한 표정을 띠며 관대하게 미소를 짓고는 구두 뒤축을 가볍게 부딪쳤다.

5분쯤 지나서 그들 셋은 스테판 니콜라예비치 구바료프가 묵고 있는 호텔 계단을 따라 위로 올라가고 있었다⋯⋯ 그때 짧고 검은 베일이 달린 모자를 쓴 키가 크고 날씬한 부인이 그 계단에서 빠르게 내려오다가 리트비노프를 보자 돌연 그를 향해 돌아서서 마치 깜짝 놀란 사람처럼 멈춰 섰다. 그녀의 얼굴이 순간적으로 확 달아올랐다가 촘촘한 레이스 망사 너머에서 금세 창백해졌다. 하지만 리트비노프는 그녀를 알아보지 못했고, 부인은 전보다 더 빠르게 넓은 충계를 따라 아래로 뛰어내려갔다.

4

"소탈한 러시아 청년으로 러시아의 영혼을 지닌 그리고리 리트비노프를 추천합니다." 아주 깨끗하게 정돈된 밝은 방 한가운데 서 있는, 지주처럼 땅딸막한 사람에게 리트비노프를 데려가면서 밤바예프가 소리쳤다. 그 사람은 짧은 재킷을 입고 칼라를 풀어 젖힌 채, 몸에 달라붙는 짧은 회색 반바지에 슬리퍼를 신고 있었다. "이분이 내가 말한 바로 그분일세. 알겠나? 그래, 한마디로, 구바료프."

리트비노프는 호기심을 가지고 '바로 그분'을 응시했다. 얼핏 봐서는 그에게서 특별한 것을 발견할 수 없었다. 그의 외모는 단정하지만 좀 둔해 보였고, 넓은 이마에 퉁방울눈, 두툼한 입술에 수염이 덥수룩하고 목은 굵었는데, 눈을 비스듬히 내리뜨며 사람을 바라보았다. 그 신사는 이를 드러내 보이며 히죽 웃고는 말했다. "흠…… 그래…… 좋아요…… 반갑습니다……" 그리고 한 손을 얼굴로 들어 올리더니 즉시 돌아서서 리트비노프 쪽으로 등을 돌리고 마치 살금살금 걷듯이 천천히, 이상하게 비틀거리며 융단 위를 몇 걸음 걸었다. 구바료프는 길고 딱딱한 손톱 끝으로 계속 수염을 잡아당기거나 쓰다듬으면서 쉴 새 없이 방 안을 왔다 갔다 하는 버릇이 있었다. 방 안에는 구바료프 외에 초라한 비단옷을 입은 쉰 살가량 되어 보이는 어떤 부인이 있었다. 그녀는 레몬처럼 노랗고 표정이 몹시 풍부한 얼굴에 윗입술에는 검은 잔털이 나 있고, 마치 금방이라도 튀어나올 것 같은 민첩한 눈을 하고 있었다. 또 어떤 건장한 남자가 몸을 움츠리고 구석에 앉아 있었다.

"자, 마트료나 세묘노브나." 구바료프는 그 부인을 돌아보며 입을 열었다. 그녀를 리트비노프에게 소개할 필요가 없다고 생각한 듯했다. "그런데 당신이 우리에게 막 얘기했던 게 뭐였죠?"

그 부인(이름이 마트료나 세묘노브나 수한치코바인데, 아이가 없는 가난한 과부로 벌써 2년째 이 지방 저 지방을 여행하고 있었다)은 금세 특이하고 열렬한 어조로 열심히 얘기하기 시작했다.

"그런데 그 남자가 공작 앞에 나타나 이렇게 말했대요. '각하, 당신같이 고위직에 계신 분이 제 운명을 가볍게 하는 것은 아주 쉬운 일 아닙니까? 당신은 제 순수한 신념을 존중해야만 합니다! 어찌 우리 시대에 신념 때문에 박해를 당해야 합니까?' 교양 있고 지위도 높은 이 공작께서 과연 어떻게 했으리라고 생각하세요?"

"글쎄, 어떻게 했을까요?" 구바료프는 생각에 잠겨 담뱃불을 붙이면서 말했다.

부인은 몸을 곧게 펴더니 뼈가 앙상한 손을 집게손가락만 세워서 앞으로 쑥 내밀었다.

"공작은 하인을 불러서 이렇게 말했대요. '당장 저자의 프록코트를 벗겨서 네가 가져라. 그 프록코트를 네게 선물하마!'"

"그래서 하인이 벗겼나요?" 밤바예프가 손뼉을 치며 물었다.

"하인이 벗겨서 가졌대요. 유명한 부자이고 특별한 권력을 가진 고관이자 정부의 대표자인 바르나울로프 공작이 그랬다는 거예요! 이런 일이 일어났는데 앞으로 무엇을 더 기대할 수 있겠어요?"

수한치코바 부인의 허약한 몸이 분노로 부들부들 떨렸다. 얼굴에는 경련이 일어났고, 야윈 가슴이 평평한 코르셋 밑에서 발작적으로 부풀어 오르곤 했다. 두 눈은 이미 말할 것도 없이 마구 실룩거렸다. 그녀가 무슨 말을 하든지 그녀의 눈은 늘 실룩거렸다.

"정말 놀라운 일이군요!" 밤바예프가 소리쳤다. "어떤 벌도 충분치 않아!"

"음…… 음…… 위부터 아래까지 전부 썩었어." 언성을 높이지 않고 구바료프가 말했다. "이건 벌로는 안 되고…… 다른 조치가 필요해……"

"그건 그렇다 치고, 이게 정말 사실인가요?" 리트비노프가 말했다.

"사실이냐고요?" 수한치코바가 말을 받았다. "여기엔 추호의 의심도 없어요, 추-우-우-우-호의 의심도……" '추호'라는 말을 너무 강하게 발음하는 바람에 그녀의 얼굴에 경련까지 일어났다. "아주 믿을 만한 어떤 사람이 내게 말해주었어요. 스테판 니콜라예비치, 당신도 그 사람, 옐리스트라토프 카피톤을 아시죠? 그는 이 얘기를 그 추잡한 장면을 목격한 사람한테서 직접 들었답니다."

"어떤 옐리스트라토프요?" 구바료프가 물었다. "카잔에 있었던 그 사람인가요?"

"예, 바로 그 사람이에요. 스테판 니콜라예비치, 나도 알아

27

요. 그 사람이 거기서 어떤 청부업자들이나 양조업자들한테서 뇌물을 받았다는 소문이 떠돌아다닌다는 것을요. 하지만 누가 그런 소문을 퍼뜨렸는지 아세요? 펠리카노프예요! 펠리카노프의 말을 믿을 수가 있나요? 그자가 스파이라는 건 모두가 알고 있어요."

"아니, 실례지만, 마트료나 세묘노브나." 밤바예프가 끼어들었다. "저는 펠리카노프의 친구인데, 대체 그 사람이 무슨 스파이라는 거죠?"

"네, 맞아요, 바로 그 사람이 스파이예요!"

"아니 잠깐만, 어이없군……"

"스파이, 스파이예요!" 수한치코바가 소리쳤다.

"아뇨, 아뇨, 잠깐만, 제 말을 들어보세요." 이번엔 밤바예프가 소리쳤다.

"스파이, 스파이예요!" 수한치코바가 되뇌었다.

"아뇨, 아닙니다! 그건 텐텔레예프이고, 이건 다른 문제죠!" 밤바예프는 이미 목청을 다해 외쳤다.

수한치코바가 급히 입을 다물었다.

"그 지주는 내가 확실히 압니다." 밤바예프가 평상시의 목소리로 말을 이었다. "제3부에서 호출당했을 때 그 지주는 블라젠크람프 백작 부인의 발밑에 넙죽 엎드려서 '살려주십쇼, 저를 변호해주십시오!' 하면서 내내 징징대며 애원했어요. 하지만 펠리카노프는 단 한 번도 그토록 비열하게 자신을 비하하지는 않았습니다."

"음…… 텐텔레예프……" 구바료프가 웅얼거렸다. "이건……

28

적어둬야겠는데."

수한치코바는 멸시하듯이 어깨를 으쓱해 보였다.

"둘 다 대단하지요." 그녀가 입을 열었다. "텐텔레예프에 대해 더 재미있는 일화를 알고 있어요. 모두가 알다시피 그 사람은 농노해방론자인 체하지만 사실 자기 농노들에게 아주 무자비한 폭군이죠. 어느 날 그 사람이 파리의 지인들 집에 앉아 있는데, 갑자기 비처 스토 부인이 들어온 거예요. 아시죠, 『톰 아저씨의 오두막』을 쓴 작가요. 몹시 교만한 텐텔레예프가 주인더러 자기를 소개해달라고 부탁하기 시작했대요. 하지만 그의 성을 듣자마자 스토 부인이 '뭐라고? 감히 『톰 아저씨의 오두막』을 쓴 작가와 사귀고 싶다고?'라며 그 사람의 따귀를 때렸대요. 그리고 '당장 여기서 나가!'라고 말했답니다. 자, 어떻게 되었겠어요? 텐텔레예프는 모자를 집어 들고는 슬그머니 꼬랑지를 내리고 뺑소니쳤대요."

"오, 이건 과장이 심한 것 같군요." 밤바예프가 말했다. "그 부인이 '여기서 나가!'라고 말한 건 분명한 사실이지만 그의 따귀를 때리진 않았어요."

"따귀를 때렸어요, 따귀를 때렸어요!" 수한치코바가 발작적으로 긴장하면서 되뇌었다. "난 허튼소리를 하지 않아요. 당신은 그런 사람들과 친구군요!"

"그만, 그만하세요, 마트료나 세묘노브나, 나는 텐텔레예프가 나와 친한 사람이라고 결코 말하지 않았어요. 나는 펠리카노프에 대해 말했습니다."

"그럼, 텐텔레예프가 아닌 다른 사람, 예컨대 미흐뇨프는 어떤가요?"

"도대체 그 사람이 무슨 일을 했죠?" 밤바예프가 미리 겁을
집어먹고 물었다.

"무슨 일을 했냐고요? 정말 모르시나요? 그 사람이 보즈네
센스키 거리에서 자유주의자들을 모조리 교도소에 처넣어야
한다고 모든 사람들 앞에서 소리쳤잖아요. 또 기숙중학교 시절
의 가난한 옛 친구가 찾아와서 '자네 집에서 식사할 수 있나?'
라고 말했더니 '절대 안 돼, 오늘 우리 집에서 백작 두 분이 식
사를 하게 돼서…… 여기서 나가!'라고 대답했잖아요."

"그건 중상입니다, 제발 그만하세요!" 밤바예프가 큰 소리로
말했다.

"중상?…… 중상이라고요? 첫째, 당신의 친구 미흐뇨프의 집
에서 역시 식사를 했던 바흐루시킨 공작은……"

"바흐루시킨 공작은," 구바료프가 엄숙하게 끼어들었다. "내
사촌 동생이오. 하지만 나는 그가 내 집에 오는 걸 금지시켰
지…… 그러니 그에 대해 언급할 게 아무것도 없소."

"둘째," 수한치코바는 구바료프를 향해 공손히 머리를 숙이
고 나서 말을 이었다. "프라스코비야 야코블레브나가 직접 내
게 말했어요."

"참 대단한 증인들이군요! 그녀와 사르키조프는 둘째가라면
서러운 거짓말쟁이들입니다."

"저, 실례합니다만, 사르키조프는 확실히 거짓말쟁이죠. 그
사람이 죽은 아버지의 관을 덮은 수놓은 비단 덮개를 훔쳤다는
건 나도 인정해요. 하지만 프라스코비야 야코블레브나를 그런

30

사람과 비교할 수 없죠! 그녀가 얼마나 고결하게 남편과 헤어졌는지 생각해보세요! 그런데 내가 알기로 당신은 항상 남의 말꼬리를 잡으려는……"

"자, 그만, 이제 그만하세요, 마트료나 세묘노브나." 밤바예프가 그녀의 말을 가로막았다. "이제 이 추잡스러운 얘기는 집어치우고 고상한 얘기를 하도록 하시죠. 나 역시 완고한 구식 인간이니까요. 당신은 『캥티니 양』*이라는 작품을 읽으셨습니까? 정말 훌륭하더군요! 당신의 원칙과도 딱 맞습니다!"

"난 더 이상 소설을 읽지 않아요." 수한치코바가 차갑고 날카롭게 대답했다.

"왜죠?"

"지금은 소설을 읽을 때가 아니기 때문이죠, 지금 내 머릿속엔 딱 하나, 재봉틀뿐이에요."

"어떤 기계죠?" 리트비노프가 물었다.

"재봉하는 기계, 재봉틀 말이에요. 모든 여자들에게 재봉틀을 지급하고 협회를 만들어야 해요. 그렇게 하면 여자들이 모두 자기 생활비를 벌 테고 즉시 독립할 수가 있어요. 그러지 않으면 여자들은 결코 독립할 수가 없어요. 이건 아주 중요한 사회 문제입니다. 나는 이 문제에 대해 볼레슬라프 스타드니츠키와 논쟁을 벌였죠. 그는 훌륭한 사람이지만 이 문제를 아주 가볍게 보고 있더군요. 그 사람은 계속 웃었는데…… 바보예요!"

---

* 조르주 상드의 소설.

"모두들 언젠가는 결산을 해야만 하고, 그에 따라 벌을 받게 될 것이오." 구바료프가 교사의 말투도 아니고 예언자의 말투도 아닌 아리송한 말투로 느릿느릿 말했다.

"그래, 그래." 밤바예프가 되뇌었다. "벌을, 벌을 받고말고요. 그런데 스테판 니콜라예비치," 목소리를 낮추며 밤바예프가 덧붙여 말했다. "저술은 잘되어갑니까?"

"자료를 수집하고 있소." 구바료프가 눈살을 찌푸리며 대답했다. 그리고 리트비노프에게 몸을 돌려 뭘 공부하느냐고 물었다. 리트비노프의 머릿속은 낯선 이름들이 뒤엉키고 정신없는 횡설수설로 빙빙 돌기 시작했다.

리트비노프는 그의 호기심을 충족시켜주었다.

"아! 자연과학. 그건 훈련으로서는 유익합니다. 목표가 아닌 훈련으로서 말이죠. 목표는 당연히…… 음…… 당연히…… 다른 것이 되어야만 해요. 실례지만 당신은 어떤 견해를 갖고 있습니까?"

"어떤 견해라뇨?"

"네, 그러니까 정확히 말해 어떤 정치적 신념을 갖고 있죠?"

리트비노프는 미소를 지었다.

"솔직히 말해, 저는 어떤 정치적 신념도 없습니다."

구석에 앉아 있던 건장한 사내가 이 말을 듣고 머리를 번쩍 들더니 리트비노프를 빤히 바라보았다.

"어째서죠?" 구바료프가 이상하리만큼 부드럽게 말했다. "아직 깊이 생각하지 않은 겁니까 아니면 지쳐버렸습니까?"

"어떻게 말씀드려야 할까요? 제가 보기에, 우리 러시아인들이 정치적 신념을 갖는다거나 우리가 정치적 신념을 갖고 있다고 생각하는 건 아직 이른 것 같습니다. 제가 '정치적'이란 말이 지닌 원래의 의미로 이 말을 사용하고 있음을 유의해주십시오. 그리고……"

"아아! 아직 미숙한 분이군." 구바료프는 여전히 부드럽게 그의 말을 끊고는 보로실로프에게 다가가 자기가 준 팸플릿을 읽었느냐고 물었다.

리트비노프가 놀랄 정도로 이곳에 도착해서 한마디도 하지 않고 그저 눈살만 찌푸리며 의미심장하게 눈을 움직이고 있던 보로실로프(대체로 그는 장광설을 늘어놓거나 침묵했다)가 군대식으로 가슴을 쑥 내밀고 구두 뒤축을 딱 부딪치더니 긍정하듯이 고개를 끄덕였다.

"그래, 어땠나요? 만족스러웠나요?"

"중요한 원칙들은 만족스럽지만 결론에는 동의하지 못하겠습니다."

"음…… 하지만 안드레이 이바니치는 이 팸플릿을 칭찬했는데요. 다음에 당신의 의문점을 말해줘요."

"서면으로요?"

구바료프는 놀란 듯했다. 이런 말을 예상하지 못했던 것이다. 하지만 잠시 생각하고 나서 이렇게 말했다.

"그래요, 서면으로. 그리고 부탁건대, 당신의 생각도 말해주시오…… 그…… 조합에 관한."

"라살레*의 방법입니까 아니면 슐체델리치**의 방법입니까?"

33

"음…… 둘 다요. 아시겠지만, 여기에서 우리 러시아인들에게 특히 중요한 건 재정적인 면입니다. 그리고 협동조합에 대해서도…… 핵심으로서 말이죠. 이 모든 것을 고려해야 하고…… 완전히 파고들어야 합니다. 또 농민의 토지분배 문제도 있고요."

"그런데 스테판 니콜라이치, 당신은 농민에게 땅을 얼마나 분배해야 한다고 생각하십니까?" 보로실로프는 정중하고 상냥한 목소리로 물었다.

"음…… 그런데 마을공동체는?" 구바료프는 의미심장하게 말했다. 그리고 수염 몇 올을 깨물고 나서 책상 다리를 응시했다. "마을공동체는…… 아시죠? 이건 위대한 단어입니다! 그리고 그 화재는…… 주일학교, 독서실, 잡지에 대한 이…… 이 정부의 조치는 뭘 의미하는 걸까요? 그리고 농노해방령 발포 후 지주와 농노의 관계를 규정한 증서에 농민들이 서명하지 않는 것은요? 마지막으로 폴란드에서 일어나고 있는 사태는요? 당신은 이 모든 것이 무슨 결과를 가져올지 정녕 모르겠습니까? 그리고 음…… 우리는…… 우리는 이제 민중과 하나가 되어…… 민중의 생각을 알아야…… 알아야만 한다는 걸 모르겠습니까?" 구바료프는 별안간 괴롭고 거의 원한을 품은 듯한 흥분에 휩싸였다. 심지어 그의 얼굴은 암갈색으로 변했고 숨소리도 가빠졌다. 하지만 여전히 눈을 내리뜨고 계속 수염을 씹으

---

* 독일의 사회주의자이자 혁명사상가.

** 독일의 정치가이자 협동조합주의자.

면서 "정녕 모르겠습니까……"라고 말했다.

"옙세예프는 불한당이에요!" 밤바예프가 집주인을 존중해서 수한치코바에게 뭔가 소곤소곤 얘기하고 있었는데, 그녀가 불쑥 소리를 질렀다. 구바료프가 발뒤꿈치로 날쌔게 돌더니 다시 방 안을 절뚝거리며 서성이기 시작했다.

새로운 방문객들이 나타나기 시작했다. 밤이 깊어지자 꽤 많은 사람들이 모였고, 그중에는 수한치코바가 아주 심하게 욕을 했던 옙세예프 씨도 있었다. 그녀는 이 사람과 매우 다정하게 얘기했고 자기 집까지 데려다 달라고 부탁까지 했다. 훌륭한 농지 조정관인 피시찰킨이라는 사람도 왔는데, 아마 러시아에 꼭 필요한 사람들 중 하나일 듯싶다. 안목이 좁고 별로 아는 게 없고 재능은 없지만 양심적이고 인내심이 많고 정직한 사람이기 때문이다. 이 사람이 관리하는 지역의 농민들은 그를 거의 신처럼 우러러보았다. 그 자신도 정말로 존경을 받을 만한 가치가 있는 사람들을 대하듯이 아주 정중하게 농민들을 대했다. 짧은 휴가를 받아 유럽으로 나온 장교들도 몇 명 찾아왔다. 이들은 부대 지휘관을 염두에 두고 조심스럽게 행동했지만 현명하고 심지어 약간 위험한 인물들과 잠시 떠들며 지낼 수 있는 기회를 즐거워했다. 나약해 보이는 하이델베르크 출신 대학생 두 명이 뛰어들어 왔다. 한 사람은 남을 얕보는 듯한 표정으로 계속 주변을 둘러보았고, 다른 한 사람은 불안하게 큰 소리로 웃어댔다. 두 사람 다 매우 불편했던 것이다…… 그들을 뒤따라 프랑스인이 비집고 들어왔다. 가련하고 아둔해 보이는 단정치 못한 사내로, 이른바 '풋내기'였다…… 러시아 백작 부인들이 그에게 홀딱 반했다는 소문이 있어 그는 동료 외판사원들 사이에서 유명했다. 하지만 정작 그는 공짜 저녁을 얻어먹는 것에 더 관심이 있었다. 마지막으로 티트 빈다소프가 나타났다. 겉보기엔 떠들썩한 대학생 같지만 실제로는 사기꾼이자 구두쇠이고, 언어 테러리스트이지만 직업은 구역 경찰서장이고 러시아 상인의 아낙들과 파리 매춘부들의 친구이며, 대머리에 별 볼 일 없는 술꾼이었다. 그는 아주 불쾌한 얼굴에 흉측한 모습으로 나타나서 '악당 베나제트'에게 마지막 한 푼까지 탈탈 털렸다고 말했지만, 사실 그는 16굴덴을 땄던 것이다…… 한마디로 말해, 많은 사람들이 모였다. 그런데 놀랍게도, 정말로 놀랍게도 방문객들이 모두 구바료프를 마치 스승이나 우두머리를 대하듯이 존경심을 가지고 대했다. 그들은 구바료프 앞에서 자신의 의문을 말하고 그에게 판단을 맡겼다. 그러면 그는 웅얼웅얼거리거나 수염을 잡아당기며, 혹은 눈을 이리저리 굴리며 앞뒤가 맞지 않는 무의미한 말로 대답했다…… 방문객들은 즉시 그의 말을 가장 심오한 지혜의 말씀으로 받아들였다. 구바료프 자신은 토론에 잘 끼어들지 않았지만 다른 사람들은 목을 아끼지 않고 열심히 토론에 참여했다. 서너 사람이 10분 동안 서로 외쳐대는 일도 여러 번 있었지만 모두가 만족하고 서로 이해했다. 대화는 자정이 넘도록 계속되었고 여느 때처럼 화제는 풍부하고 다양했다. 수한치코바는 가리발디, 자기 하인들한테 못매를 맞은 카를 이바노비치라는 사람, 나폴레옹 3세, 여성 노동, 고의로 열두 명의 여공을 죽게 만들고 그 공로로 '공로상'이라고 새겨진 메달을 받은 상인 플레스카초프,

프롤레타리아트, 자기 아내에게 대포를 쏜 조지아의 공작 추크체울리드제프, 그리고 러시아의 미래에 대해 얘기했다. 피시찰킨도 러시아의 미래, 독점 판매권, 다민족의 의미, 무엇보다 자신이 증오하는 속물성에 대해 얘기했다. 갑자기 보로실로프가 단숨에, 거의 숨이 막힐 정도로 이름들을 막 쏟아냈다. 그는 드레이퍼, 피르호프,* 셀구노프, 비샤,** 헬름홀츠, 스타, 스투르, 레이몽, 생리학자 요한 뮐러와 역사가 요한 뮐러(분명히 이 두 사람을 혼동하면서), 텐, 르낭, 시차포프, 그리고 토머스 내시, 필, 그린…… 등등의 이름을 입에 올렸다.

"이건 또 어떤 사람들인가?" 밤바예프는 놀라면서 웅얼거렸다.

"알프스산맥의 지맥들과 몽블랑의 관계처럼 셰익스피어와 관련된, 셰익스피어의 선구자들입니다." 보로실로프는 재빨리 대답하고 러시아의 미래에 대해서도 언급했다. 밤바예프도 러시아의 미래에 대해 얘기하면서 러시아의 미래를 무지갯빛으로 그렸고, 특히 러시아의 음악에 대해 열광적으로 말했다. 러시아 음악에는 "오오! 위대한" 뭔가가 있다고 말하면서 그 증거로 그는 바를라모프의 로망스를 불렀다. 하지만 사람들이 오페라 「일 트로바토레」에 나오는 「미제레레」***를 순 엉터리로 부르고 있다고 소리치자 금세 노래를 그만두었다. 어떤 장교가

---

* 독일의 병리학자이자 인류학자.
** 프랑스의 해부학자이자 병리학자.
*** 라틴어로 '불쌍히 여기소서'.

은근히 러시아문학을 헐뜯었고, 다른 장교는『불꽃』에 실린 시를 인용했다. 티트 빈다소프는 더 직설적으로 행동했다. 그는 "모든 사기꾼들의 이를 부러뜨려야만 한다"고 말했지만 도대체 누가 사기꾼들인지는 분명히 밝히지 않았다. 숨이 막힐 정도로 시가 연기가 방 안에 가득했다. 모두들 몸이 달아오르고 나른했으며, 목소리는 쉬고 눈에는 활기가 없었다. 모든 사람의 얼굴에서 땀이 줄줄 흘러내렸다. 이따금 들여온 차가운 맥주병은 순식간에 비워졌다. "그런데 내가 무슨 말을 하고 있었지?"라고 어떤 사람이 되뇌면, "그런데 내가 누구와 무슨 논쟁을 하고 있었지?"라고 다른 사람이 묻곤 했다. 이러한 소란과 자욱한 담배 연기 사이를 구바료프는 여전히 뒤뚱거리고 수염을 만지작거리면서 지치지도 않고 걸어 다니며 누군가의 토론에 귀를 기울이거나 한마디씩 거들곤 했다. 그래서 모두들 저도 모르게 구바료프가 모두의 맹주이고, 이 자리의 주인이자 우두머리라고 느꼈다……

리트비노프는 10시쯤에 두통이 심해지기 시작했다. 그는 모두가 격렬하게 외쳐대는 틈을 이용하여 아무도 모르게 살며시 빠져나왔다. 마침 수한치코바가 바르나울로프 공작의 부당한 행위를 또 하나 생각해냈다. 이번엔 공작이 누군가의 귀를 물어뜯으라고 거의 명령할 뻔했다는 것이다.

신선한 밤공기가 리트비노프의 상기된 얼굴에 부드럽게 달라붙었고, 그의 메마른 입술 속으로 향긋한 흐름처럼 흘러 들어왔다. '이게 뭔가?' 어두운 가로수 길을 걸으며 그는 생각했다. '뭣 때문에 나는 그 자리에 참석했지? 그들은 왜 모였을까?

왜 소리를 지르고 욕설을 하고 아득바득 열을 내는 것일까? 대체 무엇 때문에?' 리트비노프는 어깨를 으쓱하고는 베버 카페로 가서 신문을 집어 들고 아이스크림을 주문했다. 신문은 로마 문제를 논하고 있었는데, 아이스크림은 정말 맛이 없었다. 리트비노프가 막 집으로 가려고 하는 순간, 테가 넓은 중절모를 쓴 낯선 사람이 갑자기 다가와서 "실례합니다"라고 러시아어로 말하고는 그의 테이블에 앉았다. 그제야 리트비노프는 낯선 사람을 더 유심히 바라보았다. 구바료프의 방구석에 틀어박혀 있다가 정치적 신념에 대한 이야기가 나왔을 때 리트비노프를 주의 깊게 쳐다보았던 그 건장한 신사였다. 그는 저녁 내내 입을 열지 않았는데, 지금 리트비노프 옆에 앉더니 모자를 벗고서 다정하고 약간 무안해하는 눈길로 리트비노프를 바라보았다.

5

"오늘 구바료프 씨 집에서 당신을 뵙는 영광을 가졌죠." 그가 입을 열었다. "구바료프 씨가 제 소개를 안 했으니, 괜찮으시면 직접 소개를 하겠습니다. 퇴직 7등 문관 포투긴으로 상트페테르부르크에 있는 재무부에서 일했습니다. 이상한 사람이라고 생각하지는 마십시오…… 대체로 이렇게 불쑥 저를 소개하는 것이 익숙하지는 않지만…… 당신과는……"

포투긴은 머뭇거리며 웨이터에게 버찌 브랜디를 한 잔 가져다 달라고 부탁했다. "용기를 내기 위해서죠." 그는 미소를 지으며 덧붙였다. 리트비노프는 오늘 만난 새로운 얼굴들 중 이 마지막 얼굴을 더 유심히 바라보고는 금세 '이 사람은 그 사람들과 다르다'고 생각했다.

정말로 이 사람은 달랐다. 가느다란 손으로 테이블 모서리를 두드리며 리트비노프 앞에 앉아 있는 이 남자는 떡 벌어진 어깨에 다리는 짧았으나 몸통은 큼직했다. 그는 푹 숙인 고수머리와 짙은 눈썹 아래 아주 영리하고 무척 슬퍼 보이는 작은 두 눈, 반듯한 큰 입, 나쁜 치아, '감자코'라고 불리는 순수한 러시아인의 코를 하고 있었다. 둔하고 심지어 좀 거칠어 보였지만 확실히 평범한 인물은 아니었다. 옷도 아무렇게나 입고 있었다. 그가 걸친 구식 프록코트는 부대 자루처럼 헐렁했고, 넥타이는 옆으로 비뚤게 매어져 있었다. 리트비노프는 그의 돌연한 곰살맞은 태도가 건방져 보이기는커녕 은근히 기분이 좋았다. 분명히 이 남자에겐 낯선 사람들에게 자기 의견을 강요하는 습관이 없었다. 그는 리트비노프에게 기묘한 인상을 주었는데, 리트비노프의 마음속에 그에 대한 존경과 공감, 어떤 무의식적인 연민을 불러일으켰다. "그럼 실례가 되지 않겠습니까?" 그는 부드럽고 좀 쉰 듯한 약한 목소리로 되뇌었다. 그 목소리는 그의 전체 모습과 더할 나위 없이 잘 어울렸다.

"천만에요." 리트비노프가 대답했다. "오히려 매우 반갑습니다."

"정말인가요? 그렇다면 나도 매우 반갑습니다. 당신에 대해 많은 얘기를 들었습니다. 당신이 뭘 하고 있고, 무슨 계획을 갖고 있는지도 알고 있어요. 좋은 일입니다. 그래서 당신은 오늘 침묵했던 거죠."

"당신도 별로 말씀을 안 하는 것 같더군요." 리트비노프가 말했다.

포투긴은 한숨을 쉬었다.

"다른 사람들이 너무 많이 떠들어대기에 그저 듣고만 있었지요. 그래, 어땠나요?" 그는 잠시 입을 다물고 어쩐지 좀 짓궂게 눈썹을 추켜세우며 이렇게 덧붙였다. "우리의 난장판이 마음에 들었나요?"

"정말 난장판이더군요. 멋진 말입니다. 나는 내내 그 사람들에게 묻고 싶었어요, 왜 그렇게 안달복달하느냐고 말입니다."

포투긴은 다시 한숨을 쉬었다.

"그게 바로 문제인데, 그들 자신이 그걸 모른다는 겁니다. 옛날에는 그들에 대해 '최상의 목적에 복무하는 맹목적인 도구'라고 말했을 테지요. 지금은 더 신랄한 표현을 쓰고 있지만, 사실 나는 그들을 비난할 의도는 전혀 없습니다. 말하자면, 그들 모두가…… 즉 거의 모두가 훌륭한 사람들이죠. 예컨대 수한치코바 부인에 대해서도, 나는 그녀의 장점을 아주 많이 알고 있습니다. 그녀는 가난한 두 조카딸에게 가지고 있던 돈을 몽땅 주었어요. 설령 그녀가 자신을 드러내고 자랑하려는 마음에서 이런 행동을 했다고 해도, 넉넉지 않은 부인의 입장에선 그 자체만으로 훌륭한 희생이지요! 피시찰킨 씨에 대해서는 말할 나위가 없어요. 시간이 지나면 그가 관할하던 지역의 농민들은 수박 모양의 은잔을, 아마 그의 수호성인이 그려진 성상을 반

41

드시 그에게 선물할 겁니다. 이런 영광을 받을 만한 자격이 없다고 그는 농민들에게 감사의 말을 하겠지만, 그건 틀린 말입니다. 그는 그럴 만한 자격이 있는 사람이지요. 당신의 친구인 밤바예프 씨는 고결한 마음의 소유자입니다. 그는 책을 읽고 물을 마시면서 환락을 찬양했다는 시인 야지코프 같은 사람입니다. 사실 그의 열광은 특별히 무엇을 지향하는 건 아니지만 어쨌든 열광은 열광이죠. 보로실로프 씨도 아주 선량해요. 그는 학교 시절의 모든 친구들, 황금판에 이름이 새겨진 친구들처럼 그야말로 학문과 문명의 전령으로 보내진 사람입니다. 심지어 그의 침묵조차도 멋진 웅변처럼 보이지만 그는 아직 너무 젊어요! 네, 네, 모두 훌륭한 사람들인데 결과는 아무것도 없습니다. 재료는 일등품인데 요리는 먹을 수 없어요."

리트비노프는 포투긴의 말을 들으면서 점점 더 놀랐다. 그의 말솜씨와 침착하지만 자신만만한 말투로 보아 그는 말재간도 있고 말하기도 좋아하는 것 같았다.

정말로 포투긴은 말하기를 좋아했고 말재간이 있었다. 살면서 자존심을 짓밟혀본 사람처럼 그는 달관한 듯이 평온하게 마음에 드는 사람과의 만남을 기다리고 있었던 것이다.

"네, 네," 그는 병적이진 않지만 침울한, 그만의 독특한 어조로 다시 익살스럽게 말하기 시작했다. "이 모든 게 참 기묘하죠. 하지만 여기 주목해야 할 것이 또 하나 있습니다. 예컨대 영국인이 열 명 모이면, 그들은 즉시 해저전신海底電信이나 종이에 붙는 세금이나 쥐 가죽을 부드럽게 다루는 방법, 즉 뭔가 실제적이고 확실한 것에 대해 말하기 시작합니다. 독일인이 열

명 모이면, 당연히 슐레스비히-홀슈타인*과 독일의 통일 문제가 금세 화제로 떠오를 겁니다. 프랑스인이 열 명 모이면, 아무리 피하려고 해도 반드시 '섹스'에 대해 얘기할 겁니다. 그런데 러시아인이 열 명 모이면—오늘 당신이 확실히 보았듯이—즉시 러시아의 의미와 미래에 대해 논하기 시작합니다. 게다가 처음부터 개괄적으로, 증거도 결론도 없이 장황하게 얘기하죠. 그들은 즙도 맛도 없는 고무 조각을 씹는 아이들처럼 이 한심한 문제를 잘근잘근 씹어대는 겁니다. 또 당연히 부패한 서구에 대해 빈정대기도 하죠. 생각해보면 얼마나 이상한 일입니까! 모든 점에서 서구가 우리를 앞서가고 있는데, 이 서구가 부패했다는 겁니다! 실제로 우리가 서구를 경멸한다고 해도"라고 포투긴이 말을 이었다. "그건 다 말뿐이고 거짓입니다. 우리는 서구에게 계속 욕설을 퍼붓지만 오직 서구의 견해, 실제로는 파리 게으름뱅이들의 견해만을 가치 있는 것으로 여기죠. 나는 한 가족의 아버지이자 이미 젊지 않은 어떤 훌륭한 사람을 알고 있어요. 그런데 그 사람이 요 며칠간 침울해 있습니다. 그가 파리의 레스토랑에서 '감자를 곁들인 비프스테이크' 1인분을 시켰는데, 진짜 프랑스인이 갑자기 '이봐! 감자 비프스테이크야!'라고 소리쳤대요. 내 친구는 부끄러워서 어쩔 줄 몰랐답니다! 그 후로 내 친구는 어디서나 '감자 비프스테이크!'라고 소리쳤고 다른 사람들에게 그렇게 말하라고 가르쳤어요. 심

---

* 독일 북부 슐레스비히와 홀슈타인을 둘러싸고 1848년부터 1864년까지 일어난 덴마크와 독일의 전쟁.

지어 파리의 매춘부들조차도 러시아의 젊은 시골뜨기들이 경건하게 가슴을 두근거리며 추잡한 객실로 들어오는 모습을 보고 깜짝 놀란답니다…… '오! 내가 어디에 있는 거야? 바로 안데슬리옹의 집에 있다니!!' 하고 그들은 생각하는 거죠."

"실례지만," 리트비노프가 물었다. "당신은 구바료프가 주변의 모든 사람들에게 미치는 명백한 영향이 어디서 나온다고 생각하십니까? 그의 타고난 재능에서 나오나요, 아니면 능력에서 나오나요?"

"아닙니다, 아닙니다. 그에겐 아무것도 없어요……"

"그럼 그의 인격에서 나오는 건가요?"

"그런 것도 없습니다. 하지만 그는 의지가 강합니다. 아시는 바와 같이 우리 슬라브인들은 이런 자질이 부족해서 의지가 강한 사람 앞에서 굴복하게 되죠. 구바료프 씨는 우두머리가 되고 싶어 했고, 모두가 그를 우두머리로 인정한 겁니다. 어쩌겠어요?! 정부는 우리를 농노제도에서 해방시켰어요. 감사한 일이죠! 하지만 노예근성이 우리 안에 깊숙이 뿌리박혀서 거기서 벗어나려면 시간이 꽤 걸릴 겁니다. 우리는 무슨 일에서나, 또 어디서나 주인이 필요합니다. 대체로 어떤 살아 있는 사람이 주인이 되지만 이따금 소위 어떤 경향이 우리를 지배하기도 합니다…… 예컨대 지금 우리는 모두 자연과학의 노예가 되어버렸어요…… 왜 우리가 스스로 노예가 되려고 하는지 그건 알 수 없는 노릇이죠. 그게 우리의 천성인 것 같아요. 그러나 중요한 것은 우리도 주인을 가져야만 해요. 그런데 우리가 주인을 갖게 되면 그것은 우리의 것이 되고, 우리는 나머지 모든 것에 침을 뱉습니다! 참 순진한 노예들이죠! 오만함도 노예근성이고 비굴함도 노예근성입니다. 새 주인이 나타나면 옛 주인을 타도하죠! 어제는 주인이 야코프였는데, 오늘은 주인이 시도르입니다. 야코프의 귀를 때리고 시도르의 발밑에 엎드리는 거죠! 이런 속임수가 우리에게 얼마나 흔히 일어났는지 생각해보십시오! 우리는 이렇게 부정하는 것을 우리의 훌륭한 특성인 양 설명하지요. 하지만 우리는 긴 칼을 휘두르는 자유인이 아니라 주먹을 휘두르는 하인처럼, 그것도 주인의 명령에 따라 주먹을 휘두르는 하인처럼 부정을 합니다. 그래요, 우리는 온순한 백성입니다. 우리를 손아귀에 넣기는 무척 쉬워요. 구바료프 씨도 바로 그런 방법으로 우두머리가 되었어요. 한 지점만 계속 파고 또 파서 결국 구멍을 뚫은 거죠. 사람들은 자존감이 높은 사람, 자신을 믿고 명령하는 사람, 주로 명령하는 사람을 봅니다. 그러니 그 사람이 옳고, 그 사람의 말을 들어야만 합니다. 우리나라의 오누프리파나 아쿨린파 같은 모든 분리파들은 바로 그렇게 만들어진 겁니다. 먼저 지팡이를 잡은 자가 우두머리가 되는 거죠."

포투긴의 뺨이 상기되었고 눈은 흐릿해졌다. 하지만 이상하게도, 신랄하고 심지어 악의적인 그의 말에서는 쓴맛보다는 오히려 슬픔의 냄새, 진실하고 솔직한 슬픔의 냄새가 풍겼다!

"당신은 구바료프 씨와 어떻게 알게 되었나요?" 리트비노프가 물었다.

"그 사람을 안 지는 오래되었습니다. 우리에게 있는 또 하나의 이상한 점을 주목해주십시오. 가령 어떤 작가가 평생 시와

산문으로 지나친 음주나 독점 판매를 비난했다가…… 갑자기 양조장을 두 개 사고 술집을 백 개나 빌려도 아무도 신경 쓰지 않아요! 다른 사람이었다면 세상에서 매장되었겠지만 아무도 그를 비난조차 하지 않습니다. 바로 구바료프 씨가 그래요. 그는 슬라브주의자이고 민주주의자이고 사회주의자입니다. 모든 게 자기 맘대로죠. 폭력과 불법을 휘둘렀던 옛 지주인 동생이 그의 영지를 관리했고 지금도 관리하고 있어요. 비처 스토 부인으로 하여금 텐텔레예프의 뺨을 때리게 했던 그 수한치코바 부인도 구바료프 앞에서는 설설 길 정도입니다. 그 사람이 하는 일은 그저 진지한 책을 읽고 늘 깊은 생각에 빠지는 겁니다. 그의 말재주가 어떤지는 오늘 당신이 직접 판단했겠죠. 그가 별로 말을 안 하고 늘 웅크리고 있는 것만도 다행스러운 일입니다. 그가 기분이 좋아서 설쳐댈 때면 인내심이 강한 나도 참을 수가 없습니다. 그는 사람을 놀려대고 추잡한 얘기를 시작하죠. 그래요, 그래, 우리의 위대한 구바료프 씨가 추잡한 얘기를 하면서 아주 혐오스러운 웃음을 짓는 겁니다……"

"당신은 그토록 인내심이 강한가요?" 리트비노프가 말했다. "나는 반대로 생각했는데…… 실례지만 당신 이름과 부칭이 어떻게 되죠?"

포투긴은 버찌 브랜디를 몇 모금 마셨다.

"내 이름은 소존트…… 소존트 이바니치입니다. 부모님은 친척인 수도원장에게 경의를 표하기 위해 이 멋진 이름을 내게 주셨죠. 내가 그분에게 빚진 것은 이것뿐입니다. 감히 말하자면 나는 성직자 집안 출신이지요. 그리고 당신은 내 인내력에 대해 의심했는데, 그건 괜한 걱정입니다. 나는 참을성이 많으니까요. 4등관인 삼촌 이리나르흐 포투긴 밑에서 22년 동안 근무했습니다. 실례지만 그분을 아시는지요?"

"모릅니다."

"당신에겐 다행스러운 일입니다. 어쨌든 나는 참을성이 많은 사람입니다. 하지만 나의 존경하는 동료인 화형당한 사제장 아바쿰*이 말한 대로 '중요한 화제로 돌아갑시다'. 존경하는 선생, 나는 동포들에게 깜짝 놀라곤 합니다. 모두들 침울해하고 힘없이 걸어 다니지만, 동시에 모두들 희망에 부풀어 있다가 누가 조금만 뭐라 하면 몹시 흥분하지요. 구바료프 씨가 속해 있는 슬라브주의자들이 바로 그렇습니다. 모두들 아주 훌륭한 사람들인데, 이들도 역시 절망과 혈기를 가지고 '불확실한 미래'에 의지해서 살아가죠. 그들은 모든 것이 이루어질 거라고 말합니다. 하지만 현재 아무것도 없어요. 러시아는 10세기 동안 행정, 사법제도, 과학, 예술 심지어 수공업에서도 자기 것을 하나도 만들어내지 못했습니다…… 그러나 조금만 기다리고 참으면 모든 것이 이루어질 거라는 거죠. 왜 모든 것이 이루어질 거라 생각하느냐고 물으면, '우리 교양인들은 건달이지만 민중은…… 오, 민중은 위대하기 때문이다! 농민을 보라! 모든 것이 그들한테서 나온다. 모든 우상들이 파괴되었으니 농민을 믿자'고 말합니다. 그런데 농민이 우리의 기대를 저버리면 어쩌죠? '농민은 우리의 기대를 결코 저버리지 않을 테니 코하노

---

* 17세기 총대주교 니콘의 종교개혁에 반대한 구교도들의 지도자.

프스카야의 소설을 읽고 눈을 들어 하늘을 보라'고 그들은 말하죠. 정말로 내가 화가였다면 이런 그림을 그렸을 겁니다. 한 교양 있는 남자가 농민 앞에 서서 '여보게, 날 치료해주게. 나는 병으로 죽어가고 있다네'라고 말하면서 농민에게 큰절을 하면, 이번엔 농민이 '나리, 날 가르쳐주시오. 저는 무식해서 죽을 지경입니다'라고 교양 있는 남자에게 큰절을 하는 겁니다. 물론 두 사람은 자리에서 꼼짝도 하지 않죠. 말만 할 게 아니라 실제로 겸손해야 하고, 선배들이 우리보다 먼저, 우리보다 더 잘 생각해낸 것을 그들한테서 잠시 빌려다 쓰면 되는 겁니다! 웨이터, 여기 버찌 브랜디 한 잔 더! 내가 술꾼이라고 생각하지는 마시오. 알코올이 들어가면 혀가 잘 돌아가거든요."

"방금 말한 것을 보면," 리트비노프가 미소를 띠며 말했다. "당신이 어느 파에 속하고 유럽에 대해 어떤 견해를 갖고 있는지 물을 필요가 없군요. 하지만 당신에게 하나만 지적하겠습니다. 당신은 우리의 선배들한테서 빌려 오고 그들을 모방해야 한다고 말씀하시지만 기후나 토양 조건, 지역이나 민족의 특수성을 고려하지 않고 어떻게 모방할 수 있나요? 지금도 기억하는데, 내 아버지가 부테노프의 가게에 아주 평판이 좋은 무쇠 풍구를 주문했었지요. 그 풍구는 아주 훌륭했는데, 과연 어찌 되었을까요? 전혀 사용하지 않고 5년 내내 헛간에 처박아두었다가 우리의 생활과 습관에 훨씬 더 잘 맞는 미국제 나무 풍구로 바꾸었어요. 대체로 미국제 기계는 모두 우리의 생활과 습관에 훨씬 더 잘 맞죠. 소존트 이바노비치, 괜히 남의 것을 모방해서는 안 됩니다."

포투긴이 머리를 쳐들었다.

"존경하는 그리고리 미하일로비치, 당신한테서 그런 반박을 예상하지 못했습니다." 잠시 후 포투긴이 말문을 열었다. "누가 당신더러 남의 것을 그냥 모방하라고 강요했나요? 당신이 남의 것을 모방하는 것은 그것이 남의 것이기 때문이 아니라 쓸모가 있기 때문입니다. 결국 당신이 생각해서 선택하는 겁니다. 그러니 결과에 대해 걱정하지 마세요. 당신이 언급한 대로 지역과 기후 그리고 다른 조건에 의해 그 나름의 독창성이 나타나겠죠. 당신이 그저 좋은 음식을 제공하면 국민의 위가 그 음식을 나름대로 소화할 겁니다. 그리고 시간이 흘러 체질이 강해지면 그 음식에 독특한 맛을 더할 거고요. 가령 우리의 언어를 예로 들어봅시다. 표트르 대제는 러시아어에 네덜란드어, 프랑스어, 독일어 등 수천 개의 다른 외국어를 도입했어요. 그 외국어는 국민이 알 필요가 있던 개념을 표현했지요. 어떤 격식이나 조건도 없이 표트르 대제는 외국어를 몽땅 물통과 양동이로 우리 배 속에 퍼부었던 겁니다. 처음엔 괴물 같은 뭔가가 나타났지만 점차 내가 말한 그 소화 과정이 시작되었습니다. 여러 개념들이 뿌리를 내려 우리 것으로 흡수되었던 겁니다. 외국어 형태는 점점 사라지고, 러시아어는 외국어를 대체할 수 있는 자기 나름의 형태를 찾게 되었어요. 그래서 현재 평범한 문장가인 이 몸도 헤겔의 책에서 어떤 쪽이라도 번역할 수가 있게 되었지요…… 그래요, 그렇습니다, 바로 헤겔의 책에서…… 슬라브어가 아닌 단어를 전혀 사용하지 않고 말이죠. 언어에서 일어난 현상이 다른 영역에서도 일어날 수 있다고 기대할 수 있습니다. 본성이 얼마나 강한지가 문제지요. 그런데 우리의 국민성은 괜찮아요, 견뎌낼 겁니다. 우리는 그보다 더 어려운 상황을 겪었으니까요. 신경질적이고 병약하고 연약한 민족만이 자신의 건강과 자립성을 걱정하죠. 마찬가지로 우리가 러시아인이라고 입에 거품을 물고 감격할 수 있는 건 한량들뿐입니다. 나는 내 건강을 무척 걱정하지만 건강하다고 기뻐 날뛰지는 않아요. 부끄러운 일이죠."

"모든 게 맞는 말씀입니다, 소존트 이바니치." 이번에는 리트비노프가 입을 열었다. "하지만 왜 우리는 꼭 그런 시련을 겪어야 할까요? 처음엔 뭔가 괴물 같은 것이 나타났다고 당신 자신이 말씀하셨죠! 그럼 이 괴물 같은 것이 계속 남아 있으면 어쩌죠? 실제로 그 괴물 같은 것이 남아 있다는 것을 당신도 아실 겁니다."

"하지만 언어에는 그런 경우가 없는데, 이건 대단한 의미가 있습니다. 우리 국민을 만든 건 내가 아니죠. 또 우리 국민이 그런 시련을 겪을 운명이라고 해도 그건 내 탓이 아닙니다. '독일인들은 올바로 발전해왔다. 우리도 올바로 발전하게 해다오!'라고 슬라브주의자들은 외쳐댑니다. 하지만 우리 민족의 최초의 역사적 행위 — 즉 우리를 통치해달라고 바다 건너에서 공후들을 불러들인 것 — 가 이미 옳지 않고 비정상적인데 어쩌겠어요? 이것은 오늘날까지 우리들 모두에게서 되풀이되고 있어요. 우리들 각자는 평생 한 번쯤은 러시아적인 것이 아닌 외국적인 것에게 '와서 날 지배하라!'고 말했을 겁니다. 우리가 외국의 것을 우리 몸속에 받아들이면서, 그것이 빵인지 독인지 미리 알 수 없다는 것을 기꺼이 인정합니다. 다 아는 것처럼, 나쁜 것에서 좋은 것에 이르는 길은 더 좋은 것이 아니라 더 나쁜 것을 통해 갈 수 있습니다. 심지어 의학에서 독이 이로울 때도 있지요. 오직 바보들과 악한들만이 농노해방 후에 농민들이 더 가난해졌고, 독점 판매를 폐지한 후에 농민들의 음주가 더 늘어났다고 의기양양하게 지적할 수 있죠…… 더 나쁜 것을 통해 좋은 것으로 나아가는 겁니다!"

포투긴은 한 손으로 얼굴을 쓰다듬었다.

"당신은 유럽에 대한 나의 견해를 물었죠?" 그가 다시 입을 열었다. "나는 유럽에 경탄하고 있고 유럽의 원칙에 전적으로 헌신하고 있습니다. 이런 나의 견해를 전혀 감출 필요가 없지요. 나는 오래전부터…… 아니, 최근 얼마 전부터 나의 신념을 말하는 것을 두려워하지 않습니다…… 당신도 구바료프 씨에게 자신의 사고방식을 주저하지 않고 표명하더군요. 다행히 나는 더 이상 상대방의 관념, 견해, 습관에 따르려고 하지 않습니다. 사실, 쓸데없는 소심함이나 비굴한 아첨보다 더 나쁜 것은 없다고 생각해요. 우리나라의 어떤 고관은 소심하고 비굴한 나머지 하찮은 대학생에게 거의 아첨을 떨고 환심을 사려고 애를 씁니다. 글쎄요, 고관은 인기를 얻으려고 그렇게 행동한다고 하죠. 그런데 우리의 형제인 평민이 왜 아첨을 해야 한단 말입니까? 그래요, 그렇습니다, 나는 서구주의자입니다. 나는 유럽에 헌신하고 있고, 더 정확히 말하면 교양, 현재 우리나라에서 귀여운 조롱거리가 되고 있는 교양에 헌신하고 있습니다. 그래요, 교양보다는 문명이란 말이 더 낫겠네요. 나는 문명을 진심으로 사랑하고 믿고 있습니다. 내게 다른 믿음은 없고 앞으로도 없을 겁니다. 이 문명이란 말, 치……빌……리……자치야 (포투긴은 음절마다 강세를 넣어 분명하게 발음했다)는 알기 쉽고 순수하고 성스럽습니다. 다른 모든 말, 가령 민중성이나 영광 같은 말에서는 피 냄새가 나죠…… 부디 무탈하길!"

"그런데 소존트 이바니치, 당신은 조국 러시아를 사랑합니까?"

포투긴은 한 손으로 얼굴을 쓰다듬었다.

"나는 러시아를 열렬히 사랑하면서 열렬히 증오합니다."

리트비노프는 어깨를 으쓱했다.

"소존트 이바니치, 그건 낡고 진부한 말이군요."

"그게 어째서요? 뭐가 잘못되었나요? 왜 그렇게 놀라십니까! 진부한 말에! 난 멋진 진부한 말들을 많이 알고 있습니다. 가령, 자유와 질서는 누구나 아는 진부한 말이죠. 당신은 우리나라에서 사용되는 관등과 무질서 같은 진부한 말이 더 낫다고 생각하나요? 게다가 젊은이들의 머리를 홱 돌게 만드는 말들, 가령 파렴치한 부르주아, 국민주권, 노동의 권리 같은 말도 사실은 진부한 말 아닌가요? 증오와 분리할 수 없는 사랑에 관해서는……"

"바이런적인 성향." 리트비노프가 말을 잘랐다. "1830년대의 낭만주의입니다."

"실례지만 그건 당신이 잘못 아신 겁니다. 그런 감정의 혼합을 맨 먼저 지적한 사람은 2천 년 전 로마 시인 카툴루스입니다. 그것을 그의 시에서 읽었죠. 감히 말하자면 나는 성직자의 혈통을 이었기에 라틴어를 조금 알고 있거든요. 그래요, 나는 이상하고 매력적이고 혐오스럽고 소중한 조국 러시아를 사랑하고 증오합니다. 내가 지금 이렇게 조국을 떠나와 있는 건 정부 청사의 사무실에서 20년 동안 앉아 있었으니 신선한 바람을 좀 쐴 필요가 있었기 때문입니다. 러시아를 떠나 이곳에 오니 무척 즐거워요. 하지만 곧 돌아가야 한다고 느낍니다. 정원의 토양은 좋은데…… 야생 나무딸기가 자라기에는 적당치 않아요!"

"당신은 여기서 즐겁고 유쾌하다고 했는데, 나도 여기가 좋습니다." 리트비노프가 말했다. "나는 배우러 여기에 왔지만 바로 저런 것들을 보지 말란 법은 없죠." 그는 자기 곁을 지나가는 두 명의 매춘부와 늦은 오후인데도 사람들로 붐비는 도박장을 가리켰다. 매춘부들 주위에서 경마클럽의 회원 몇몇이 거드름을 피우며 혀짤배기소리를 내고 있었다.

"내가 저런 것을 모른다고 생각하십니까?" 포투긴이 말꼬리를 잡았다. "실례지만 당신의 말을 들으니 한 가지 생각나는 게 있군요. 크림전쟁 때 잡지『타임스』가 영국 육군성의 결함을 지적하자 우리의 가련한 저널리스트들이 환호했었죠. 나는 낙천주의자가 아니라서 인간적인 모든 것, 우리의 모든 삶, 비극으로 끝날 이 모든 희극이 장밋빛으로 보이지 않습니다. 하지만 우리 인간의 본질에 뿌리박고 있을지도 모를 것까지 서구의 탓으로 돌리는 이유가 뭡니까? 저 도박장은 분명 추악한 곳입니다. 그럼, 우리나라의 카드놀이 사기는 과연 더 나은가요? 아니죠, 친애하는 그리고리 미하일로비치, 우리는 좀더 겸손

53

하고 조용해져야 해요. 훌륭한 학생은 자기 선생의 결점을 보아도 정중한 자세로 잠자코 있지요. 그런 결점은 학생에게 이롭고, 학생을 올바른 길로 이끌어주기 때문입니다. 그러나 당신이 부패한 서구에 대해 꼭 비평하고 싶으면, 아니 저기 코코 공작이 말을 타고 속보로 달리고 있군요. 아마 그는 25분 동안 도박 테이블에서 150세대의 농부 가족한테서 짜낸 소작료를 몽땅 잃고 신경이 날카로워져 있을 겁니다. 게다가 오늘 나는 마르크스 상점에서 저 사람이 뵈요*의 팸플릿을 뒤적이는 것을 보았지요…… 당신에게 아주 좋은 말 상대가 될 겁니다!"

"천만에요, 천만에요." 리트비노프는 포투긴이 자리에서 엉거주춤 일어서는 것을 보고 서둘러 말했다. "나는 코코 공작을 잘 모릅니다. 그리고 당신과 얘기하는 것이 더 좋습니다……"

"무척 고맙군요." 포투긴이 자리에서 일어나 인사를 하면서 리트비노프의 말을 가로막았다. "하지만 나는 이미 당신과 아주 많은 이야기를 나누었고, 주로 나 혼자 떠들어댔어요. 아마 당신도 아실 겁니다. 사람이 말을 너무 많이 하고 나면, 게다가 혼자 떠들었을 경우엔 언제나 왠지 창피하고 거북해진다는 것을 말이죠. 첫 대면일 때는 특히 그렇지요! 또 만납시다…… 다시 말하지만 당신과 알게 돼서 무척 기쁩니다."

"잠깐만 기다리세요, 소존트 이바니치, 적어도 당신이 어디에 살고 있고, 여기서 얼마나 오랫동안 머물 예정인지 말해주세요."

---

* 프랑스의 왕당파 저널리스트.

포투긴은 살짝 언짢아하는 것 같았다.

"일주일쯤 더 바덴에 있을 겁니다. 그러니 우리는 여기 베버 카페나 마르크스 상점에서 만날 수 있겠죠. 아니면 내가 당신 숙소에 잠깐 들르지요."

"그래도 당신의 주소를 알고 싶군요."

"그래요. 그런데 나는 혼자가 아닙니다."

"결혼하셨나요?" 갑자기 리트비노프가 물었다.

"아닙니다…… 왜 그렇게 엉뚱한 말씀을 하십니까? 여자아이를 데리고 있습니다."

"아!" 리트비노프는 마치 사과하듯이 정중한 표정을 지으며 말하고는 눈을 내리떴다.

"겨우 여섯 살인걸요." 포투긴이 말을 이었다. "그 아이는 고아입니다…… 어느 부인의 딸인데…… 내가 아는 훌륭한 지인의 딸입니다…… 그러니 여기서 만나는 것이 더 좋을 겁니다. 그럼 안녕히 계세요."

그는 고수머리에 모자를 푹 눌러쓰고 재빨리 사라졌다. 리흐텐탈러 알레 공원으로 통하는 도로를 아주 희미하게 비추는 가스등 밑에서 그의 모습이 두어 번 언뜻 나타났다 사라졌다.

6

'이상한 사람이야!' 리트비노프는 자신이 묵고 있는 호텔 쪽으로 걸어가면서 생각했다. '이상한 사람이야! 그 사람을 찾아내야 해.' 그는 자기 방으로 들어섰다. 테이블 위에 한 통의 편지가 눈에 띄었다. '아! 타냐가 보낸 편지군!' 이렇게 생각하고 그는 미리 기뻐했다. 하지만 시골에 계신 아버지가 보낸 편지였다. 리트비노프는 커다란 문장紋章 봉인을 뜯고 편지를 막 읽으려고 하는데…… 그 순간 무척 상큼하고 친숙한, 강렬한 냄새에 깜짝 놀랐다. 그는 주위를 둘러보았다. 창가의 물컵 속에 싱싱한 헬리오트로프*로 만든 큼직한 꽃다발이 꽂혀 있었다. 리트비노프는 적잖이 놀라면서 꽃다발에 몸을 굽혀 건드려보고 냄새를 맡아보았다…… 그 꽃을 보니 마치 뭔가, 아주 멀리 있는 뭔가가 생각날 것만 같았다…… 하지만 도대체 그게 뭔지 생각해낼 수 없었다. 그는 종을 울려 하인을 불러서 이 꽃다발이 어디서 난 건지 물어보았다. 하인은 이름을 밝히려 들지 않는 어떤 부인이 꽃다발을 가져왔다고 대답했다. 그리고 '즐루이텐호프 씨'가 이 꽃을 보면 자기가 누군지 반드시 알아차릴 거라고 말했다고 했다. 리트비노프는 다시 뭔가가 생각날 것만 같았다…… 그는 하인에게 부인의 외모에 대해 물었다. 하인은 부인이 키가 크고 옷을 잘 입었으며 얼굴에 베일을 썼다고 설명했다.

"아마 러시아의 백작 부인일 겁니다." 하인이 덧붙여 말했다.

"왜 그렇게 생각하나?" 리트비노프가 물었다.

"2굴덴을 주셨어요." 하인이 이를 드러내 보이며 히죽 웃었다.

---

* 지칫과에 속하는 다년생 풀.

리트비노프는 하인을 내보내고 창문 앞에 서서 오랫동안 생각에 잠겼다. 마침내 한 손을 내젓고 다시 시골에서 온 편지를 읽기 시작했다. 아버지는 평소처럼 불평을 쏟아냈고, "곡식을 거저 준다고 해도 아무도 가져가지 않는다, 하인들이 전혀 복종하지 않는다, 아마 곧 말세가 올 것이다"라고 확신했다. "생각해보거라." 아버지는 이렇게 쓰고 있었다. "내 마지막 마부 칼미크인*을 기억하니? 저주받은 이 사람은 반드시 죽을 것이고, 이제 나는 마부도 없이 마차를 타고 다니게 될 것이다. 다행히 친절한 사람들이 이 병자를 랴잔의 신부에게 보내라고 조언하고 충고했다. 이 신부는 저주로 생긴 병을 치료하는 유명한 대가인데, 정말로 내 마부를 더할 나위 없이 잘 치료해주었다. 그 증거로 마치 문서 같은 그 신부의 편지를 첨부한다." 신부의 편지에는 이렇게 씌어 있었다. "하인 니카노르 드미트리예프는 의술로는 고칠 수 없는 병에 걸렸습니다. 이 병은 사악한 사람들의 저주로 생긴 것이지만, 그가 어떤 처녀에게 한 약속을 지키지 않았으므로 그 원인은 니카노르에게 있습니다. 그래서 그 처녀는 사람들의 도움으로 그를 완전히 무능한 인간으로 만들었던 겁니다. 만일 이 상황에서 내가 그의 조력자로 나서지 않았다면, 그는 분명히 양배추 벌레처럼 죽었을 겁니다. 하지만 내가 전지전능하신 신에 기대어 그의 생명의 버팀목이 되었습니다. 내가 어떻게 그런 일을 했는지는 비밀입니다. 다만 그 처녀가 앞으로는 그렇게 사악한 짓을 못 하도록 해주십

---

* 반¼유목 생활을 하던 몽골 민족의 하나.

사 귀하게 부탁드립니다. 그 처녀를 위협하는 것도 좋을 겁니다. 그러지 않으면 그 처녀가 다시 그에게 나쁜 짓을 할 수 있습니다." 리트비노프는 이 문서에 대해 곰곰이 생각했다. 문서에서 대초원의 오지와 곰팡이가 핀 생활의 맹목적인 어둠의 냄새가 났고, 이런 편지를 하필 바덴에서 읽는 게 이상하게 느껴졌다. 그사이에 자정이 벌써 오래전에 지났다. 리트비노프는 침대에 누워 촛불을 불어서 껐다. 그러나 잠을 이룰 수가 없었다. 오늘 그가 본 얼굴들과 들은 말들이 담배 연기로 지끈거렸던 뜨거운 머릿속에서 이상하게 얽히고 꼬이면서 계속 빙빙 맴돌았다. 때론 구바료프의 소 울음소리 같은 목소리가 들리는 듯했고, 내리뜬 그의 눈에서 어리석고 고집스러운 시선이 보였으며, 때론 그 눈이 갑자기 활활 타오르면서 실룩거렸다. 그리고 수한치코바를 알아본 리트비노프는 귀에 거슬리는 그녀의 목소리를 들으면서, 그녀를 따라서 "따귀를 갈겼죠"라고 무심결에 작은 목소리로 되뇌기도 했다. 때론 포투긴의 꼴사나운 모습이 리트비노프 앞에 나타나기도 했는데, 그럴 때면 포투긴의 말 한마디 한마디가 열 번이고 스무 번이고 생각났다. 때론 새 제복 같은 꼭 끼는 외투를 입은 보로실로프가 상자 속의 장난감 인형처럼 불쑥 튀어나왔고, 때론 피시찰킨이 멋지게 깎은, 사상이 온건한 머리를 지혜롭고 위엄 있게 끄덕였다. 거기에서 빈다소프가 소리를 지르며 욕설을 했고, 밤바예프는 눈물을 흘리며 감격했다…… 무엇보다 끈덕지게 따라다니는 달콤하고 진한 향기가 리트비노프의 마음을 불편하게 했다. 그 향기는 어둠 속에서 더욱더 강하게 퍼졌고, 리트비노프가 결코 이해할 수 없는 뭔가를 더욱더 집요하게 생각나게 했다…… 리트비노프는 문득 밤의 침실에서 꽃향기가 건강에 해롭다는 생각이 들어 자리에서 일어나 더듬더듬 꽃다발을 찾아서는 옆방으로 옮겨놓았다. 하지만 옆방에서 참기 힘든 향기가 베개와 담요 밑으로 스며들었고, 그는 우울하게 좌우로 몸을 뒤척였다. 이미 머리에서 슬금슬금 열이 나기 시작했다. '저주로 생긴 병을 치료하는 대가'인 신부가 턱수염에 변발을 한 아주 민첩한 토끼의 모습을 하고 그의 앞길을 두 번이나 가로질러 갔다. 또 보로실로프가 마치 수풀 속에 앉아 있는 것처럼 장군의 군모 깃털 장식 속에 앉아 그의 앞에서 꾀꼬리처럼 울기 시작했다…… 그때 갑자기 리트비노프가 침대에서 엉거주춤 일어나 두 손을 부딪치며 소리쳤다. "정말 그녀일까? 그럴 리 없어!"

하지만 리트비노프의 이 외침을 설명하기 위해 우리는 관대한 독자에게 우리와 함께 몇 년 전으로 돌아가자고 요청해야만 한다……

7

1850년대 초, 오시닌 공작 가문의 많은 가족이 몹시 쪼들리는 환경 속에서, 거의 궁핍하다시피 모스크바에서 살고 있었다. 그들은 타타르인이나 그루지야인의 혈통이 아닌 진짜 순수한 혈통의 공작들로 류리크의 후예들이었다. 그들의 이름은 러시아의 땅을 확장한 초기 모스크바공국의 대공들이 지배했던 시기의 연대기에 자주 등장한다. 그들은 넓은 세습 영지와 사유지를 소유했고 '봉사와 피와 불구不具'의 대가로 여러 번 땅을 하사받았으며 대귀족회의에도 참석했다. 그들 중 한 사람은 명예로운 부칭父稱을 사용하는 특권을 하사받기도 했다. 그들은 적들로부터 '마법과 신비한 치료약'을 사용한다는 중상을 받아서 황제의 총애를 잃었고 '이상하게, 폭삭' 몰락했으며, 훈장을 빼앗기고 벽지로 추방당했다. 이렇게 오시닌 가문은 몰락해서 이미 재기할 수 없게 되었고, 다시 권세를 잡을 수 없었다. 시간이 지나면서 황제의 노여움이 풀려 '모스크바의 허름한 집'과 '잡동사니 세간'까지는 되찾았지만 아무 소용이 없었다. 일단 빈궁해진 영락한 가문은 표트르 대제 때나 예카테리나 여제 때도 재기하지 못했다. 사회적 지위가 점점 낮아진 그들의 일족 중에는 사유지 관리인이나 양조장 지배인, 또는 구역 경찰서장으로 전락한 사람도 있었다. 우리가 언급한 오시닌 가족은 남편과 아내, 다섯 아이들로 구성되었다. 그들은 개 훈련장 근처의 1층짜리 작은 목조 가옥에서 살고 있었다. 줄무늬가 있는 정면 현관 계단은 거리를 향해 있었고, 대문에는 초록색 사자와 귀족을 상징하는 다른 정교한 문양이 그려져 있었다. 그들은 야채 장수와 외상 거래도 하고 겨울마다 자주 장작도 양초도 없이 지내곤 했다. 활기 없고 좀 우둔했지만 한때는 미남이자 멋쟁이였던 공작은 지금은 완전히 타락해버렸다. 그는 가문 덕이라기보다는 오히려 여관女官이었던 아내에 대한 배려 덕분에 오래된 모스크바 관직 중 하나를 받았다. 월급은 쥐꼬리만했지만 관직명은 그럴싸했고 하는 일은 아무것도 없었다. 그는 어떤 일에도 간섭하지 않았고, 실내복을 입은 채 무겁게 한숨을 쉬면서 아침부터 저녁까지 담배만 피워댔다. 병약하고 성마른 그의 아내는 항상 잡다한 살림살이와 아이들을 관립학교에 넣는 일, 그리고 페테르부르크의 유력자와의 관계 유지에 관심을 쏟았다. 그녀는 자신의 현재 상황과 궁정과의 소원한 관계에 결코 익숙해질 수 없었다.

리트비노프의 아버지는 모스크바에 있을 때 오시닌 부부를 알게 되어 약간의 도움을 주기도 하고, 한번은 3백 루블을 빌려주기도 했다. 대학생인 그의 아들도 종종 그들의 집에 들르곤 했는데, 하숙집이 거기서 멀지 않았기 때문이다. 그러나 대학생 리트비노프가 이 집에 드나들게 된 것은 그들이 가까운 이웃이고 그들의 생활이 궁금했기 때문만은 아니었다. 그가 오시닌 씨네 집을 자주 방문하기 시작한 것은 그들의 큰딸인 이리나에게 반한 뒤부터였다.

당시 만 열일곱 살이었던 이리나는 기숙여학교를 방금 그만두었다. 이리나의 어머니가 여자 교장과의 불쾌한 일로 딸을 학교에서 데려왔던 것이다. 이리나가 공식 행사에서 감독관을 환영하는 시를 프랑스어로 낭독하기로 되어 있었는데, 행사 바로 직전에 아주 부유한 전매사업자의 딸로 교체되는 불쾌한 일이 일어났다. 공작 부인은 이 불명예를 참을 수 없었다. 이리나도 교장의 부당한 처사를 용서하지 않았다. 이리나는 모든 사람들 앞에서 모든 사람들의 관심을 받으며 자리에서 일어나 시를 낭송하게 될 자신의 모습과 그 후 전 모스크바가 자신에 대해 뭐라고 얘기할지 미리 꿈꾸고 있었다…… 그건 그랬다. 아마 모스크바는 이리나에 대해 얘기했을 것이다. 키가 크고 날씬한 이리나는 가슴이 살짝 꺼지고 어깨는 좁고 싱그러웠다. 그 나이에 보기 드문 창백한 윤기 없는 피부는 자기磁器처럼 깨끗하고 매끈했으며, 숱이 많은 금발은 짙은 머리칼과 밝은 머리칼이 기묘하게 뒤섞여 있었다. 우아하고 정교할 정도로 균형 잡힌 그녀의 용모는 어린 처녀 특유의 순박한 표정을 아직 완전히 잃지 않았다. 그러나 아름다운 목을 천천히 숙이고 때론 산만하게 때론 피곤하게 미소를 지을 때는 신경질적인 귀족 아가씨의 모습이 드러났다. 보일락 말락 미소 짓는 얇은 입술과 약간 폭이 좁은 작은 매부리코에는 뭔가 독단적이고 열정적인 것, 다른 사람들이나 자신에게 위험한 뭔가가 있었다. 마치 이집트 여신들의 눈처럼 길쭉하고 정기精氣 없는, 푸르스름한 빛이 감도는 그녀의 진회색 눈은 정말 놀라웠고, 방사형放射形 속눈썹에다 눈썹은 대담하게 치켜올려져 있었다. 그녀의 눈에는 묘한 표정이 어려 있었다. 그 눈은 어떤 알 수 없는 깊이와 저 먼 거리에서 마치 세심하고 사려 깊게 응시하는 것 같았다. 기숙여학교에서 두뇌와 재능이 가장 우수한 학생들 중 하나로 이름났던 이리나는 변덕스럽고 야심만만하고 무모했다. 어떤 담임 여교사는 이리나의 열정이 그녀를 망칠 거라고 예언했고, 다른 담임 여교사는 그녀의 냉정함과 무정함을 탓하면서 '박정한 계집애'라고 불렀다. 이리나의 친구들은 그녀가 오만하고 속을 주지 않는 애라고 생각했고, 남동생과 여동생은 그녀를 좀 두려워했다. 어머니는 그녀를 신뢰하지 않았고, 아버지는 그녀가 수수께끼 같은 눈으로 자신을 빤히 바라볼 때

거북해했다. 하지만 그녀는 부모에게 자신에 대한 무의식적인 존경심을 불러일으켰다. 그것은 그녀의 자질 때문이 아니라 그녀가 부모의 마음속에 불러일으킨 뭔가 특이하고 막연한 기대 때문이었다. 그 기대가 무엇인지는 신만이 안다.

"두고 봐요, 프라스코비야 다닐로브나." 한번은 노공작이 긴 파이프를 입에서 빼내면서 말했다. "이리나가 다시 우리를 곤경에서 벗어나게 해줄 거야."

공작 부인은 버럭 화를 내며 불가능한 말만 한다고 남편에게 말했다. 하지만 곰곰이 생각하더니 입속말로 되뇌었다.

"그래요…… 우리를 곤경에서 벗어나게 해주면 좋겠어요."

이리나는 부모의 집에서 무제한의 자유를 누렸다. 그들은 이리나를 버릇없이 키우지는 않았고 약간 서먹서먹하게 대했지만 딸의 기를 꺾어놓지는 않았다. 그녀는 그것만을 원했다…… 너무나 굴욕적인 일이 일어날 때도 있었다. 가령 어느 가게 주인이 찾아와서 온 집안이 쩌렁쩌렁 울리도록 "외상값 받으러 오는 것도 이제 진저리가 난다"고 외쳐대거나 하인들이 주인 면전에서 "땡전 한 푼 없어서 쫄쫄 굶고 있는데 공작은 무슨 놈의 공작"이냐며 욕설을 해댔다. 이럴 때 이리나는 눈썹조차 움직이지 않고 꼼짝 않고 앉아서 우울한 얼굴에 악의에 찬 웃음을 짓곤 했다. 그녀의 부모는 그 웃음이 어떤 비난보다도 괴로웠다. 그들은 부와 영화와 존경을 받을 권리를 갖고 태어난 것 같은 딸에게 어떤 잘못도 안 했지만 잘못했다고 느끼고 있었다. 리트비노프는 첫눈에 이리나에게 반했다. (그는 이리나보다 겨우 세 살 많았다.) 그는 오랫동안 그녀에게서 사랑은 물론

63

관심조차 받을 수 없었다. 리트비노프를 대하는 그녀의 태도에는 적의의 흔적마저 있었다. 마치 그녀가 그에게 받은 모욕감을 깊이 숨기고 있지만 그 모욕을 용서할 수 없는 것처럼 보였다. 그 당시 리트비노프는 너무 젊고 겸손해서 악의적이고 거의 경멸하는 듯한 이 엄격한 태도 속에 도대체 어떤 감정이 숨어 있는지 이해할 수 없었다. 그는 강의나 노트를 잊어버리고 오시닌 씨네 우울한 객실에 앉아서 슬며시 이리나를 바라보곤 했다. 그의 심장은 애처롭게 시나브로 녹아내렸으며 가슴이 짓눌리는 것 같았다. 그녀는 마치 화가 난 듯, 혹은 권태로운 듯 자리에서 일어나 방 안을 서성이며 책상이나 의자를 바라보듯 차갑게 그를 바라보았고, 어깨를 으쓱이고 팔짱을 꼈다. 혹은 저녁 내내 리트비노프와 얘기하면서도 일부러 그를 한 번도 쳐다보지 않았는데, 마치 그런 은총은 베풀 수 없다는 듯한 태도였다. 혹은 책을 집어 들고 쳐다보며 읽지도 않으면서 눈살을 찌푸리고 입술을 깨물거나 아버지나 남동생에게 "인내를 독일어로 뭐라고 하지?"라고 큰 소리로 불쑥 묻기도 했다. 그는 마법에 걸린 원에서 벗어나려고 애썼지만, 그 원 속에서 덫에 걸린 새처럼 괴로워하며 끊임없이 버둥대고 있었다. 그는 일주일 동안 모스크바를 떠나 있기도 했다. 그러나 우수와 권태로 거의 미칠 지경이 되어버린 그는 온몸이 비쩍 마르고 병이 나서 오시닌 씨네 집으로 돌아왔다…… 그런데 정말 이상하게도 이리나 역시 요 며칠 사이 눈에 띄게 수척해졌고, 얼굴은 누렇게 뜨고 뺨도 홀쭉해졌다…… 하지만 그녀는 평소보다 더욱 차갑게, 고소하다는 듯이 무심하게 그를 맞이했다. 마치 예전에 그가 그녀에게 주었던 은밀한 모욕을 더욱 강화시킨 것 같았다…… 그녀는 그렇게 두 달 동안 그를 괴롭혔다. 그러다가 어느 날 모든 것이 변했다. 마치 불길이 확 타오르듯, 마치 뇌우가 몰려오듯 사랑이 덮친 것이다. 어느 날—그는 이날을 오랫동안 기억했다—오시닌 씨네 객실 창가에 앉아서 멍하니 거리를 바라보고 있던 그는 화가 나고 따분해하며 자신을 경멸했지만 그 자리를 뜰 수가 없었다…… 만약 창 밑에 강물이 흐르고 있었다면, 공포를 느끼면서도 미련 없이 강물 속으로 뛰어들었을 것이다. 이리나는 그에게서 멀지 않은 곳에 앉아 왠지 이상하게 침묵하면서 꼼짝도 하지 않았다. 그녀는 요 며칠 동안 그와 전혀 얘기를 하지 않았고 그 누구와도 말을 하지 않았다. 그녀는 줄곧 두 손으로 턱을 괴고 앉아서 마치 당혹스러운 듯이 그저 이따금씩 천천히 주위를 둘러보곤 했다. 마침내 리트비노프는 이 냉랭한 괴로움을 더 이상 견딜 수가 없었다. 그는 자리에서 일어나 작별 인사도 하지 않고 자기 모자를 찾기 시작했다. "그대로 계세요!" 갑자기 속삭이는 듯한 목소리가 들렸다. 리트비노프의 심장이 떨렸다. 이윽고 그는 그것이 이리나의 목소리임을 알아차렸다. 전에 없던 뭔가가 이 한마디 말속에 울리고 있었다. 그는 고개를 들고 그 자리에 서서 꼼짝하지 않았다. 이리나는 상냥하게, 정말로 상냥하게 그를 바라보고 있었다. "그대로 계세요." 그녀가 되뇌었다. "가지 마세요. 당신과 함께 있고 싶어요." 그녀는 다시 목소리를 낮추었다. "가지 마세요…… 같이 있고 싶어요." 아무것도 이해하지 못하고, 어쩔 줄 모르면서 그는 그녀에게 가까이 다가가 두 손을 내밀었다…… 그녀는 즉시 그에게 두 손을 내주고 미소를 짓더니 온통 얼굴을 붉혔다. 그리고 얼굴을 돌리고 계속 미소를 지으면서 방 밖으로 나갔다…… 몇 분이 지나서 그녀는 여동생과 함께 돌아와 다시 상냥한 눈길로 오랫동안 그를 바라보더니 그를 자기 옆에 앉게 했다…… 처음에 그녀는 아무 말도 하지 않고, 그저 한숨을 쉬고 얼굴을 붉힐 뿐이었다. 이윽고 다소 부끄러워하면서 지금껏 한 번도 묻지 않았던 그의 일에 대해 이것저것 캐묻기 시작했다. 그날 저녁 그녀는 여태까지 그의 가치를 알아보지 못했다고 몇 번이나 사과했고, 이제 자기는 완전히 다른 여자가 되었다고 단언하면서 뜻밖에 공화주의자 같은 말로 그를 깜짝 놀라게 만들었다. (그 당시 그는 로베스피에르를 존경했고, 감히 큰소리로 마라*를 비난하지 않았다.) 일주일 후에 그는 그녀가 자기를 사랑하고 있음을 이미 알게 되었다. 정말로 그는 오랫동안 그 첫날을 기억했다…… 하지만 그 뒤의 며칠도 잊지 않았다. 그는 그녀의 사랑을 여전히 의심했고 믿기를 두려워했다. 환희와 두려움에 가까운, 심장이 멎을 것 같은 기분을 느끼면서 그는 뜻밖의 행복이 어떻게 움터서 자라나고, 그 앞의 모든 것을 덮쳐서 마침내 가슴에 밀려드는지 분명히 보았다. 첫사랑의 빛나는 순간이 시작되었다. 그것은 한 생애에서 되풀이될 수 없고, 또 되풀이되어서도 안 되는 수난이었다. 이리나는 갑자기 양처럼 순하고 비단처럼 부드럽고 한없이 착해졌다. 그녀는 여동생들의 공부도 돌봐주었다. 그녀는 음악

* 프랑스 대혁명의 지도자로 목욕하던 중 샤를로트의 칼에 맞아 죽었다.

가가 아니어서 여동생들에게 피아노를 가르치지는 못했고, 프랑스어와 영어 공부를 도와주었다. 또 동생들과 교과서도 같이 읽고 집안일도 열심히 했다. 그녀에겐 모든 것이 재미있고 흥미로웠다. 그녀는 쉴 새 없이 떠들어대거나 조용히 감동에 사로잡혔다. 여러 가지 계획도 세웠다. 그녀는 자기가 리트비노프와 결혼해서(그들은 결혼이 성사되리라는 것을 전혀 의심하지 않았다) 무엇을 할지, 둘이서 어떻게 할지 끊임없이 계획을 세웠다…… "일을 해야지?"라고 리트비노프가 속삭이면, "그럼요, 일을 해야죠"라고 이리나가 되뇌었다. "책도 읽고…… 그러나 무엇보다 여행을 해요." 특히 이리나는 가능하면 빨리 모스크바를 뜨고 싶어 했다. 리트비노프가 자기는 아직 대학 과정을 끝내지 못했다고 말할 때마다 그녀는 잠시 생각하고 나서 공부는 베를린이나 다른 어딘가에서 끝낼 수 있다고 대꾸했다. 이리나는 자기감정을 표현하는 데 별로 거리낌이 없어서 리트비노프를 좋아하는 마음을 부모에게 숨기지 않았다. 그녀의 부모는 그다지 기뻐하지는 않았으나 모든 상황을 고려해보고 나서, 바로 반대할 필요는 없다고 생각했다. 리트비노프의 재산이 꽤 많았던 것이다…… "하지만 가문, 가문이 별로야!" 공작 부인이 지적했다. "음, 물론 가문은 별로야." 공작이 대답했다. "하지만 그는 평민은 아니지. 무엇보다 중요한 건 이리나가 우리 말을 듣지 않을 거야. 그 애가 하고 싶어 하는 것을 못 하게 한 적이 있소? 당신도 그 애 고집을 알 거요! 게다가 아직은 아무것도 확실하지 않고." 공작은 이렇게 생각하면서도 속으론 금세 이렇게 덧붙여 말했다. '리트비노프 부인이라…… 고작 그 정도야? 다른 걸 기대했건만.' 이리나는 미래의 신랑을 완전히 장악했고, 리트비노프는 흔쾌히 그녀에게 굴복했다. 그는 마치 소용돌이에 휩쓸려서 정신을 잃은 것 같았다…… 그는 무섭기도 하고 달콤하기도 했지만 후회하거나 되돌릴 것은 아무것도 없었다. 부부의 의미와 의무에 대해 궁리해보고, 이리나에게 완전히 굴복한 자기가 좋은 남편이 될 수 있을지, 이리나가 어떤 아내가 될지, 둘 사이의 올바른 관계가 무엇인지 궁리해보았지만 그는 끝내 결론을 내릴 수가 없었다. 그의 피는 들끓었고, 길은 하나밖에 없었다. 그녀를 따라 그녀와 함께, 무슨 일이 일어나더라도 계속 전진해야만 했다! 그러나 리트비노프도 전혀 저항하지 않았고 이리나도 돌발적인 애정을 넘치게 쏟아부었건만, 둘 사이에 약간의 오해와 충돌이 없지는 않았다. 어느 날 그는 낡은 프록코트를 걸치고 두 손에 잉크를 묻힌 채 대학에서 곧장 그녀의 집으로 달려갔다. 그녀는 평소처럼 상냥하게 인사를 하며 그를 맞으러 뛰어나오다가 돌연 멈춰 섰다.

"장갑을 끼지 않았네요." 그녀는 띄엄띄엄 말하고 나서 즉시 이렇게 덧붙였다. "칫! 당신은 평범한…… 대학생이군요!"

"이리나, 당신은 너무 민감해!" 리트비노프가 말했다.

"당신은…… 진짜 대학생이군요." 그녀가 되뇌었다. "당신은 기품이 없어요."

이렇게 말하더니 그녀는 그에게 등을 돌리고 방에서 나갔다. 정말로 한 시간쯤 지나서 그녀는 자신을 용서해달라고 그에게 간청했다. 대체로 그녀는 기꺼이 잘못을 뉘우치고 그에게 용서를 빌었다. 그러나 이상하게도 그녀는 자신에게 없었던 나쁜 의도에 대해서는 거의 눈물을 흘리면서 스스로를 비난하면서도 자신의 실제 결점은 완강하게 부인했다. 한번은 그녀가 두 손으로 머리를 받치고 머리칼을 헝클어뜨린 채 울고 있었다. 너무나 불안해진 그가 왜 슬퍼하느냐고 물었다. 그녀는 말없이 자기 가슴을 가리켰다. 리트비노프는 저도 모르게 몸을 떨었다. '폐병!'이란 단어가 그의 머릿속에 퍼뜩 떠올라 그녀의 손을 잡았다.

"자기 아픈 거야?" 그가 떨리는 목소리로 말했다. (그들은 벌써 중요한 경우에는 편하고 친근하게 말하는 사이가 되었다.) "그럼 내가 의사를 부르러 갈게……"

그러나 이리나는 그의 말이 끝나기도 전에 화를 내며 발을 굴렀다.

"난 아주 건강해요…… 그런데 이 옷이…… 정말로 당신 모르겠어요?"

"도대체 그 옷이 어때서?……" 그는 당황해서 물었다.

"어떠냐고요? 난 다른 옷이 없어요. 이렇게 낡고 보기 싫은 옷밖에 없다고요. 난 매일 이 옷만 입어야 해…… 심지어 자기가…… 당신이 올 때도…… 결국 자긴 내 초라한 모습을 보고 날 사랑하지 않게 될 거야!"

"아니, 이리나, 그게 무슨 소리야! 그 옷도 아주 멋진데…… 내가 자기를 처음 보았을 때 자기가 그 옷을 입고 있었기 때문에 나는 그 옷이 더욱 마음에 들어."

이리나는 얼굴을 붉혔다.

"제발 그리고리 미하일로비치, 그때 내게 다른 옷이 없었다는 걸 떠올리게 하지 말아줘요."

"하지만 단언컨대, 이리나 파블로브나, 그 옷은 당신에게 참 잘 어울려요."

"아뇨, 이 옷은 정말 꼴도 보기 싫어요." 그녀는 부드러운 긴 머리칼을 신경질적으로 잡아당기면서 되뇌었다. "아, 이 가난과 어둠! 어떻게 이 가난에서 벗어날 수 있을까? 어떻게 어둠에서 벗어날 수 있을까!"

리트비노프는 무슨 말을 해야 할지 몰라 살짝 얼굴을 돌렸다……

별안간 이리나가 의자에서 벌떡 일어나더니 그의 어깨에 두 손을 얹었다.

"그래도 당신은 날 사랑하죠? 날 사랑하죠?" 그녀는 얼굴을 그에게 가까이 대고 말했다. 아직 눈물이 그렁그렁한 그녀의 눈은 행복한 기쁨으로 반짝였다. "이렇게 보기 싫은 옷을 입은 날 사랑하는 거죠?"

리트비노프는 갑자기 그녀 앞에 무릎을 꿇었다.

"아, 날 사랑해줘, 사랑해줘요, 내 사랑, 나의 구세주!" 그녀는 그에게 몸을 구부리며 속삭였다.

이렇게 며칠, 몇 주가 쏜살같이 흘러갔다. 그러나 결혼에 대한 어떤 정식 의논도 아직 없었다. 리트비노프는 여전히 청혼을 미루었다. 물론 그건 그의 뜻이 아니었다. 그는 이리나의 지시를 기다리고 있었다. (언젠가 그녀는 우리 둘 다 우스울 정도로 젊으니 우리 나이에 몇 주만이라도 더 보태자고 말했었다.) 그러나 모든 것은 이미 대단원을 향해 움직이고 있었고, 가까운 미래는 더욱더 분명해졌다. 그때 갑자기 길가의 가벼운 먼지를 흩어버리듯 그들의 모든 목적과 계획을 날려버린 사건이 일어났다.

8

그해 겨울에 황실이 모스크바를 방문했다. 축하연이 연달아 열렸다. 마침내 귀족회관에서 관례대로 대무도회가 열리게 되었다.『정치 통보』에 광고 형태로 실린 이 무도회 소식은 개 훈련장 부근의 공작의 작은 집에도 전해졌다. 맨 먼저 수선을 떤 사람은 공작이었다. 공작은 즉시 이리나를 꼭 데리고 가야겠다고 결심했다. 황실 사람들을 볼 수 있는 기회를 놓치는 건 용서할 수 없는 일이며, 자기처럼 오래된 가문의 귀족들이 무도회에 참석하는 것은 일종의 의무라고까지 생각했다. 공작은 평소의 그답지 않게 아주 열렬하게 자기 의견을 고집했다. 공작부인도 어느 정도 남편의 의견에 동의했지만 비용을 생각하고는 한숨만 내쉬었다. 하지만 이리나가 단호하게 반대했다. "필요 없어요. 난 안 가요"라며 부모의 온갖 논리에 대답했다. 이리나의 고집이 너무 완강해서 마침내 늙은 공작은 그녀를 설득해달라고 리트비노프에게 부탁하기로 작정했다. 무엇보다 처녀가 사교계를 피하는 것은 예의범절에 어긋나니 '사교계도 경험해야 한다', 그러지 않으면 어디서든 아무도 그 애를 알아보지 못할 거라고 그녀에게 말해달라는 거였다. 리트비노프는 무도회에 참석해야 하는 '이유'를 이리나에게 말하기 시작했다. 이리나는 리트비노프가 당황할 정도로 그를 유심히 뚫어져라 쳐다보았다. 그녀는 자기 허리띠 끝을 만지작거리더니 조용히 말했다.

"당신이 그걸 원해요? 당신이?"

"그래…… 내 생각은……" 리트비노프는 말을 더듬으며 대답했다. "난 당신 아버지 생각에 동의해…… 왜 안 간다는 거야? 사람들을 구경하고 자신을 보여줄 수도 있어." 그는 히죽 웃으며 덧붙여 말했다.

"자신을 보여줘요?" 그녀는 천천히 되뇌었다. "그럼, 좋아요, 가겠어요…… 다만 당신이 이걸 원했다는 걸 기억해요."

"그러니까 나는……" 리트비노프가 입을 열려고 했다.

"당신이 이걸 원했어요." 그녀가 그의 말을 가로막았다. "그런데 조건이 하나 더 있어요. 당신은 그 무도회에 오지 않겠다고 약속해줘요."

"왜지?"

"난 그걸 원해요."

리트비노프는 두 팔을 벌렸다.

"그렇게 하지…… 하지만 잘 차려입은 당신을 보고, 분명 당신이 다른 사람들에게 줄 감동을 직접 목격할 수 있다면 무척 기쁠 텐데. 난 당신이 너무나 자랑스러울 거야!" 그는 한숨을 쉬며 덧붙였다.

이리나는 가볍게 미소를 지었다.

"잘 차려입어봤자 하얀 원피스뿐인데, 감동은 무슨 감동……

글쎄, 한마디로 당신이 거기에 오지 않기를 원해요."

"이리나, 마치 화가 난 것 같아?"

"오, 아니요! 화 안 났어요. 다만 당신이…… (그녀는 가만히 그를 바라보았다. 그는 지금껏 그녀의 눈에서 그런 표정을 한 번도 본 적이 없는 것 같았다.) 그래야만 할 것 같아요." 그녀는 나직한 목소리로 덧붙여 말했다.

"하지만 이리나, 날 사랑하지?"

"당신을 사랑해요." 그녀는 엄숙하리만치 위엄 있게 표정을 짓고 대답하더니 남자처럼 강하게 그의 손을 꽉 쥐었다.

그 후 며칠 동안 이리나는 꼼꼼히 몸단장을 하고 머리 모양에 신경을 썼다. 무도회 전날에 그녀는 기분이 좋지 않아 자리에 앉아 있지 못하고 혼자서 두어 번 울기까지 했다. 그러나 리트비노프 앞에서는 왠지 똑같은 미소를 지어 보였다. 그녀는 여전히 그를 부드럽게 대했지만 거울 속에 비친 자기 모습을 계속 멍하니 바라보곤 했다. 무도회가 열리는 날 그녀는 전혀 말이 없고 낯빛이 창백했으나 침착했다. 밤 8시가 지나 리트비노프는 그녀를 보러 갔다. 그녀가 하얀 모직 원피스를 입고 약간 치켜올린 머리에 작은 푸른 꽃가지를 꽂고 그를 향해 걸어 나왔을 때 그는 "아!" 하고 탄성을 질렀다. 그만큼 그녀는 아름답게 보였고 정말 나이에 어울리지 않게 위풍당당해 보였다. '그녀는 아침결에 어른이 되었군' 하고 그는 생각했다. '정말 당당한 모습이야! 혈통이란 바로 이런 거야!' 이리나는 두 손을 아래로 늘어뜨린 채 미소도 짓지 않고, 거드름도 피우지 않으면서 그 앞에 서서 단호하고도 대담해 보일 정도로 그가 아닌 어딘가 눈 앞쪽의 먼 곳을 똑바로 바라보고 있었다.

"당신은 마치 옛날이야기에 나오는 여왕 같아." 마침내 리트
비노프가 말했다. "아니, 그보다도 전투에서 승리를 앞둔 사령
관 같아…… 당신은 내가 이 무도회에 가는 것을 허락하지 않
았지만," 그가 말을 이었으나 그녀는 여전히 미동도 하지 않았
고 그의 말에 귀를 기울이지도 않았다. 그녀는 다른 내면의 목
소리를 듣고 있었다. "하지만 내 꽃다발을 거절하진 않겠지?"

그는 헬리오트로프 꽃다발을 그녀에게 주었다.

그녀는 리트비노프를 재빨리 쳐다보고 한쪽 손을 뻗어서 갑
자기 자기 머리를 장식한 꽃가지 끝을 붙잡고 이렇게 말했다.

"이거 갖고 싶지 않으세요? 한마디만 하면, 난 이 모든 걸
뜯어내고 집에 있을 거예요."

리트비노프의 가슴이 움찔했다. 이리나는 한 손으로 이미 꽃
가지를 뽑고 있었다……

"안 돼, 안 돼, 도대체 왜?" 그는 감사와 너그러운 감정이 북
받쳐서 다급히 말을 받았다. "난 에고이스트가 아니오. 왜 자유
를 속박해야 하지…… 내가 당신의 마음을 알면……"

"그럼, 가까이 오지 말아요, 옷이 구겨져요." 그녀가 급히 말
했다.

리트비노프는 당황했다.

"꽃다발은 받아주겠지?" 그가 물었다.

"물론이죠. 참 아름다워요. 난 이 향기를 무척 좋아해요. 고
마워요…… 이 꽃다발을 기념으로 간직할게요……"

"당신의 첫 무도회를 위해." 리트비노프가 말했다. "당신의

첫 승리를 위해."

이리나는 살짝 몸을 돌려서 거울 속에 비친 자신의 모습을 어깨 너머로 바라보았다.

"내가 정말 그렇게 멋져요? 아부하는 건 아니죠?"

리트비노프는 열광적으로 칭찬했다. 하지만 이리나는 이미 그의 말을 듣고 있지 않았다. 그녀는 꽃다발을 얼굴에 가까이 가져다 대면서 마치 더 어두워지고 커진 듯한 이상한 눈으로 다시 어딘가 먼 곳을 바라보고 있었다. 부드러운 공기의 흐름에 흔들린 가느다란 리본 끝이 그녀의 어깨 뒤에서 마치 날개인 양 살짝 솟아올랐다.

곱슬곱슬한 머리칼에 하얀 넥타이를 매고 빛바랜 검은색 연미복을 입은 공작이 나타났다. 연미복 옷깃에는 블라디미르 훈장의 장식 띠 위에 귀족 메달이 꽂혀 있었다. 남편의 뒤를 따라 예스러운 비단옷을 입은 공작 부인이 방 안으로 들어왔다. 그녀는 세상 어머니들이 흔히 마음의 동요를 숨기려고 짓는 엄격하고 근심 어린 표정으로 뒤에서 딸의 옷매무새를 고쳐주면서 괜히 딸의 옷 주름을 슬쩍 흔들었다. 비쩍 마른 털북숭이 말 두 마리가 끄는 커다란 4인용 대절 여행마차가 아직 치우지 않은 눈 더미 속을 헤치고 바퀴를 삐걱거리면서 현관 계단 쪽으로 천천히 다가왔다. 그러자 이상한 제복 차림의 허약한 하인이 현관에서 뛰어나와 약간 필사적으로 마차가 준비되었다고 알렸다…… 공작 부부는 집에 남은 아이들에게 잘 자라고 축복해주고는 모피 외투로 몸을 감싸고 현관 계단으로 향했다. 이리나는 약간 얇고 짧은 외투를—그녀는 이 외투를 얼마나 증오했던가!—입고 말없이 부모의 뒤를 따랐다. 리트비노프는 그들을 전송하면서 이리나가 작별의 눈길이라도 건네길 바랐으나 그녀는 고개도 돌리지 않고 마차에 올라탔다.

자정 무렵에 리트비노프는 귀족회관의 창문 아래를 서성거렸다. 거대한 샹들리에의 무수한 불빛들이 붉은 커튼을 통해 밝은 점처럼 빛났고, 마차로 가득 찬 광장 전체에 슈트라우스 왈츠의 음향이 뻔뻔스럽고 유쾌하게 울려 퍼졌다.

다음 날 리트비노프는 12시가 지나 오시닌 씨네로 갔다. 집에는 공작 혼자 있었다. 공작은 이리나가 두통으로 침대에 누워 있고 저녁때까지 일어나지 않을 거라고 즉시 리트비노프에게 말했다. 하지만 첫 무도회 후에 그 정도의 몸살은 전혀 놀라운 것이 아니었다.

"자네도 알겠지만, 처녀들에게 이건 아주 자연스러운 거네." 공작은 프랑스어로 덧붙여 말했다. 그 순간 리트비노프는 공작이 평소처럼 느슨한 실내복이 아니라 프록코트를 입고 있는 걸 보고 다소 놀랐다. "게다가," 공작이 말을 이었다. "어젯밤에 그런 사건을 겪고 그 애가 어찌 병이 나지 않을 수 있겠어!"

"사건이라뇨?" 리트비노프가 말했다.

"그럼, 그럼, 사건, 사건이었지. **진짜 사건이었어.** 그리고리 미하일로비치, 당신은 **그 애가 얼마나 성공을 거두었는지** 상상도 못 할 거요! 황실 사람들 모두 그 애를 눈여겨보았지! 알렉산드르 표도로비치 공작은 여기는 그 애가 있을 곳이 아니며, 그 애가 데본시르스카야 백작 부인을 생각나게 한다고 말했어. 글쎄, 자네도 알 거야, 그…… 유명한 부인을…… 그리고 늙은

블라젠크람프 백작은 이리나가 **무도회의 여왕**이라고 모두가
들을 수 있게 큰 소리로 공언하고는 그 애에게 자기를 소개시
켜달라고 했고, 나한테도 자신을 소개했지. 그리고 경기병 시
절의 날 기억한다고 말했고, 지금은 어디서 근무하고 있느냐고
내게 물었다네. 그 노백작은 아주 재미있는 분으로 아름다운
여성의 숭배자거든! 사람들은 나뿐만이 아니라 내 아내까지도
가만히 내버려두지 않았으니까…… 나탈리야 니키티시나까지
도 아내에게 말을 걸 정도였으니…… 더 말할 게 없지. 이리나
는 **최고의 파트너들과** 춤을 추었어. 그들은 내 앞에서 계속 자
신을 소개했고, 그 수를 헤아릴 수도 없었다네. 그들이 무리를
지어 우리 주변을 서성거렸다는 게 믿어지나? 마주르카를 출
때는 모두가 그 애만을 파트너로 선택하려고 했어. 어떤 외국
인 외교관은 그 애가 모스크바 태생이라는 걸 알고는 '**폐하, 분
명 귀국의 중심은 모스크바입니다!**'라고 황제께 말했다네. 다른
외교관은 '**폐하, 이건 진짜 혁명입니다**'라고 덧붙여 말했지. 계
시라든가 혁명이라든가…… 어쨌든 그런 거였어. 그래…… 그
래…… 이건…… 이건…… 자네에게 말하네만, 이건 정말 예삿
일이 아니었어."

"그럼, 이리나 파블로브나는 어땠나요?" 공작이 얘기하는 동
안 손과 발이 차가워진 리트비노프가 물었다. "즐거워하고 만
족하는 것 같았나요?"

"물론 즐거워했지. 어찌 만족스럽지 않았겠나! 하지만 자네
도 알다시피, 그 애를 단번에 이해하기란 쉽지 않아. 어제 모두
들 내게 이렇게 말하더군. '정말 놀라워요! **누구도 댁의 따님이**

처음 무도회에 나왔다고 말하지 않을 겁니다.' 그런데 레이젠바흐 백작은…… 자네도 그분을 알고 있겠지……"

"아뇨, 전혀 모릅니다. 만난 적도 없고요."

"내 아내의 사촌 동생인데……"

"모릅니다."

"부자이고 시종인데 페테르부르크에서 살고 있네. 유력한 인사로, 리보니아에서 모든 걸 자기 맘대로 하고 있지. 지금껏 우리를 무시했는데…… 하지만 난 그런 것에 개의치 않아. **자네도 알다시피 난 너그러운 사람이니까.** 어쨌든 그런 사람이야. 그가 이리나 곁에 와서 앉더니 15분 동안이나—그 이상은 아니고—그 애와 얘기를 나누었고, 내 아내에게 이렇게 말했지. **'누님 딸인 내 조카는 진주예요. 완전무결해요.** 모두가 그런 조카를 뒀다고 날 축하해요……' 나중에 보니까 그는 고관에게 다가가…… 말하면서 줄곧 이리나를 힐끔힐끔 쳐다보는 거야…… 게다가 그 고관도 이리나를 힐끔힐끔 쳐다보고……"

"이리나는 온종일 나타나지 않겠네요?" 리트비프가 다시 물었다.

"그래, 두통이 심하니까. 자네에게 안부를 전하고 꽃다발에 대해 감사하다는 말을 전해달라고 했네. 꽃다발이 아주 마음에 든다고 하더군. 그 애는 쉬어야 해…… 내 아내는 의례상 방문을 갔고…… 나 역시……"

공작은 기침을 하고 더 말하기가 난처하다는 듯이 종종걸음을 쳤다. 리트비노프는 모자를 집어 들고서 더 이상 폐를 끼치고 싶지 않으니 이리나의 건강을 물으러 나중에 들르겠다고 말하고는 밖으로 나왔다.

오시닌 씨네 집에서 몇 걸음 떨어진 곳에서 그는 경찰 초소 앞에 멈춰 선 화려한 2인승 사륜마차를 보았다. 제복 차림의 세련된 하인이 마부석에서 태연히 허리를 굽혀 파벨 바실리예비치 오시닌 공작이 이 근방 어디에 사느냐고 핀란드인 경찰에게 묻고 있었다. 리트비노프는 사륜마차를 힐끗 쳐다보았다. 마차에는 치질 환자처럼 보이는 중년 남자가 앉아 있었는데, 주름진 오만한 얼굴에 매부리코와 심술궂은 입술을 하고 있었다. 흑담비 털외투를 걸친 그는 겉모습으로 보아 고관 같았다.

9

리트비노프는 나중에 들르겠다는 약속을 지키지 못했다. 그는 이 방문을 내일로 미루는 것이 더 낫겠다고 생각했다. 다음 날 12시쯤, 그는 너무나 익숙한 객실로 들어서면서 공작의 어린 두 딸인 빅토린카와 클레오파트린카를 보았다. 그는 그들과 인사를 나누고 이리나 파블로브나가 몸이 좋아졌는지, 지금 그녀를 볼 수 있는지 물었다.

"이리노치카*는 엄마랑 나갔어요." 빅토린카가 대답했다. 빅토린카는 혀짤배기소리를 냈지만 자기 언니보다 더 활달했다.

"뭐…… 나갔다고?" 리트비노프가 되뇌었다. 그의 가슴속 깊

---

* 이리나의 애칭.

79

은 곳에서 뭔가가 조용히 떨리기 시작했다. "그런데…… 그런데…… 그런데 이 시간에 언니가 아가씨들에게 공부를 가르쳐주지 않나요?"

"언니는 더 이상 우리에게 공부를 가르쳐주지 않을 거예요." 빅토린카가 대답했다.

"언니는 이제 공부를 가르쳐주지 않을 거예요." 클레오파트린카가 뒤이어 말했다.

"그럼 아버지는 집에 계신가요?" 리트비노프가 물었다.

"아빠도 집에 안 계세요." 빅토린카가 말을 이었다. "이리노치카는 몸이 안 좋고 밤새 울었어요……"

"울었다고?"

"네, 울었어요…… 언니 눈이 충혈되고 퉁퉁 부었다고 예고로브나가 말했어요……"

리트비노프는 오한이 나는 듯 살짝 몸을 떨면서 방 안을 두어 번 왔다 갔다 하다가 집으로 돌아왔다. 그는 높은 탑 위에서 아래를 내려다볼 때 사람이 느끼는 것과 비슷한 감정을 느꼈다. 마음속 모든 것이 멎는 듯하고 머리가 천천히 느글느글하게 빙빙 돌았다. 어렴풋한 의혹과 어지러운 생각, 모호한 공포와 무언의 기대, 남의 불행을 즐기는 듯한 이상한 호기심, 짓눌린 듯한 목구멍 속에 흐르지 않는 쓰라린 눈물, 입가의 공허한 억지웃음, 그 누구를 위한 것도 아닌 무의미한 기도…… 아, 이 모든 것은 얼마나 괴롭고 모욕적일 만큼 추했던가! '이리나는 날 보고 싶지 않은 거야'라는 생각이 끊임없이 그의 머릿속에서 맴돌았다. '이건 분명해. 하지만 이유가 뭐지? 저 불

80

행한 무도회에서 도대체 무슨 일이 일어났을까? 어떻게 이런 변화가 별안간 일어날 수 있을까? 이렇게 갑자기…… (사람들은 죽음이 불시에 찾아오는 것을 끊임없이 보면서도 불시에 찾아오는 죽음에 결코 익숙해질 수 없고, 죽음을 무의미하다고 생각한다.) 내게 한마디 말도 남기지 않고, 아무런 설명도 하지 않다니……'

"그리고리 미하일리치." 누군가의 긴장된 목소리가 그의 귓전에 울렸다.

리트비노프는 몸을 부르르 떨고 나서 두 손에 쪽지를 들고 자기 앞에 서 있는 하인을 보았다. 그는 이리나의 필체를 알아보았다…… 봉투를 뜯기 전부터 그는 이미 불행을 예감하고 마치 그 일격으로부터 몸을 피하기라도 하듯이 머리를 가슴에 떨구고 두 어깨를 치켜올렸다. 마침내 그는 용기를 내어 봉투를 뜯었다. 조그마한 한 장의 편지지에는 이렇게 적혀 있었다.

저를 용서해주세요, 그리고리 미하일리치. 우리 사이는 모든 것이 끝났어요. 저는 페테르부르크로 옮겨 갑니다. 몹시 괴롭지만 일이 그렇게 되었어요. 아마도 제 운명은…… 아니, 아니에요, 자기변명은 하고 싶지 않아요. 제 예감이 맞았어요. 절 용서해주시고 잊어주세요. 저는 당신에게 어울리지 않는 여자입니다.

이리나

추신. 부디 너그럽게 용서하시고, 절 만나려 애쓰지 마세요.

리트비노프는 이 다섯 줄의 메모를 읽고 나서 마치 누군가가 그의 가슴을 밀치기라도 한 것처럼 소파에 천천히 주저앉았다. 그는 메모를 떨어뜨렸다가 주워 들어 다시 읽고서 "페테르부르크로"라고 속삭이더니 다시 메모를 떨어뜨리고는 더 이상 줍지 않았다. 심지어 그는 마음이 편안해졌고 머리 뒤로 깍지 낀 두 손으로 머리 밑의 쿠션을 반듯하게 매만지기까지 했다. '치명상을 입은 사람들은 허둥대지 않는다'고 그는 생각했다. '갑자기 날아왔다가 갑자기 날아가버렸어…… 이 모든 것은 자연스럽다. 나는 늘 이런 일을 예상했어…… (그는 자신에게 거짓말을 하고 있었다. 그는 한 번도 이런 일을 예상하지 못했다.) 울었다고? 그녀가 울었다고? 무엇 때문에 울었단 말인가? 날 사랑하지도 않았는데! 하지만 모든 것이 이해가 되고, 그녀의 성격에 어울리는 일이야. 그녀는, 그녀는 나와 어울리지 않아…… 정말이야! (그는 쓴웃음을 지었다.) 그녀 자신도 자기 안에 어떤 힘이 숨어 있는지 몰랐어. 그런데 무도회에서 그 힘의 효과를 확인한 그녀가 별 볼 일 없는 대학생에게 어찌 만족할 수 있겠어…… 이 모든 것이 이해가 돼.'

그러나 그때 그는 그녀의 부드러운 말, 그녀의 미소, 두 번 다시 볼 수 없는 그 잊을 수 없는 눈, 그의 눈과 마주칠 때 빛나면서 녹아드는 듯했던 그녀의 눈을 떠올렸다. 또 민첩하고 수줍은, 뜨거운 입맞춤도 떠올렸다. 그는 별안간 몸을 떨고 미친 듯이 고통스럽게 흐느껴 울기 시작했다. 그리고 넙죽 엎드리더니 눈물로 목이 메어 숨을 헐떡이면서 마치 자기 자신도, 자기 주변의 모든 것도 다 갈가리 찢어버리고 싶은 듯 격렬한 쾌감을 느끼며 벌겋게 달아오른 얼굴을 소파의 쿠션에 파묻고 쿠션을 물어뜯었다.

아아! 전날 리트비노프가 사륜마차에서 보았던 그 신사는 오시닌 공작 부인의 사촌 동생으로, 부자이며 시종인 레이젠바흐 백작이었다. 이리나가 고관들에게 준 인상을 알아챈 백작은 여기에서 어떤 이익을 챙길 수 있을지 즉시, 아주 능란하게 판단할 수 있었다. 본래 정력적이고 남의 비위를 맞추기 위해 아부할 줄 아는 백작은 곧바로 계획을 세웠다. 그는 나폴레옹식으로 재빨리 행동하기로 결심했다. '저 색다른 처녀를 페테르부르크 집으로 데려가야지'라고 그는 생각했다. '젠장, 저 애를 내 상속인으로 만들어야 해. 하지만 재산을 다 줄 필요는 없어. 마침 내겐 아이들도 없고, 저 애는 내 조카딸인 데다 내 아내도 혼자 쓸쓸해하니까…… 어쨌든 객실에 아름다운 얼굴이 있으면 훨씬 유쾌할 거야. 그래, 그래, 바로 그거야. **이건 좋은 생각이야, 정말 좋은 생각이야.**' 그러려면 먼저 그녀의 부모를 현혹해서 바보로 만들고 깜짝 놀라게 해야 했다. '그들에겐 먹을 양식이 없어.' 백작은 사륜마차를 타고 개 훈련장 쪽으로 가면서 계속 궁리했다. '아마 고집을 부리지는 않겠지. 그들은 그다지 예민한 사람들은 아니야. 돈을 줄 수도 있어. 그런데 그 애는 어떨까? 그 애도 동의할 거야. 꿀은 달콤하니까…… 그 애는 어제 이미 꿀맛을 보았어. 이게 내 변덕이라고 치자. 그래도 그들로 하여금 내 변덕을 이용하게 하는 거야…… 어차피 그들은 바보니까. 그 애 부모에게 이런저런 얘기를 하고 나서 결정하라고 말해야지. 만약 동의하지 않으면, 나는 다른 처녀를 데려오겠다, 고아를 데려오는 게 마음이 더 편할지도 모른다

고 말이야. 가부간 24시간 안에 답을 달라고 해야지. 이러면 충분해.'

바로 이런 말들을 입에 담고서 백작은 공작 앞에 나타났다. 공작에게는 이미 전날 밤 무도회에서 오늘 방문하겠노라고 예고했었다. 이 방문의 결과에 대해 많은 말을 할 필요가 없을 것 같다. 백작의 계산은 하나도 틀리지 않았다. 공작과 공작 부인은 고집이 세지 않았고 얼마간의 돈을 받았으며, 이리나도 지정된 시간 안에 실제로 동의했다. 이리나가 리트비노프와의 관계를 끊는 것이 쉽지는 않았다. 그녀는 리트비노프를 사랑했고, 그에게 쪽지를 보내고 나서 거의 잠을 이루지 못하고 계속 울었으며, 점점 여위어 안색도 누렇게 되었다…… 하지만 이 모든 것에도 불구하고 한 달 후 공작 부인은 이리나를 페테르부르크로 데려가 백작의 집에서 살게 하고 백작 부인의 보호를 받게 했다. 백작 부인은 무척 선량했지만 두뇌나 용모는 변변치 못한 여자였다.

한편 리트비노프는 대학을 그만두고 시골에 있는 아버지의 집으로 갔다. 그의 상처는 조금씩 아물어갔다. 처음에 그는 이리나의 소식을 전혀 들을 수 없었다. 사실 그는 페테르부르크와 페테르부르크 사교계에 대한 대화를 피했다. 그 후 조금씩 그녀에 대한 소문이 퍼지기 시작했다. 나쁘지는 않았지만 이상한 소문이었다. 그녀는 소문의 주인공이 되어 있었다.

오시닌 공작의 딸 이름은 광채에 휩싸여 특별한 낙인이 찍힌 채 지방 사교계에서도 더욱 자주 언급되기 시작했다. 한때 보로틴스카야 백작 부인의 이름이 입에 오르내렸던 것처럼 이리나의 이름은 호기심과 존경과 질투의 대상이 되어 사람들의 입에 오르내렸다. 마침내 그녀의 결혼 소식이 들렸다. 그러나 리트비노프는 이 마지막 뉴스에 거의 관심을 보이지 않았다. 그는 이미 타티야나와 약혼한 사이였기 때문이다.

이제 독자는 리트비노프가 "설마!" 하고 외쳤을 때, 그가 무엇을 떠올렸는지 아마 이해할 수 있으리라. 그러니 우리는 다시 바덴으로 돌아가서 도중에 끊긴 이야기의 실마리를 다시 찾아보자.

10

리트비노프는 아주 늦게 잠이 들었는데 오래 자지도 못했다. 해가 막 떠올랐을 때 그는 침대에서 일어났다. 그의 집 창문을 통해 보이는 어두운 산봉우리들이 맑은 하늘을 배경으로 촉촉한 진홍빛을 띠고 있었다. '아마 저기 나무 아래는 서늘할 거야!' 그는 이렇게 생각하고 서둘러 옷을 입고 하룻밤 사이에 훨씬 더 화사하게 핀 꽃다발을 무심히 바라보았다. 그리고 지팡이를 집어 들고 '고성古城' 너머에 있는 유명한 '바위'를 향해 출발했다. 아침이 힘차고 부드럽게 그를 애무하며 껴안았다. 그는 활기차게 숨을 쉬며 씩씩하게 움직였다. 그의 모든 혈관에 젊음의 건강이 고동치고 있었다. 마치 땅이 가벼운 발을 던져 올리는 것 같았다. 걸음을 내딛을 때마다 그는 점점 더 자유롭고 유쾌해졌다. 그는 이슬이 내린 그늘 속으로 들어가 굵은 모래가 깔린 전나무 오솔길을 따라 걸었다. 전나무 가지 끝마다 연초록빛 새싹들로 덮여 있었다. '정말 멋지군!' 그는 계속 마음속으로 되뇌었다. 갑자기 귀에 익은 목소리가 들려왔다. 앞을 바라보니 보로실로프와 밤바예프가 그를 향해 걸어오고 있었다. 그는 돌연 몸을 움츠렸다. 마치 학생이 선생을 피해 몸을 숨기듯이 옆으로 달려가서 덤불 뒤에 숨었다…… '하느님!' 하고 그는 빌었다. '저 동포들이 그냥 지나가게 하소서!' 저들의 눈에만 띄지 않는다면 이 순간 그는 어떤 대가라도 치를 수 있을 것 같았다…… 정말로 그들은 그를 보지 못했다. 하느님이 동포들을 그냥 지나치게 했던 것이다. 보로실로프는 유년학교 학생처럼 자신만만한 목소리로 밤바예프에게 고딕 건축의 다양한 '발달 단계'에 대해 설명하고 있었지만 밤바예프는 동의한다는 듯이 그저 음, 음 소리만 내고 있었다. 보로실로프가 이미 오랫동안 발달 단계에 대해 논하는 바람에 이 선량한 열광자는 싫증이 난 게 분명했다. 리트비노프는 입술을 깨물며 목을 쑥 빼고 멀어져가는 발자국 소리에 오랫동안 귀를 기울였다. 때론 목쉰 소리로 때론 콧소리로 쏟아내는 교훈적인 말이 오랫동안 울려 퍼졌으나 마침내 모든 것이 잠잠해졌다. 리트비노프는 안도의 한숨을 내쉬고 은신처에서 나와 계속 걸어갔다.

그는 세 시간가량 산속을 걸어 다녔다. 때론 길에서 벗어나 이 바위에서 저 바위로 건너뛰며 이따금 매끄러운 이끼에 발이 미끄러지기도 하고, 때론 떡갈나무와 너도밤나무 아래 바위 조각에 걸터앉아 고사리로 뒤덮인 시냇물이 끊임없이 졸졸 흐르는 소리와 나뭇잎이 조용히 살랑대는 소리, 외로운 개똥지빠귀의 낭랑한 울음소리에 맞추어 즐거운 생각에 잠기기도 했다. 가볍고 기분 좋은 졸음이 뒤에서 그를 껴안듯이 살며시 다가와 깜빡 졸기도 했다…… 그러다 돌연 미소를 지으며 주위를 둘러보았다. 숲의 황금빛과 초록빛, 숲 공기가 그의 눈을 부드럽게 두드렸다. 그는 다시 미소를 띠었고 다시 눈을 감았다. 그는 아침이 먹고 싶어서 고성을 향해 걸어갔다. 거기서 동전 몇 닢으로 맛있는 우유 한 잔과 커피를 마실 수 있었다. 그러나 고성 앞 테라스에 놓여 있는, 흰 페인트를 칠한 식탁에 막 앉으려고 했을 때, 말들의 거친 콧김 소리가 들리더니 세 대의 마차가 나타나서 아주 많은 신사 숙녀 무리를 쏟아놓았다…… 모두 프랑스 말을 하고 있었지만, 아니 프랑스 말을 하고 있었기 때문에 리트비노프는 그들이 러시아인임을 금세 알아차렸다. 부인들의 옷차림은 우아하고 화려했다. 신사들은 새로 맞춰 입기는 했지만 지금은 흔히 볼 수 없는, 몸에 꼭 끼고 허리 부분이 잘록한 프록코트에 얼룩덜룩한 회색 바지를 입고 번쩍번쩍 빛나는 도회풍의 모자를 쓰고 있었다. 긴 검정 넥타이가 신사들 각자의 목을 꼭 조이고 있었다. 그들의 당당한 태도에는 뭔가 군인다운 데가 있었다. 실제로 그들은 군인이었다. 리트비노프는 우연히 피크닉 나온 젊은 장군들과 마주친 것이다. 그들은 상당한 영향력이 있는 상류사회의 중요 인물들이었다. 그들이 중요 인물임은 모든 면에서 나타났다. 다시 말해, 절도 있지만 흉허물 없는 태도, 매력적이고 위엄 있는 미소, 신중하면서도 산만한 시선, 어깨를 살짝 으쓱이는 모습, 몸을 흔들고 무릎을 굽히는 동작에서도 그들이 저명인사임이 나타났다. 또 아랫사람들에게 마치 다정하면서도 혐오스럽게 감사를 표하는 듯한 목소리에서도 그런 특징이 나타났다. 깨끗하게 세면과 면도를 한 이 군인들은 모두 귀족과 근위병 특유의 향기를 진하게 풍기고 있었다. 그 향기는 최고급 시가 연기와 아주 멋진 인도산 파출리 향이 뒤섞인 것이었다. 그들 모두의 손도 귀족답게 희고 컸으며, 손톱도 상아처럼 단단했다. 콧수염은 반들거리고 치아는 반짝거렸으며, 부드러운 볼 살갗은 불그스레하고 턱은 푸르스름한 빛을 띠고 있었다. 젊은 장군들 중 몇몇은 쾌활했으며 다른 몇몇은 생각에 잠겨 있었다. 하지만 훌륭한 예의범절이 그들 모두의 몸에 배어 있었다. 각자는 자신의 가치와 국가에서 맡게 될 역할의 중요성을 깊이 인식하고 있었고, 외국여행 중 자연스럽게 나타나는 '그 망할 놈의 장난기 어린 쾌활함'에 가볍게 젖어들어 위엄 있고 자유롭게 행동하고 있었다. 떠들썩하고 우아하게 자리에 앉은 그들은 바삐 돌아다니는 웨이터들을 불렀다. 리트비노프는 얼른 우유 한 잔을 마시고 계산을 하고 나서 모자를 푹 눌러쓰고 피크닉을 나온 장군들 곁을 막 빠져나가려던 참이었다……

"그리고리 미하일리치," 여자의 목소리가 들렸다. "절 모르시겠어요?"

그는 저도 모르게 멈춰 섰다. 이 목소리…… 이 목소리는 지난날 너무나 자주 그의 심장을 뛰게 했었다. 그는 돌아서서 이리나를 보았다.

그녀는 뒤쪽으로 빼놓은 의자의 등받이 위에 깍지 낀 두 손을 얹고는 테이블에 앉아서 고개를 비스듬히 기울이고 미소를 띤 채 다정하고도 반가운 듯한 얼굴로 그를 바라보고 있었다.

리트비노프는 10년 전 마지막으로 그녀를 본 후 그녀가 많이 변했고, 처녀에서 부인으로 변해 있었지만 금세 그녀를 알아보았다. 그녀의 가냘픈 몸은 무르익어 활짝 피어났고, 예전에 좁았던 어깨선도 지금은 고대 이탈리아 궁전의 천장에 그려진 여신들을 떠올리게 했다. 하지만 눈은 예전과 똑같았다. 그녀가 모스크바의 그 조그만 집에서 그를 바라보았던 그 눈으로 지금 그를 바라보고 있다는 느낌이 들었다.

"이리나 파블로브나……" 그는 망설이면서 말했다.

"저를 알아보시겠어요? 정말 반가워요! 정말…… (그녀는 말을 멈추고 살짝 얼굴을 붉히더니 자세를 바로잡았다.) 정말 만나서 반가워요." 그녀는 프랑스어로 말을 이었다. "제 남편을 소개할게요. **발레리안, 이분은 어렸을 적 친구인 리트비노프 씨예요.** 이쪽은 제 남편 발레리안 블라디미로비치 라트미로프예요."

젊은 장군들 중 한 사람, 아마도 모든 장군들 중 가장 우아해 보이는 사람이 의자에서 엉거주춤 일어나 아주 정중하게 리트비노프와 인사를 나누었다. 그러자 그의 다른 동료들이 살짝 눈살을 찌푸렸다. 아니 눈살을 찌푸렸다기보다는 잘 모르는 민간인과의 어떤 접촉도 미리 거절하겠다는 듯이 그들은 금세 자기 생각에 몰두해버렸다. 피크닉에 참가한 다른 부인들은 실눈을 살짝 뜨고 미소를 짓거나 당혹스러운 표정을 지을 필요가 있다고 생각했다.

"당신은…… 당신은 바덴에 오래 계셨습니까?" 라트미로프 장군은 아내의 어릴 적 친구와 무슨 얘기를 해야 할지 몰라서 왠지 비러시아식으로 우쭐대면서 물었다.

"며칠 전에 왔습니다."

"오래 머무를 작정이십니까?" 장군이 정중하게 말을 이었다.

"아직 결정 못 했습니다."

"아! 이거 아주 즐거운…… 아주."

장군은 입을 다물었다. 리트비노프도 잠자코 있었다. 두 사람은 두 손으로 모자를 쥐고 앞으로 몸을 굽힌 채 히죽 웃으면서 서로의 눈썹을 바라보았다.

"헌병 둘이 화창한 일요일에," 근시에다 눈이 노르스름하고 마치 자신의 외모를 용서할 수 없다는 듯이 늘 신경질적인 장군이 역시 곡조에 맞지 않게 노래를 부르기 시작했다. 우리는 여태까지 곡조에 맞게 노래를 부르는 러시아 귀족을 만난 적이 없다. 모든 동료들 중 이 사람만이 장미를 닮지 않았다.

"앉으세요, 그리고리 미하일리치." 마침내 이리나가 말했다.

리트비노프는 그녀의 말에 따라 자리에 앉았다.

"발레리안, 불 좀 주게." 역시 젊지만 이미 뚱뚱한 다른 장군이 영어로 말했다. 그는 마치 허공을 응시하는 듯 눈을 움직이지 않았고, 비단 같은 짙은 구레나룻 속에 눈처럼 흰 손가락을 천천히 찔러 넣었다. 라트미로프는 그에게 은제 성냥갑을 건네주었다.

"담배 갖고 계세요?" 부인들 중 하나가 분명치 않은 발음으로 물었다.

"진짜 담배가 있죠, 백작 부인."

"헌병 둘이 화창한 일요일에," 근시가 심한 장군이 거의 이를 갈다시피 하면서 다시 노래를 불렀다.

"꼭 우리를 방문해주세요." 그사이에 이리나가 리트비노프에게 말했다. "우린 '유럽' 호텔에 묵고 있어요. 4시부터 6시까지 저는 항상 호텔에 있어요. 우린 정말 오랫동안 보지 못했어요."

리트비노프는 이리나를 흘긋 쳐다보았지만 그녀는 눈을 내리뜨지 않았다.

"예, 참으로 오랜만입니다. 이리나 파블로브나. 모스크바 이후로."

"모스크바 이후로, 모스크바 이후로." 이리나는 적당한 간격을 두고 되뇌었다. "오셔서 같이 얘기하면서 옛날을 추억하도록 해요. 그런데 그리고리 미하일리치, 당신은 많이 변하지 않았군요."

"정말로요? 당신은 변했어요, 이리나 파블로브나."

"늙었죠."

"아니, 내 말은 그런 게 아니라……"

"이렌?" 노란 머리에 노란 모자를 쓴 부인이 곁에 앉아 있는 신사와 속삭이며 히히거리며 웃고 나서 미심쩍게 말했다. "이렌?"

"나는 늙었어요." 이리나는 그 부인에게 대답하지 않고 말을 이었다. "하지만 나는 변하지 않았어요. 네, 그래요, 나는 아무것도 변하지 않았어요."

"헌병 둘이 화창한 일요일에!" 다시 노랫소리가 들려왔다. 신경질적인 이 장군은 유명한 이 노래의 첫 줄만을 기억했다.

"아직도 거기가 쑤시나요, 각하?" 구레나룻을 기른 뚱뚱한 장군이 상류사회에 널리 알려진 재미있는 어떤 이야기를 암시하는 듯한 익살스러운 어조로 큰 소리로 말하고 나서, 잠시 부자연스럽게 웃고는 다시 허공을 응시했다. 나머지 동료들도 모두 웃기 시작했다.

"**자네는 참 익살스러운 사람이야, 보리스.**" 라트미로프가 영어로 나지막하게 말했다. 그는 '보리스'라는 이름까지도 영어식으로 발음했다.

"이런?" 노란 모자를 쓴 부인이 세번째로 말했다. 이리나는 재빨리 그 부인을 향해 몸을 돌렸다.

"**그런데, 무슨 일이죠? 나한테 무슨 볼일이라도 있나요?**"

"**나중에 말할게요.**" 부인이 점잔을 빼며 말했다. 매력이라고는 전혀 없으면서 언제나 점잔만 빼고 거드름을 피우는 여자였다. 어떤 재담꾼은 그녀에 대해 "**허공에서 거드름을 피운다**"고 말했다.

이리나는 눈살을 찌푸리고 초조하게 어깨를 으쓱했다.

"**그런데 베르디에 씨는 뭘 하고 계신가요? 왜 안 오는 거죠?**" 한 부인이 프랑스인이 들으면 거북할 정도로 모음을 길게 끌며 발음하면서 외쳤다. 모음을 길게 끄는 것은 러시아어 특유의 발음 방식이다.

"아, 네, 아, 네, 베르디에 씨는, 베르디에 씨는," 진짜 아르자마스 출신인 다른 부인이 신음하듯이 말했다.

"**진정하세요, 여러분.**" 라트미로프가 끼어들었다. "**베르디에**

씨는 여러분 곁으로 오겠다고 내게 약속했어요."

"히, 히, 히!" 부인들이 부채질을 하며 웃어댔다.

웨이터가 맥주잔을 몇 개 가져왔다.

"바이리시 맥주*요?" 구레나룻을 기른 장군이 일부러 나지막하게 물으면서 놀라는 체했다. "구텐 모르겐!"**

"뭐라고요? 파벨 백작이 아직도 거기에 있나요?" 어떤 젊은 장군이 차갑고 늘쩍지근하게 다른 장군에게 물었다.

"그렇다네." 다른 장군도 역시 차갑게 대답했다. "**그러나 그건 잠시 그런 거고.** 세르주***가 그의 자리를 차지할 거라고 하더군."

"흐으흠!" 젊은 장군이 입안에서 우물거리며 말했다.

"그으렇다네." 다른 장군도 입안에서 웅얼거렸다.

"난 이해할 수 없어." 노래를 부르던 장군이 말했다. "폴****이 왜 그렇게 자기를 변호하며 여러 가지 이유를 댔는지 도무지 이해할 수가 없어…… 사실, 그가 장사꾼을 심하게 압박하긴 했지만, 부당한 소득을 다 토해냈잖아. 그런데 그게 어쨌다는 건가? 그에게도 다 이유가 있었을 거야."

"그는 두려워했어…… 신문과 잡지에 폭로되는 걸." 누군가가 투덜거렸다.

---

* 독일 바이에른 맥주의 사투리.
** 독일어로 굿 모닝.
*** 세르게이의 프랑스어 발음.
**** 파벨의 프랑스어 발음.

신경질적인 장군이 발끈했다.

"뭐, 더는 못 참겠어! 잡지라고! 폭로한다고! 내가 할 수만 있다면, 그놈의 잡지에는 고기와 빵 가격이나 가죽 외투와 장화 판매 광고만 싣도록 하겠어."

"경매로 나온 귀족 영지의 광고도." 라트미로프가 맵시 있게 한마디 던졌다.

"그래, 지금 상황에서…… 하지만 바덴의 고성에까지 와서 화제가 뭐 이래!"

"전혀 상관없어요! 전혀요!" 노란 모자를 쓴 부인이 혀짤배기소리를 냈다. **"나는 정치 문제를 아주 좋아해요."**

"부인 말씀이 옳아요." 무척 인상이 좋고 마치 소녀 같은 얼굴을 한 다른 장군이 끼어들었다. "우리가 왜 이런 문제를 피해야 합니까…… 바덴에 왔다고 해서요?" 그는 이렇게 말하면서 리트비노프를 정중하게 힐긋 쳐다보고 너그럽게 미소를 지었다. "점잖은 사람은 어디서나 자기 신념을 굽혀서는 안 됩니다. 안 그래요?"

"물론이지." 신경질적인 장군도 리트비노프를 바라보며 대답했다. 마치 그를 책망하는 것 같았다. "하지만 그럴 필요는 없어……"

"아니, 아니오." 관대한 장군이 여전히 부드러운 어조로 말을 막았다. "여기 우리의 친구인 발레리안 블라디미로비치가 귀족 영지의 매각에 대해 언급했소. 그게 어때서요? 그게 사실 아니오?"

"하지만 지금은 영지를 팔 수도 없어. 누구에게도 필요 없거든!" 신경질적인 장군이 소리쳤다.

"아마…… 그럴 거야. 그러니 이 사실…… 이 슬픈 사실을 기회 있을 때마다 말해야 하오. 우리는 멋지게 파산했다. 우리는 모욕을 당했다. 이건 논쟁의 여지가 없어요. 하지만 우리 대지주들은 여전히 하나의 원칙을 대표하고 있소…… 이 원칙을 유지하는 게 우리의 의무요. 실례지만 부인, 손수건을 떨어뜨린 것 같군요. 최고의 지성을 지닌 사람들조차, 말하자면, 어떤 혼미한 상태에 빠져 있는 오늘날 우리는 겸허히 지적해야만 해요. (장군은 손가락을 뻗었다.) 시민으로서 모든 것을 빨아들이고 있는 심연을 지적해야만 해요. 우리는 경고해야만 합니다. 정중하고 단호하게 '돌아가, 되돌아가……'라고 말해야만 해요. 바로 이렇게 말해야 합니다."

"하지만 우린 결코 되돌아갈 수 없어." 라트미로프가 생각에 잠겨 말했다.

관대한 장군은 그저 히죽 웃기만 했다.

"완전히, 완전히 되돌아가야 해, **나의 소중한 친구.** 멀리 되돌아갈수록 더 좋은 거지."

그 장군은 다시 정중하게 리트비노프를 힐긋 쳐다보았다. 리트비노프는 더 이상 참을 수가 없었다.

"그럼, 우리는 일곱 명의 대귀족이 지배하던 시절로 되돌아가야만 하나요, 각하?"

"왜 그래서는 안 되는가! 나는 솔직히 내 견해를 말하고 있네. 고쳐야만 해…… 아무렴…… 실행된 모든 것을 다시 변경해야만 해."

"2월 19일의 일*도요?"

"2월 19일의 일도— 가능하다면. **애국자가 되든지 말든지 둘 중 하나요.** 농노해방에 대해 어찌 생각하느냐고 내게 묻겠지. 당신은 농민들이 자유를 좋아한다고 생각하오? 그들에게 물어 보시오⋯⋯."

"그들에게서 다시 자유를 뺏으려고 시도해보시죠." 리트비노프가 장군의 말을 받아서 말했다.

"**이 신사의 이름이 뭐요?**" 그 장군이 라트미로프에게 속삭였다.

"그런데 당신들은 무슨 얘기를 하고 있소?" 분명히 이 집단에서 버릇없는 아이의 역할을 맡고 있는 뚱뚱한 장군이 입을 열었다. "여전히 잡지에 대한 얘기요? 삼류 문사들 얘기? 그럼 나도 삼류 문사와 있었던 일화를 얘기하지요. 정말 대단했었지! 어떤 삼류 문사가 날 험담하는 글을 썼다기에 나는 즉시 그자를 잡아들였지. 그자가 끌려왔어⋯⋯ '이봐, 친애하는 삼류 문사 씨, 왜 남을 험담하는 글을 쓰는 거야? 애국심의 발로인가?'라고 물었더니, 그자가 그렇다고 말하더군. '자, 자네 돈 좋아하지?'라고 물었더니 좋아한다고 대답하더군. 나는 그자에게 내 지팡이의 손잡이 냄새를 맡게 하고는 '이봐, 이것도 좋아하나?'라고 물었더니 좋아하지 않는다는 거야. 그럼 내 깨끗한 손 냄새를 실컷 맡으라고 했더니 싫다는 거야. 그래서 내가 말했지. '이봐, 난 이걸 무척 좋아하지만, 나 자신을 위해서가 아

---

* 1861년 농노해방령이 공표된 날.

니야. 이 비유를 알아듣겠나?' 그자가 알아듣겠다고 말해서 이렇게 말했어. '조심해! 앞으로 좋은 아이가 되어야지. 자, 네게 은화 1루블을 줄 테니 물러가. 밤낮으로 내게 감사하고.' 그랬더니 그 삼류 문사는 가버렸지."

그 장군은 웃음을 터뜨렸고, 이리나를 제외하고 모두가 그 장군을 따라 웃기 시작했다. 이리나는 미소조차 짓지 않았고, 이야기하는 장군을 왠지 우울하게 쳐다보았다.

관대한 장군은 보리스의 어깨를 가볍게 두드리며 이렇게 말했다.

"이보게, 이 모든 건 자네가 지어낸 얘기지…… 자네가 지팡이로 누군가를 위협했다니…… 자넨 지팡이가 없잖은가. 이건 부인들을 웃기기 위해서겠지. 그럴듯한 말로 말이야. 하지만 문제는 그게 아니네. 나는 방금 우리가 완전히 되돌아가야 한다고 말했네. 내 말을 이해하게나. 난 소위 진보의 적이 아니야. 하지만 모든 대학과 신학교와 인민학교, 대학생들, 사제의 아들들, 평민들, 이 모든 어중이떠중이들, **이 모든 인간쓰레기들, 프롤레타리아트보다 못한 소자산가들**(장군은 연약하고 가냘픈 목소리로 말했다)— **바로 이런 것들이 날 놀라게 하지**…… 바로 이 지점에서 우리는 정지하고 멈춰야만 하네…… (그는 다시 다정하게 리트비노프를 힐긋 바라보았다.) 그래, 멈춰야만 해. 우리나라에서는 그 누구도 무엇을 요구하거나 요청하지 않는다는 것을 잊지 마시오. 예컨대 자치제만 해도, 누가 그걸 요구한단 말이오? 당신이 그걸 요구하고 있소? 아니면 자네가? 아니면 당신네 부인들이? (장군의 멋진 얼굴은 익살스러운 웃음으

97

로 생기가 돌았다.) 친애하는 친구들, 왜 우리가 공손하게 처신해야만 합니까? 민주주의는 당신을 보고 기뻐하고, 당신에게 아첨하고, 기꺼이 당신의 목적에 복무할 거요…… 하지만 그건 양날의 칼이오. 그러니 옛날 방식으로, 예전 방식으로 하는 게 더 좋아요…… 훨씬 더 확실합니다. 대중이 주제넘은 짓을 하게 해서는 안 되고, 유일하게 힘이 있는 귀족계급에게 맡겨야 해요…… 그러면 정말이지 더 좋아질 거요. 진보에 대해 말하자면…… 사실 나는 진보를 전혀 반대하지 않아요. 하지만 변호사, 배심원, 지방자치제 관료들은 딱 질색입니다. 그리고 무엇보다 규율은 건드려선 안 됩니다. 다리와 부두와 병원을 건설하거나 가스등으로 거리를 밝히는 건 괜찮아요."

"페테르부르크가 사방에서 불타오르고 있는데, 이게 당신에겐 진보로 보이나!" 신경질적인 장군이 씩씩거리며 말했다.

"자네는 악의에 차 있군." 뚱뚱한 장군이 느릿느릿 몸을 흔들며 말했다. "자네가 검찰총장이 되면 좋겠어. 하지만 내 생각에, **지옥의 오르페우스*와 함께 진보는 마지막을 고했다네.**"

"**당신은 늘 어리석은 말만 하시네요.**" 아르자마스 출신의 부인이 히히거리며 말했다.

장군은 거드름을 피우며 말했다.

"**부인, 나는 어리석은 말을 할 때가 가장 진지합니다.**"

"그 말은 이미 베르디에 씨가 몇 번이나 했어요." 이리나가

---

* 고대 그리스의 전설적 시인이자 음악가. 하프의 명수로 염라대왕을 감동시켰다고 함.

나직이 말했다.

"**강력한 힘과 행동!**" 뚱뚱한 장군이 외쳤다. "**특히 강력한 힘!** 이걸 러시아 말로 하면, 점잖게 한 대 먹이라는 뜻이지."

"아, 자넨 감당하기 힘든 장난꾸러기야!" 관대한 장군이 말을 받아 말했다. "사모님들, 이 사람의 말을 듣지 마세요. 벌레 한 마리도 죽이지 못하는 사람입니다. 이 사람은 사람 속을 태우는 것으로 만족하지요."

"하지만 보리스, 그렇게 말해서는 안 되네." 라트미로프는 아내와 눈길을 주고받고서 입을 열었다. "진짜 장난꾸러기지만 자네가 말한 건 지나치네. 진보는 사회생활의 발현임을 잊지 말아야 하네. 이건 징후니까 잘 주시해야 해."

"그래 물론이지." 뚱뚱한 장군이 이렇게 대답하고 코를 찡그렸다. "자네 목표가 정치가라는 건 우리 모두가 알고 있어."

"전혀 그렇지 않네…… 정치가라니! 하지만 진실을 인정하지 않을 수 없어."

'**보리스**'는 다시 구레나룻에 손가락을 밀어 넣고 허공을 응시했다.

"사회생활은 무척 중요하네. 왜냐하면 민중의 발달 속에, 말하자면 조국의 운명 속에……"

"**발레리안.**" '보리스'는 인상적으로 말을 끊었다. "**이 자리엔 부인들이 계시네.** 자네가 그런 말을 하리라고는 생각하지 않았어. 위원회라도 들어가려고 하나?"

"다행히 그곳은 이미 길이 닫혔어." 신경질적인 장군이 말을 받고는 다시 노래를 부르기 시작했다. "**헌병 둘이 화창한 일요**

일에……"

라트미로프는 흰 삼베 손수건을 코에 가져다 대고 우아하게 잠자코 있었다. 관대한 장군은 "장난꾸러기! 장난꾸러기!" 하고 되뇌었다. 그리고 '보리스'는 허공에서 거드름을 피우는 부인에게 몸을 돌려 목소리도 낮추지 않고, 심지어 표정조차 바꾸지 않고 '자신의 뜨거운 사랑'에 언제 보답할 거냐며 꼬치꼬치 캐묻기 시작했다. 그건 그가 그녀를 지독하게 사랑해서 말할 수 없는 고통을 당하고 있었기 때문이다.

이런 대화를 하는 동안 리트비노프는 매 순간마다 더욱더 거북해졌다. 그의 평민다운 순수한 자부심이 돌연 꿈틀거렸다. 하급 관리의 아들인 그와 페테르부르크 군인 귀족들 사이에 무슨 공통점이 있겠는가? 그는 그들이 증오하는 모든 것을 사랑했고, 그들이 사랑하는 모든 것을 증오했다. 그는 이것을 너무나 분명히 깨달았고 온몸으로 느꼈다. 그들의 농담은 시시했고 어투는 견디기 힘들었으며 동작 하나하나가 허식으로 가득 차 있었다. 그들의 부드러운 말투까지도 그에게는 혐오스럽고 오만무례하게 들렸다. 하지만 그는 그들 앞에서, 이 원수들 앞에서 겁먹은 것 같았다…… '아, 너무나 혐오스럽다! 저들은 내 앞에서 불편함을 느끼고 있고, 난 저들에게 우스꽝스럽게 보이겠지.' 이런 생각이 그의 머릿속에서 빙빙 돌았다. '그런데 나는 왜 여기에 있는 거지? 나가자, 즉시 나가자!' 이리나는 더 이상 그를 붙잡아둘 수 없었다. 이리나 역시 그의 마음속에 불쾌한 느낌을 불러일으켰다. 그는 의자에서 일어나 작별 인사를 하기 시작했다.

"벌써 가게요?" 이리나가 말했다. 그러나 잠시 생각하더니 그를 붙잡지 않았고, 다만 그녀를 꼭 방문하겠다는 약속을 그로부터 받아냈다. 라트미로프 장군은 여전히 세련되고 정중하게 인사를 나누고 악수를 하고 나서 그를 테라스 끝까지 데려다주었다…… 그러나 리트비노프가 도로의 첫번째 모퉁이를 채 돌기도 전에 그의 등 뒤에서 커다란 웃음소리가 한꺼번에 터져 나왔다. 이 웃음소리는 그를 향한 것이 아니라 오랫동안 기다리고 있던 베르디에 씨가 티롤 모자를 쓰고 푸른 블라우스에 당나귀를 타고서 돌연 테라스에 나타났기 때문이다. 그러나 리트비노프는 갑자기 뺨이 확 달아올랐고 마음이 괴로워졌다. 그의 굳게 다문 입술은 마치 쑥이라도 씹은 듯 일그러졌다. "비열한 속물들!" 그가 중얼거렸다. 하지만 그는 그들과 함께 몇 분 동안 보낸 것을 잊고 있었다. 그는 그들에 대해 이토록 심하게 말할 이유가 없었다. 그리고 바로 이런 세계에 이리나가, 한때 그의 애인이었던 이리나가 들어가 있었다! 그녀는 이 세계에 출입하고, 이 세계에 살면서 여왕처럼 군림하며 이 세계를 위해 자신의 품위와 최선의 감정을 희생하고 있다…… 그렇게 될 수밖에 없었던 것 같다. 더 나은 운명을 누릴 자격은 없었나 보다! 그는 자신의 계획에 대해 그녀가 캐물을 생각을 하지 않아서 너무나 기뻤다. 그는 '그자들' 앞에서, '그자들이' 있는 곳에서 자신의 계획을 말해야만 했을 것이다…… "절대로! 결코!" 리트비노프는 이렇게 속삭이고 신선한 공기를 깊이 들이마시면서 바덴으로 가는 길을 거의 뛰다시피 걸어갔다. 그는 자신의 약혼녀, 귀엽고 착하고 성스러운 타티야나에 대해 생각했다. 그에게 그녀는 얼마나 순결하고 고결하고 성실하게 보였던가! 그는 진정으로 감동을 느끼면서 그녀의 모습과 그녀의 말과 그녀의 습관까지도 떠올렸다…… 그는 너무나 초조하게 그녀가 돌아오기를 기다리고 있었다!

빠르게 걸었더니 흥분된 신경이 진정되었다. 그는 집으로 돌아와 책상에 앉아서 두 손으로 책을 집어 들었다가 별안간 책을 떨어뜨렸고 심지어 몸을 떨기까지 했다…… 대체 그에게 무슨 일이 일어났던가? 그에겐 아무 일도 일어나지 않았다. 하지만 이리나…… 이리나…… 그에겐 이리나와의 만남이 돌연 놀랍고 이상하고 기이하게 보였다. 이런 일이 가능한 것일까? 그는 이리나를 만나서 바로 그 이리나와 이야기를 했다…… 다른 모든 사람들에게는 역겨운 사교계의 자국이 그토록 선명하게 찍혀 있었는데, 왜 그녀에게는 그런 자국이 없을까? 왜 그에겐 그녀가 따분해하고 슬퍼하며 자신의 처지를 괴로워하고 있는 것처럼 보였을까? 그녀는 그들의 무리 속에 있지만, 그녀는 적이 아니다. 그리고 무엇이 그녀로 하여금 그토록 다정하게 그에게 말을 걸게 하고, 그를 자기 집에 초대하게 했을까?

리트비노프는 몸을 부르르 떨었다.

"오, 타냐, 타냐!" 그는 열렬하게 외쳤다. "그대만이 나의 천사요, 나의 선한 수호신이오. 그대만을 사랑했고, 그대만을 영원히 사랑하리다. 나는 그 여자에게 가지 않을 거야. 그 여자는 그냥 내버려둬! 그 여자는 장군들과 즐기라고 해!"

리트비노프는 다시 책을 집어 들었다.

11

리트비노프는 책을 집어 들었지만 책이 읽히지 않았다. 그는 집에서 나와 잠시 산책을 하고, 잠시 음악을 듣고, 잠시 도박도 구경하다가 다시 자기 방으로 돌아와 다시 책을 읽으려고 했지만 다 소용이 없었다. 시간은 왠지 따분하게 느릿느릿 지나갔다. 온건한 조정관인 피시찰킨이 와서 세 시간쯤 앉아 있었다. 조정관은 이런저런 얘기를 하고 설명하면서 문제를 제기했고, 때론 고상하고 때론 실용적인 문제를 논하는 바람에 마침내 불쌍한 리트비노프는 너무나 지루해서 하마터면 비명을 지를 뻔했다. 따분하고 냉랭하고 어찌할 도리 없는 절망적인 권태를 자아내는 기술에서 피시찰킨은 최고의 도덕성을 갖춘 사람들, 즉 이 방면의 유명한 대가들 사이에서도 적수가 없었다. 머리칼을 짧게 자르고 매끈하게 다듬은 그의 머리, 맑고 생기 없는 그의 눈, 그의 잘생긴 코를 보기만 해도 저도 모르게 우울해졌다. 느릿느릿하고 졸린 듯한 그의 바리톤 목소리는 $2 \times 2 = 4$지 5도 아니고 3도 아니라는 것을, 물은 축축하고 선善은 칭찬할 만하다는 것을, 그리고 국가와 마찬가지로 개인에게도, 또 개인과 마찬가지로 국가에게도 금융 거래를 위해서는 신용이 반드시 필요하다는 것을 확실하고 분명하게 선언하기 위해 만들어진 것처럼 보였다. 하지만 이 모든 것에도 불구하고 그는 탁월한 사람이었다! 러시아에서 운명의 한계는 이런 것이다. 즉, 우리나라에서 매우 훌륭한 사람들은 따분한 법이다. 피시찰킨이 물러가자 이번에는 빈다소프가 찾아와서 곧장, 아주 뻔뻔스

럽게 백 굴덴을 빌려달라고 했다. 리트비노프는 빈다소프에게
관심이 없을 뿐만 아니라 그를 경멸하기까지 했고, 아마도 영
원히 자기 돈을 받지 못하리라는 것을 알면서도, 게다가 자신
도 돈이 필요했지만 그에게 돈을 주었다. '왜 리트비노프는 그
에게 돈을 주었을까?'라고 독자들은 물을 것이다. 그건 아무도
모를 일이다! 이런 면에서 러시아인들은 훌륭한 사람들이다.
독자들도 가슴에 손을 얹고 자기 인생에서 아무런 이유 없이
몇 번이나 그런 행동을 했는지 생각해보라. 그런데 빈다소프는
고맙다는 말조차 하지 않았다. 오히려 그는 아펜탈러(바덴의
적포도주) 한 잔을 청해서 마신 뒤, 입술도 닦지 않고 뻔뻔스럽
게 부츠를 쿵쿵거리면서 사라졌다. 사라져가는 구두쇠의 붉은
목덜미를 바라보며 리트비노프는 자신에게 몹시 화가 났다!
저녁 무렵에 그는 타티야나로부터 편지를 받았다. 고모의 건강
이 좋지 않아서 대엿새가 지나서야 바덴에 올 수 있다고 알리
는 편지였다. 이 소식에 그는 기분이 나빠졌고 더욱 화가 났다.
그는 기분 나쁜 상태로 일찍 잠자리에 들었다. 다음 날은 기분
이 전날보다 더 좋지 않았고 더 나빠진 듯했다. 아침부터 리트
비노프의 방은 동포들로 가득 찼다. 밤바예프, 보로실로프, 피
시찰킨, 두 명의 장교, 두 명의 하이델베르크 대학생— 모두가
한꺼번에 몰려와서 실컷 지껄이다 금세 따분해하는 것 같았지
만 점심 식사 때까지 가지 않았다. 그들은 어찌 처신해야 할지
몰랐고, 리트비노프의 셋방으로 와서 소위 '뿌리를 박고' 주저
앉았던 것이다. 처음에 그들은 구바료프가 하이델베르크로 돌
아갔으니 그들도 그의 뒤를 따라가야만 한다고 말했다. 이어서

잠시 철학적인 얘기를 하다가 폴란드 문제를 언급했다. 그리고 도박, 매춘부에 대해 논의하고 나서 어떤 스캔들에 대해 열심히 얘기했다. 마침내 그들은 어떤 장사壯士, 뚱뚱보, 대식가들에 대해 이야기하기 시작했다. 또 내기에서 청어를 서른세 마리나 먹어치운 부제副祭 루킨, 비만으로 유명한 창기병槍騎兵 대령 이즈예디노프, 소뼈를 자기 이마에 부딪혀 부러뜨린 병사 등에 대한 진부한 일화들을 끄집어냈는데, 완전히 꾸며낸 이야기도 있었다. 피시찰킨도 하품을 하면서 자기가 아는 소러시아의 어떤 아낙이 죽을 무렵에 몸무게가 5백 킬로그램 정도 나갔고, 자기가 아는 어떤 지주는 아침 식사로 오리 세 마리와 철갑상어 한 마리를 먹어치웠다는 이야기를 했다. 밤바예프는 별안간 극도로 흥분하더니 자기도 "물론, 양념을 한" 양 한 마리를 통째로 먹어치울 수 있다고 선언했다. 보로실로프가 유년학교 동창인 장사에 대해 터무니없는 얘기를 떠벌리는 바람에 모두가 한동안 말을 잃고 잠시 서로 쳐다보다가 모자를 집어 들고 뿔뿔이 흩어졌다. 혼자 남은 리트비노프는 일을 하려고 했지만 머릿속이 검댕으로 가득 찬 것 같았다. 그는 유용한 일을 아무것도 할 수 없었다. 저녁도 헛되이 지나갔다. 다음 날 아침에 그가 막 아침밥을 먹으려고 하는데 누군가가 방문을 두드렸다. '젠장, 어제 왔던 친구들 중 다시 누군가가 찾아왔군.' 리트비노프는 생각했다. 그는 약간 몸서리를 치면서 말했다.

"들어오시오!"

문이 살며시 열렸고, 포투긴이 방 안으로 들어왔다.

리트비노프는 그를 보고 무척 반가워했다.

"어서 오세요!" 그는 뜻밖에 찾아온 손님의 손을 꼭 쥐면서 입을 열었다. "찾아주셔서 감사합니다! 제가 먼저 방문해야 했는데, 당신이 어디에 사는지 말씀을 안 하셔서…… 자, 앉으세요, 모자도 벗으시고."

포투긴은 리트비노프의 다정한 말에는 아무 대답도 하지 않고 방 한가운데 서서 발을 바꾸어 디디면서 그저 웃기만 하고 머리를 흔들었다. 리트비노프의 반가운 인사에 감동한 것 같았다. 하지만 그의 표정에는 부자연스러운 구석이 있었다.

"저기…… 약간 오해가 있는데……" 포투긴은 약간 주저하면서 말하기 시작했다. "물론, 나는 언제나 반갑지만…… 사실 오늘은…… 심부름을 왔습니다."

"그러니까 당신 말씀은," 리트비노프는 애처로운 목소리로 말했다. "자진해서 온 게 아니라는 거군요?"

"오오, 아닙니다!…… 하지만 나는…… 당신을 방문해달라는 부탁을 받지 않았다면, 오늘 이렇게 폐를 끼치러 오지는 않았을 겁니다. 한마디로, 나는 당신에게 말을 전해달라는 부탁을 받았어요."

"누구 부탁이죠?"

"당신이 아는 어떤 부인인데요, 이리나 파블로브나 라트미로바의 부탁입니다."

리트비노프는 놀라서 포투긴을 응시했다.

"당신은 라트미로바 부인을 아시나요?"

"보시다시피."

"가까운 사이인가요?"

"어떤 의미에선 그녀의 친구라고 할 수 있죠."

리트비노프는 잠자코 있었다.

"실례지만," 마침내 그가 입을 열었다. "이리나 파블로브나가 왜 날 만나려고 하는지 아십니까?"

포투긴은 창 쪽으로 걸어갔다.

"어느 정도는 알고 있죠. 내가 말할 수 있는 건, 그녀는 당신과의 만남을 무척 기뻐하고 있고, 예전의 관계를 복원하고 싶어 합니다."

"복원해요?" 리트비노프가 되뇌었다. "실례지만, 한 가지만 더 묻겠습니다. 우리의 관계가 어땠는지 당신은 아십니까?"

"사실은, 아니, 모릅니다. 하지만 나는…… " 포투긴은 갑자기 리트비노프에게 몸을 돌리고 다정하게 바라보면서 덧붙여 말했다. "좋은 관계였을 거라고 생각합니다. 이리나 파블로브나는 당신을 매우 칭찬했습니다. 나는 당신을 데려오겠다고 그녀에게 약속해야만 했어요. 가실 거죠?"

"언제요?"

"지금…… 당장."

리트비노프는 놀라서 그저 두 팔을 벌렸다.

"이리나 파블로브나는," 포투긴은 말을 이었다. "당신이 그저께 그녀를 보았을 때, 그…… 뭐라고 표현해야 할지…… 그 환경이 분명 당신의 공감을 불러일으키지 못했을 거라고 생각하고 있어요. 하지만 그녀는 당신에게 말해달라고 했어요. 악마는 흔히 묘사되는 것처럼 그렇게 시커멓지는 않다고요."

"흠…… 그 격언이 본래 그…… 환경에 적용될 수 있나요?"

"그렇지요…… 그리고 대체로."

"흠…… 그런데 소존트 이바니치, 당신은 악마에 대해 어떻게 생각하나요?"

"그리고리 미하일리치, 나는 악마가 묘사되는 것과 똑같지는 않다고 생각해요."

"더 나은가요?"

"더 나은지, 더 나쁜지는 말하기 어려워요. 하지만 똑같지는 않아요. 자, 이제 갈까요?"

"우선 좀 앉으세요. 솔직히 말해 나는 아직도 약간 이상해요……."

"무엇이 이상하다는 거죠?"

"어떻게 당신이, 다른 사람도 아닌 바로 당신이 이리나 파블로브나의 친구가 될 수 있었죠?"

포투긴은 자기 자신을 돌아보았다.

"내 모습과 내 사회적 지위로 볼 때 분명히 있을 법하지 않은 일이죠. 하지만 당신도 아시다시피, 셰익스피어는 일찍이 '세상에는 많은 일들이 있네, 호레이쇼'라고 말했지요. 인생은 농담을 좋아하지 않아요. 당신에게 이렇게 비유적으로 말해보죠. 당신 앞에 나무 한 그루가 서 있는데, 바람 한 점 없어요. 그러니 어떻게 밑가지의 나뭇잎이 윗가지의 나뭇잎과 접촉할 수 있겠어요? 있을 수 없는 일이죠. 하지만 폭풍이 불면 모든 것이 뒤섞이고, 그 두 잎사귀도 서로 접촉하게 되지요."

"아하! 그러니까 폭풍이 불었군요?"

"물론이죠! 폭풍 없이 살아갈 수 있나요? 더 이상 논하지 않겠습니다. 이제 갈 시간입니다."

리트비노프는 여전히 주저했다.

"오, 맙소사!" 포투긴은 익살스럽게 얼굴을 찡그리며 외쳤다. "요즘 젊은이들은 정말 이해할 수가 없군! 매혹적인 부인이 초대하면서 급사, 심부름꾼까지 보냈는데 이렇게 주저하다니! 부끄러워하시오, 선생, 부끄러워하시오. 여기 당신의 모자가 있소. 모자를 쓰고, 우리의 친구인 열정적인 독일인들의 말대로 '전진!'"

리트비노프는 여전히 머뭇거렸다. 그러나 결국 모자를 쓰고 포투긴과 함께 방을 나섰다.

12

그들은 바덴의 어느 일류 호텔에 도착해서 라트미로바 부인을 찾았다. 수위가 먼저 그들의 이름을 묻더니 즉시 "**공작 부인은 방에 계십니다**"라고 대답했다. 수위는 그들을 데리고 계단을 올라가서 방문을 두드리며 손님이 찾아온 것을 알렸다. '공작 부인'은 즉시 그들을 안으로 맞아들였다. 그녀는 혼자였다. 그녀의 남편은 그곳을 여행 중인 어떤 '영향력 있는' 고관을 만나러 카를스루에로 갔던 것이다.

포투긴과 리트비노프가 방 안으로 들어섰을 때 이리나는 작은 테이블에 앉아 자수용 화포畵布에 수를 놓고 있었다. 그녀는 재빨리 일감을 옆으로 내던지고 테이블을 밀치면서 일어났다.

진실로 기뻐하는 기색이 그녀의 얼굴에 번졌다. 그녀는 목까지 덮인 모닝드레스를 입고 있었다. 어깨와 팔의 아름다운 선이 얇은 직물을 통해 드러났다. 적당히 땋아 늘인 머리채가 풀려서 갸름한 목 언저리에 낮게 드리워져 있었다. 이리나는 포투긴을 재빨리 쳐다보고 "고마워요"라고 속삭였다. 그리고 리트비노프에게 한 손을 내밀고는 그의 건망증을 애교 있게 질책했다. "게다가 오랜 친구인걸요." 그녀가 덧붙였다.

리트비노프가 변명하려고 했다. "괜찮아요, 괜찮아요." 그녀는 급히 말하고 나서 다정하게 그의 모자를 벗기고 강제로 의자에 앉혔다. 포투긴도 자리에 앉았지만 금방 일어나더니 급한 볼일이 있어서 점심 식사 후에 다시 들르겠다고 말하고는 작별 인사를 했다. 이리나는 다시 그를 재빨리 쳐다보고 정답게 고개를 끄덕였지만 붙잡지는 않았다. 포투긴이 두꺼운 커튼이 쳐진 창문 뒤로 사라지자마자 그녀는 즉시 생기를 띠고 리트비노프에게 얼굴을 돌렸다.

"그리고리 미하일리치." 그녀는 부드럽고 낭랑한 목소리로 러시아어로 말하기 시작했다. "마침내 우리 둘만 남게 되었군요. 솔직히 말해 이렇게 만나서 무척 기뻐요. 왜냐하면 이 만남이…… (이리나는 그의 얼굴을 똑바로 바라보았다.) 당신에게 용서를 구할 수 있는 기회를 내게 주었으니까요."

리트비노프는 저도 모르게 몸을 떨었다. 그는 이런 급습을 예상하지 못했다. 그녀가 지난 시절에 대해 먼저 말을 꺼내리라고는 생각지 못했던 것이다.

"뭘…… 용서……" 그가 웅얼거렸다.

이리나가 얼굴을 붉혔다.

"뭐라니요?…… 알고 계시면서." 이렇게 말하고 그녀는 살짝 얼굴을 돌렸다. "저는 당신에게 죄를 지었어요, 그리고리 미하일리치…… 물론 그것이 제 운명이었지만요. (리트비노프는 그녀의 편지를 떠올렸다.) 저는 후회하지 않아요…… 어쨌든 후회하기엔 너무 늦었으니까요. 하지만 당신을 만나고 나서 우리는 반드시 친구가 되어야 한다고 나 자신에게 말했어요. 반드시…… 그렇게 되지 않는다면 저는 몹시 괴로울 거예요. 그래서 미루지 말고, 우리가 처음이자 마지막으로 서로 솔직히 이야기해야겠다는 생각이 들었어요. 그리고리 미하일리치, 차후에 결코 어떤 곤란함이나…… 거북함이 없도록 말이죠. 그러니 당신은 날 용서한다고 말해야만 해요. 그러지 않으면 저는 당신이 여전히 나에 대해…… **앙심을 품고 있다고 생각할 거예요!** 이건 저의 터무니없는 불평일 수도 있겠죠. 아마 당신은 그 모든 일을 오래전에 잊어버렸을지도 모르니까요. 하지만, 어쨌든 날 용서한다고 말씀해주세요."

이리나는 이 모든 말을 단숨에 쏟아놓았다. 리트비노프는 그녀의 눈에 눈물이 반짝이는 걸 볼 수 있었다…… 그렇다, 진짜 눈물이었다.

"당치도 않습니다, 이리나 파블로브나." 그는 다급히 말하기 시작했다. "사과하고 용서를 구하다니 그게 무슨 말입니까…… 그건 과거지사로 다 지나간 일입니다. 광채에 휩싸여 있는 당신이 왜 소녀 시절의 별 볼 일 없는 친구를 아직도 기억하고 있는지 그저 놀라울 뿐입니다……"

"그게 놀랍다고요?" 이리나가 조용히 말했다.

"감동적입니다." 리트비노프가 말을 받았다. "왜냐하면 난 결코 상상할 수도 없으니까요……"

"하지만 당신은 날 용서한다는 말을 아직 안 했어요." 이리나가 그의 말을 가로막았다.

"이리나 파블로브나, 난 당신의 행복이 정말로 기쁩니다. 이 세상의 최상의 행복이 당신의 것이 되길 진심으로 바라요……"

"불행을 기억하진 않나요?"

"나는 언젠가 당신 덕분에 맛보았던 아름다운 순간만을 기억할 뿐입니다."

이리나는 그에게 두 손을 내밀었다. 리트비노프는 그 손을 꼭 쥐고 즉시 놓지 않았다…… 오랫동안 잊었던 무언가가 그 부드러운 감촉으로 그의 마음속에 슬그머니 일어났다. 이리나는 다시 그의 얼굴을 똑바로 바라보았는데, 이번엔 미소를 짓고 있었다…… 그도 처음으로 그녀를 똑바로, 유심히 쳐다보았다. 그는 예전에 그토록 사랑했던 모습을 다시 알아보았다. 아주 멋진 속눈썹에 깊은 눈동자, 뺨의 작은 반점, 이마 위의 독특한 머리 모양, 왠지 귀엽고 우스꽝스럽게 입술을 일그러뜨리고 눈썹을 살짝 떠는 습관— 이 모든 것을 그는 알아볼 수 있었다…… 하지만 그녀는 너무나 아름다워졌다! 여인의 싱싱한 육체는 너무나 매력적이고 힘이 넘쳤다! 상큼하고 깨끗한 얼굴에는 연지도 하얀 분도 아이섀도도 사용하지 않았고, 어떤 부자연스러움도 없었다…… 그렇다, 그녀는 진짜 미인이었다!

리트비노프는 문득 생각에 잠겼다…… 그는 여전히 그녀를 바라보고 있었지만 그의 생각은 멀리 가 있었다…… 이리나가 이것을 알아챘다.

"이제 됐어요!" 그녀는 큰 소리로 말하기 시작했다. "이제 제 양심도 편안해졌으니 저의 호기심을 채워야겠어요."

"호기심?" 리트비노프는 이해할 수 없다는 듯이 되뇌었다.

"네, 네…… 당신이 그동안 어떻게 지냈는지, 당신의 계획이 뭔지 꼭 알고 싶어요. 그리고 언제, 무엇을, 어떻게…… 모든 것을, 모든 것을 알고 싶어요. 진실만을 말해야만 해요. 미리 말하지만, 가능한 한 저는 줄곧 당신을 주시하고 있었으니까요."

"날 줄곧 주시하고 있었다고요, 당신이…… 거기…… 페테르부르크에서?"

"당신이 좀 전에 말한 것처럼 광채에 휩싸여 있으면서. 그래요, 주시하고 있었어요. 그 광채에 대해서는 다음에 얘기해요. 지금은 당신 얘기를 오랫동안 많이 해주세요. 아무도 우리를 방해하지 않을 거예요. 아, 정말 멋질 거야!" 이리나는 신이 나서 안락의자에 앉아 모양을 내면서 덧붙여 말했다. "자, 시작하세요."

"이야기하기 전에 먼저 감사 인사를 해야겠어요." 리트비노프가 입을 열었다.

"뭐를요?"

"내 방에 있던 꽃다발 말입니다."

"꽃다발이라뇨? 저는 아무것도 몰라요."

"그래요?"

"아무것도 모른다니까요…… 하지만 당신의 이야기를……

113

기다리고 있어요…… 아, 당신을 데려오다니 포투긴은 참 영리한 사람이에요!"

리트비노프는 귀를 바싹 기울였다.

"포투긴 씨를 안 지 오래되었나요?"

"오래되었어요…… 하지만 당신 이야기를 해주세요."

"잘 아는 사이인가요?"

"그럼요!" 이리나는 한숨을 내쉬었다. "거기엔 특별한 이유가 있어요…… 물론 당신도 엘리자 벨스카야에 대한 이야기를 들었겠지요…… 재작년에 참혹하게 죽은 그 여자 말이에요. 아, 당신이 우리에게 일어난 일을 모른다는 걸 깜빡했군요…… 다행이에요, 당신이 모른다니 참 다행이에요. **아, 정말로 운이 좋았어요!** 마침내, 마침내 우리에 대해 아무것도 모르는 진실한 어떤 사람을 만났어요! 서툴렀지만 그는 우리와 러시아 말로 얘기할 수 있었어요. 그래요, 언제나 느끼하고 역겨운 페테르부르크의 프랑스 말이 아니라 러시아 말로요!"

"그래서 포투긴이 당신과 연결되었군요……"

"그 일을 떠올리기만 해도 몹시 괴로워요." 이리나가 말을 가로막았다. "엘리자는 여학교 때 제일 좋은 친구였어요. 그 후 우린 페테르부르크 궁정에서도 늘 만났죠. 그녀는 내게 자기 비밀을 모두 털어놓았는데, 아주 불행했고 많은 고통을 당했어요. 포투긴은 이 사건이 일어났을 때 진짜 기사騎士처럼 훌륭하게 행동했어요! 그는 자신을 희생했어요. 나는 그때서야 그의 진가를 인정했지요. 그런데 또 이야기가 옆길로 샜네요. 당신 이야기를 해주세요, 그리고리 미하일리치."

"하지만 내 이야기는 전혀 재미없을 텐데요, 이리나 파블로브나."

"그건 당신이 걱정할 일이 아니죠."

"생각해보세요, 이리나 파블로브나, 우린 10년 동안, 만 10년 동안 만나지 못했어요. 그 이후로 많은 세월이 흘렀어요!"

"세월뿐만이 아니죠! 세월뿐만이 아니에요!" 그녀는 특이하고 침통한 표정을 짓고 되뇌었다. "그래서 당신 이야기를 듣고 싶은 거예요."

"게다가 어디서부터 시작해야 할지 정말 모르겠군요."

"처음부터요. 당신이…… 제가 페테르부르크로 옮겨 갔을 때부터요. 그때 당신도 모스크바를 떠났죠…… 아실는지 모르지만, 그 후로 저는 모스크바에 한 번도 돌아가지 않았어요!"

"정말요?"

"처음엔 불가능했지만, 그 후 제가 결혼했을 때……"

"결혼한 지 오래되었나요?"

"3년이 넘었어요."

"아이들은 있나요?"

"없어요." 그녀는 무뚝뚝하게 대답했다.

리트비노프는 잠시 잠자코 있었다.

"그럼 결혼 전까지 줄곧 그, 이름이 뭐더라, 레이젠바흐 백작 집에서 살았나요?"

이리나는 그가 왜 이런 질문을 하는지 확실히 알아내려는 듯이 그를 유심히 바라보았다……

"아뇨……" 마침내 그녀가 말했다.

"그럼 부모님은…… 그런데 내가 그분들에 대해 물어보지 않았군요. 그분들은……"

"두 분 다 잘 계세요."

"전처럼 모스크바에 사시나요?"

"전처럼 모스크바에 사세요."

"동생들은요?"

"모두 잘 있어요. 내가 모두를 돌봐주었어요."

"아!" 리트비노프는 눈을 치떠서 이리나를 힐끗 쳐다보았다.

"사실은 이리나 파블로브나, 이야기를 해야 하는 사람은 내가 아니라 당신이죠. 다만, 만일……"

그는 문득 이 사실을 알아차리고 입을 다물었다.

이리나는 두 손을 얼굴 가까이 가져가서 손가락에 낀 결혼반지를 돌렸다.

"좋아요, 기꺼이 말하죠." 마침내 그녀가 말했다. "언젠가…… 아마도…… 하지만 당신이 먼저…… 아시다시피, 저는 당신을 계속 주시해왔지만 당신에 대해 아는 게 거의 없어요. 하지만 저에 대해…… 아마 저에 대해 당신은 충분히 들었을 거예요. 그렇죠? 저에 대해 많은 얘기를 들었죠?"

"이리나 파블로브나, 당신은 사교계에서 아주 당당한 자리를 차지했으니 소문의 주인공이 될 수밖에 없지요…… 특히 내가 사는 지방에서 사람들은 소문을 다 사실로 믿어요."

"당신도 그 소문을 믿었나요? 그런데 어떤 종류의 소문이었죠?"

"솔직히 말해서, 이리나 파블로브나, 그런 소문은 나에게 아주 드물게 들려왔어요. 난 아주 고독하게 살았으니까요."

"왜죠? 당신은 국민군에 들어가 크림반도에 있었죠?"

"당신은 그것도 알고 있었나요?"

"보다시피. 당신을 주시해왔다고 말했잖아요."

리트비노프는 다시 놀랄 수밖에 없었다.

"내가 말하지 않아도 당신이 알고 있는데 굳이 말할 필요가 있나요?" 리트비노프가 나직이 말했다.

"그건…… 그건 제 소원을 이루기 위해서예요. 이렇게 부탁하고 있잖아요, 그리고리 미하일리치."

리트비노프는 머리를 숙이고 말하기 시작했다…… 다소 앞뒤가 맞지 않게 시작했지만, 대체로 자신의 평범한 과거를 이리나에게 들려주었다. 그는 자주 말을 멈추고 '이만하면 됐지요?'라고 묻기라도 하듯이 이리나를 바라보곤 했다. 하지만 그녀는 이야기를 계속해달라고 집요하게 요구했다. 그녀는 머리칼을 귀 뒤로 넘기고 안락의자의 팔걸이에 팔꿈치를 괴고는 한 마디도 놓치지 않으려는 듯 아주 열심히 듣고 있었다. 그러나 만일 어떤 사람이 옆에서 그녀를 바라보고 그녀의 표정을 관찰했다면, 그녀가 리트비노프의 이야기에 전혀 귀를 기울이지 않고 오히려 명상에 잠겨 있다고 생각했을 것이다…… 그녀의 집요한 시선에 리트비노프는 당황하고 얼굴을 붉혔지만, 사실 그녀가 깊이 생각하고 있었던 것은 리트비노프가 아니었다. 그녀의 눈앞에 떠오른 것은 그의 삶이 아니라 그녀 자신의 다른 온전한 삶이었다.

리트비노프는 이야기를 끝내진 않았으나 마음속에 불쾌하고 어색한 감정이 점점 커져서 이야기를 중단하고 잠자코 있었다. 이번엔 이리나가 아무 말도 하지 않았고 이야기를 계속해달라고 요구하지도 않았다. 그녀는 피곤한 듯 손바닥으로 눈을 누르고 안락의자의 등받이에 천천히 몸을 기대더니 꼼짝 않고 그대로 있었다. 리트비노프는 잠시 기다리다가 방문한 지 벌써 두 시간이 넘었다는 것을 깨닫고 모자를 집어 들려고 했다. 바로 그때 옆방에서 얇은 에나멜 장화가 빠르게 삐거덕거리는 소리가 울리더니 귀족 근위병 특유의 멋진 향기를 풍기며 발레리안 블라디미로비치 라트미로프가 들어왔다.

리트비노프는 의자에서 일어나 풍채가 당당한 장군과 인사를 나누었다. 이리나는 얼굴에서 천천히 손을 떼고 차갑게 남편을 바라보고 나서 프랑스어로 말했다.

"아! 벌써 돌아오셨어요! 그런데 지금 몇 시죠?"

"곧 4시요, **여보.** 그런데 당신은 아직도 옷을 입지 않았군. 공작 부인이 우릴 기다릴 거요." 장군은 이렇게 말하면서 단단히 졸라맨 몸통을 리트비노프 쪽으로 우아하게 굽히더니 특유의 연약하고 익살스러운 목소리로 덧붙였다. "친애하는 손님 덕분에 아내가 시간 가는 줄도 몰랐나 보군요."

독자들이 허락한다면, 여기서 라트미로프 장군에 대한 몇 가지 정보를 전하고자 한다. 그의 아버지는 사생아…… 여러분들이 무슨 생각을 할지 모르지만 틀린 생각은 아니다…… 우리가 말하고자 하는 것은…… 알렉산드르 1세 시대의 유명한 고관과 아름다운 프랑스 여배우 사이에서 태어난 사생아였다. 고관은 자기 아들을 출세시켰지만 재산을 남기지는 못했다. 그 아들(지금 화제에 오른 장군의 아버지)도 부자가 되지는 못했다. 그는 대령이 되어 경찰국장으로 일하다가 사망했다. 죽기 1년 전에 그는 자신의 보호를 받아야만 했던 젊고 아름다운 미망인과 결혼했다. 그들 사이에서 태어난 발레리안 블라디미로비치는 좋은 연줄을 타고 중앙 유년학교에 들어가서 곧 상관의 눈에 들었다. 그의 학업 성적이 우수해서가 아니라 행동이 군인답고 품행이 단정했기 때문이다(그러나 그도 옛날 국립사관학교 생도들이 빠질 수밖에 없었던 온갖 방종에 빠지곤 했다). 그는 근위대에 들어가서 빛나는 성공을 거두었다. 겸손하고 쾌활한 성격에 능숙한 춤, 전령 장교로서 열병식에서의 멋진 승마(대체로 남의 말을 탔지만), 그리고 상관을 친근하고 존경스럽게 대하면서도 대체로 깃털처럼 가벼운 자유주의적 색채를 띠면서 애틋하고 상냥하고 쓸쓸한 듯한 모습으로 상관에게 봉사하는 특별한 기술 덕분이었다. 그러나 그 자유주의는, 백러시아의 어느 마을에서 일어난 폭동을 진압하기 위해 파견된 그가 50명의 농민을 태형으로 다스리는 것을 방해하지 않았다. 그의 외모는 매력적이고 무척 젊어 보였다. 불그레한 뺨에 부드럽고 유연하며 붙임성 있는 그는 특히 부인들에게 인기가 좋았다. 심지어 지체 높은 노파들까지도 그에게 열광했다. 습관적으로 조심성이 있고 타산에 따라 말수가 적은 라트미로프 장군은 아주 하찮은 꽃에서도 꿀을 모으는 부지런한 꿀벌처럼 끊임없이 상류사회를 드나들었다. 도덕성도, 특별한 지식도 없었지만 실무에 뛰어난 사람이라는 평판과 사람들을 꿰뚫어 보는 감각, 상황 판단 능력, 특히 자기 이익을 확고히 추구하는 굳은 신념을 가진 그는 마침내 자기 눈앞에 온갖 성공의 길이 열려 있다는 것을 알았다.

리트비노프는 어색하게 미소를 지었고, 이리나는 그저 어깨를 으쓱 치켜올렸다.

"그런데," 그녀는 여전히 차가운 어조로 말했다. "백작은 만났나요?"

"물론 만났지. 당신에게 안부 전해달라고 하더군."

"아! 그는 여전히 어리석군요. 당신의 후원자 말이에요."

라트미로프 장군은 아무 대답도 하지 않았고, 아내의 경솔한 판단을 너그러이 봐준다는 듯이 가볍게 코웃음을 쳤다. 성품이 좋은 어른들은 아이들의 터무니없고 불순한 행동에도 이런 웃음으로 대응하는 법이다.

"그래요." 이리나는 덧붙여 말했다. "그 백작의 어리석음은 정말 놀라워요. 난 질리도록 봐왔어요."

"바로 당신이 날 그 사람에게 보냈소." 장군은 입속말로 우물우물 말했다. 그리고 리트비노프에게 몸을 돌려 러시아어로 물었다. "바덴의 물을 마시고 있습니까?"

"덕분에 건강합니다." 리트비노프가 대답했다.

"무엇보다 좋은 일입니다." 장군은 상냥하게 이를 드러내 보이며 히죽 웃으면서 말을 이었다. "대체로 병을 치료하러 바덴에 오는 것은 아니지만 이곳 물은 약효가 아주 좋습니다. **효과적이라는 말이죠.** 예컨대 나처럼 신경성 기침으로 고생하는 사람은……"

이리나가 재빨리 일어났다.

"또 뵙겠어요, 그리고리 미하일리치, 곧 뵙길 바라요." 그녀는 멸시하듯이 남편의 말을 가로막고 프랑스어로 말했다. "이제 가서 옷을 갈아입어야 해요. 그 늙은 공작 부인은 언제나 **기분 전환**을 위해 산책을 하는데 지긋지긋해요. 그저 따분할 뿐이에요."

"당신은 오늘 모두에게 무척 엄격하군." 그녀의 남편은 이렇게 중얼거리더니 슬쩍 다른 방으로 가버렸다.

리트비노프는 문 쪽으로 향했다…… 이리나가 그를 멈춰 세웠다.

"당신은 내게 모든 걸 얘기했지만 중요한 걸 숨겼어요." 그녀가 말했다.

"그게 뭐죠?"

"결혼하신다죠?"

리트비노프는 귀뿌리까지 빨개졌다…… 사실 그는 일부러 타냐에 대해 말하지 않았다. 그러나 그는 몹시 화가 났다. 첫째, 이리나가 그의 결혼에 대해 알고 있었기 때문이고, 둘째 그 결혼을 그녀에게 숨기려 한 것을 그녀가 간파한 것 같았기 때문이다. 그는 어쩔 줄 몰라 했고, 이리나는 그에게서 눈을 떼지 않았다.

"네, 결혼해요." 마침내 그는 이렇게 말하고 곧장 방에서 나왔다.

라트미로프가 방으로 되돌아왔다.

"그런데 왜 옷을 갈아입지 않지?" 그가 물었다.

"혼자 가세요. 머리가 아파요."

"하지만 공작 부인이……"

이리나는 발끝에서 머리끝까지 남편을 훑어보더니 그에게 등을 돌리고 자기 방으로 가버렸다.

13

리트비노프는 자신이 몹시 못마땅했다. 마치 룰렛 게임에서 돈을 잃거나 약속을 지키지 못한 기분이었다. '타냐의 약혼자이자 더 이상 소년이 아닌 진중한 어른이 호기심의 부추김이나 추억의 유혹에 빠져서는 안 된다'고 내면의 목소리가 그에게 말했다. '갈 필요가 있었다고?' 그는 생각했다. '그녀로서는 그저 교태일 뿐이고 일시적 기분이고 변덕이야…… 그녀는 따분하고 모든 것에 싫증이 나서 날 낚아챈 거야…… 미식가가 갑자기 흑빵이 먹고 싶은 거지. 그래, 좋아. 그런데 나는 왜 뛰어간 거야? 정말로 나는…… 그녀를 경멸할 수 없단 말인가?' 그는 이 마지막 말을 다소 힘들게 속으로 내뱉었다. '물론 어떤 위험도 없고, 있을 수도 없어.' 그는 계속 생각했다. '내가 누구와 상대하고 있는지 잘 알고 있으니까. 하지만 불장난을 해서는 안 돼…… 다시는 그녀의 집에 발을 들여놓지 말아야지.' 그러나 리트비노프는 그녀가 얼마나 아름답게 보였는지, 얼마나 자신의 감정을 강하게 자극했는지 감히 자기 자신에게 고백하지 못했고, 고백할 수도 없었다.

그날도 역시 무의미하고 무기력하게 지나갔다. 식사 중에 리트비노프는 콧수염을 염색한 풍채 좋은 건장한 사람 옆에 앉게 되었다. 그 사람은 줄곧 입을 다문 채 숨을 헐떡이며 눈알을 굴리고 있었다…… 그런데 갑자기 딸꾹질을 하는 바람에 그 사람이 동포라는 걸 알게 되었다. 그가 딸꾹질을 하고 바로 화를 내며 "참외를 먹어서는 안 된다고 내가 말했지!"라고 러시아어로 말했기 때문이다. 저녁에도 즐거운 일은 전혀 일어나지 않았다. 빈다소프는 리트비노프가 보는 앞에서 빌려 간 돈의 네 배를 땄는데도 돈을 갚기는커녕 그의 얼굴을 사납게 노려보기까지 했다. 마치 자기가 돈 따는 것을 목격했으니 리트비노프에게 더 엄한 벌이라도 내리겠다는 표정이었다. 다음 날 아침 다시 한 무리의 동포들이 몰려왔다. 리트비노프는 간신히 그들로부터 벗어나 산으로 갔다. 처음엔 이리나와 마주쳤으나 못 본 체하고 재빨리 지나쳤다. 다음엔 포투긴과 마주쳤다. 그는 포투긴과 이야기하려고 했으나 포투긴은 마지못해 대답했다. 포투긴은 화려하게 옷을 입은 여자아이의 손을 잡고 있었다. 부드럽고 숱이 많은 희끄무레한 고수머리와 병자처럼 창백한 작은 얼굴에 커다란 검은 눈을 한 아이였는데, 버릇없이 자란 아이들 특유의 거만하고 조급한 표정이 엿보였다. 리트비노프는 산에서 두 시간가량을 보내고 리흐텐탈러 알레 공원을 따라 집으로 돌아오고 있었다…… 얼굴에 푸른 베일을 쓴 부인이 벤치에 앉아 있다가 벌떡 일어나 그를 향해 다가왔다…… 이리나였다.

"왜 저를 피하는 거죠, 그리고리 미하일로비치." 그녀는 마음속에 불만이 쌓인 사람에게서 흔히 나타나는 불안정한 목소리로 말했다.

리트비노프는 당황했다.

"당신을 피하다니요, 이리나 파블로브나?"

"그래요, 당신은…… 당신은……"

이리나는 흥분해서 화가 난 것 같았다.

"단언컨대, 그건 오해입니다."

"아뇨, 오해가 아니에요. 오늘 아침에 우리가 마주쳤을 때, 당신이 날 알아본 걸 모를 줄 아세요? 정말 날 알아보지 못했나요? 말해보세요!"

"정말로…… 이리나 파블로브나……"

"그리고리 미하일로비치, 당신은 정직한 사람이고, 언제나 진실을 말했어요. 말해보세요, 말해보세요, 당신은 날 알아보셨죠? 당신은 일부러 외면했지요?"

리트비노프는 이리나를 흘긋 쳐다보았다. 그녀의 눈은 이상하게 빛났고, 베일의 촘촘한 망사를 통해 보이는 뺨과 입술은 죽은 사람처럼 창백했다. 그녀의 표정에도, 띄엄띄엄 이어지는 그녀의 속삭임에도 저항할 수 없는 슬픔과 애원이 깃들어 있었다…… 리트비노프는 더 이상 거짓말을 할 수 없었다.

"그래요, 당신을 알아봤어요." 그는 다소 힘들게 말했다.

이리나는 가볍게 몸을 떨고서 조용히 두 손을 축 늘어뜨렸다.

"왜 당신은 내게 다가오지 않았죠?" 그녀가 속삭였다.

"왜…… 왜냐고요!" 리트비노프는 길에서 벗어나 걸었고, 이리나는 말없이 그의 뒤를 따라갔다. "왜냐고요?" 그는 다시 한

번 되뇌었다. 그의 얼굴이 갑자기 상기되었고, 원한에 가까운 감정이 그의 가슴과 목을 짓눌렀다. "당신이…… 우리 사이에 있었던 일을 모두 아는 당신이 그런 걸 묻다니? 물론 지금, 지금은 아니지만, 거기…… 거기에서…… 모스크바에서."

"하지만 그건 우리가 결정했던 것 아닌가요, 당신이 약속했잖아요……" 이리나가 말하기 시작했다.

"난 아무것도 약속하지 않았어요! 날카롭게 말해 미안합니다만 당신이 진실을 요구하니까 하는 말입니다. 스스로 판단해 보세요. 뭐라 부를지 모르겠지만…… 당신의…… 당신의 그 집 요함을, 솔직히 말해 나로서는 이해할 수 없는 그 교태를, 당신이 여전히 나를 얼마나 지배할 수 있는지 시험해보려는 그 욕망을 어떻게 설명할 수 있겠습니까? 우리의 길은 너무 어긋나 버렸어요! 난 모든 걸 잊었고, 모든 걸 이겨냈으며 오래전에 안정을 찾아서 전혀 다른 사람이 되었습니다. 당신은 결혼했고, 적어도 겉으로는 행복해 보이며, 사교계에서 남들이 부러워하는 지위에 있습니다. 그런데 왜 나 같은 사람에게 접근하려는 거죠? 나는 당신에게, 당신은 내게 무엇입니까? 이제 우리는 서로를 이해할 수조차 없고, 이제 우리 사이에는 이전이나 지금이나 공통점이 전혀 없어요! 특히…… 특히 이전에는 말이죠!"

리트비노프는 고개도 돌리지 않고 격정적으로 재빨리 말했다. 이리나는 꼼짝하지 않았고, 그저 이따금씩 그를 향해 두 손을 살짝 뻗곤 했다. 그것은 마치 이제 그만하고 자기 말도 들어달라고 애원하는 것 같았다. 그의 마지막 말에 그녀는 마치 살을 에는 듯한 아픔을 참으려는 듯 아랫입술을 살짝 깨물었다.

"그리고리 미하일리치," 마침내 그녀는 더 침착한 목소리로 입을 열었고, 사람들이 이따금 지나가는 길에서 더 멀리 벗어나 걸었다······

이번에는 리트비노프가 그녀의 뒤를 따랐다.

"그리고리 미하일리치, 저를 믿어주세요. 만일 제가 털끝만큼이라도 당신에 대한 지배력을 갖고 있다고 생각했다면, 제가 먼저 당신을 피했을 거예요. 제가 그렇게 하지 않고, 저의······ 저의 지난날의 잘못에도 불구하고 당신과의 친분을 복원하려고 결심했다면, 그 이유는······ 그 이유는······"

"그 이유가 뭐요?" 리트비노프는 무례하다 싶은 말투로 물었다.

"그 이유는," 이리나는 돌연 힘찬 목소리로 말을 받았다. "이 사교계에서, 당신이 말한 대로 남들이 부러워하는 이 지위에서 나는 더 이상 참을 수도, 견딜 수도 없고 숨이 막히기 때문이에요. 이 모든 생명 없는 인형들을 만난 뒤에 살아 있는 인간인 당신을 만났기 때문이에요. 당신도 엊그제 고성에서 그 인형들의 유형을 보았죠. 나는 사막에서 샘물을 만난 것처럼 기뻤어요. 그런데 당신은 나를 요부라고 부르며 의심하는군요. 예전에 내가 정말로 당신에게 잘못했다고 해서, 그리고 나 자신에게 더욱더 큰 잘못을 했다고 해서 날 밀쳐내려고 하는군요!"

"당신 스스로 운명을 선택했습니다, 이리나 파블로브나." 여전히 그녀를 외면한 채 리트비노프가 무뚝뚝하게 말했다.

"나 자신이, 스스로…… 나는 불평하지 않아요, 불평할 권리도 없고요." 이리나는 서둘러 말했다. 리트비노프의 엄격한 태도가 그녀에게는 오히려 은밀한 위안이 되는 것 같았다. "당신이 틀림없이 저를 비난하리라는 걸 알아요. 그러니 변명은 하지 않겠어요. 다만 제 감정을 당신에게 설명하고 싶어요. 분명히 말하지만 지금 저는 교태를 부릴 기분이 아니에요…… 제가 당신에게 교태를 부리고 있다니요! 그건 터무니없는 말이에요…… 제가 당신을 보았을 때 젊은 날의 좋았던 모든 것이 내 안에서 깨어났어요…… 내가 아직 운명을 선택하지 않았던 시절이, 저기 10년이라는 세월 너머, 밝은 시절에 묻혀 있던 그 모든 것이……"

"실례지만, 이리나 파블로브나, 말이 지나치군요! 내가 아는 한, 당신의 인생에서 밝은 시절은 우리가 헤어진 직후부터 시작되었지요……"

이리나가 손수건을 입술로 가져갔다.

"그렇게 말씀하시다니 너무 잔인해요, 그리고리 미하일리치. 하지만 당신에게 화를 낼 수 없어요. 오, 아니에요, 그 시기는 밝지 않았어요. 모스크바를 떠난 후 나는 행복하지 않았어요. 단 한 순간도, 단 일 분도 행복하지 않았어요…… 사람들이 당신에게 무슨 말을 했든 간에 제 말을 믿어주세요. 만일 내가 행복했다면, 지금 말하는 것처럼 당신에게 말할 수 없겠지요…… 다시 말하지만, 당신은 그들이 어떤 사람들인지 몰라요…… 그들은 아무것도 이해하지 못하고 어떤 것에도 공감하지 못해요. 심지어 사고력도 없고, **재치도 지성도 없어요.** 단지 교활함과 수완만 있어요. 실제 그들은 음악도 시도 예술도 전혀 몰라요…… 너도 이 모든 것에 아주 무관심했다고 당신은 말하겠지요. 하지만 그 정도가 아니에요, 그리고리 미하일리치, 그 정도가 아니라고요! 지금 당신 앞에 있는 사람은 사교계 여자가 아니에요. 당신이 저를 힐끗 보기만 해도 제가 암사자가 아니라는 걸 알 거예요. 사람들이 우리를 그렇게 부르는 것 같지만요…… 저는 정말로 동정받을 만한 불쌍하고 가련한 여자일 뿐이에요. 제 말에 놀라지 마세요…… 지금 내게 자존심은 아무것도 아니에요! 저는 당신에게 거지처럼 손을 내밀고 있어요. 이제 이해하시겠죠? 거지처럼…… 구걸하고 있어요." 그녀는 갑자기 자신을 억제하지 못하고 저도 모르게 충동적으로 덧붙여 말했다. "저는 구걸하고 있는데, 당신은……"

그녀는 더 이상 말을 잇지 못했다. 리트비노프는 고개를 들어 이리나를 쳐다보았다. 그녀는 가쁘게 숨을 쉬면서 입술을 떨고 있었다. 그의 심장이 돌연 쿵쿵 뛰기 시작했고 증오심도 사라져버렸다.

"당신은 우리의 길이 어긋났다고 말했죠." 이리나가 말을 이었다. "당신이 좋아하는 여자와 결혼하리라는 것도, 당신에게 이미 일생의 계획이 서 있다는 것도 알고 있어요. 하지만 우리는 서로 모르는 사이가 아니지요, 그리고리 미하일리치, 아직 서로를 이해할 수 있어요. 정말로 당신은 내가 완전히 무뎌지고, 이 진창에 완전히 빠졌다고 생각하세요? 오, 아니에요, 제발 그렇게 생각하지 말아요! 당신이 지난날을 잊고 싶지 않다면, 적어도 지난날을 위해서라도, 부탁건대, 제가 마음을 터놓게 해주세요. 우리의 만남이 헛되이 끝나지 않도록 그렇게 해주세요. 안 그러면 너무 괴로울 거예요. 안 그래도 우리의 만남은 오래가지 않을 거예요…… 잘 말할 수는 없지만 당신은 저를 이해할 거예요. 내가 요구하는 것은 작은, 아주 작은 거니까요…… 단지 조금만 동정을 베풀어주시고, 그저 저를 밀쳐내지 마시고 내가 마음을 터놓게 해주세요……"

이리나는 입을 다물었지만 목소리에는 눈물이 배어 있었다. 그녀는 한숨을 내쉬고는 소심하게, 애원하는 듯한 곁눈질로 리트비노프를 슬쩍 쳐다보며 그에게 한 손을 내밀었다……

리트비노프는 천천히 그 손을 잡고 지그시 눌렀다.

"친구로 지내요." 이리나가 속삭였다.

"친구라." 리트비노프가 생각에 잠겨 되뇌었다.

"그래요, 친구로…… 이게 지나친 요구라면 적어도 좋은 지인으로 지내기로 해요…… 마치 아무 일도 없었던 것처럼 허물없이 지내요……"

"마치 아무 일도 없었던 것처럼……" 리트비노프가 다시 되뇌었다. "이리나 파블로브나, 당신은 방금 내가 지난날을 잊고 싶지 않다면,이라고 말했죠…… 그런데 내가 지난날을 잊을 수가 없다면요?"

행복한 미소가 이리나의 얼굴에 언뜻 나타났다가 금세 사라지고, 걱정스럽고 거의 놀란 표정으로 바뀌었다.

"나처럼 하시면 돼요, 그리고리 미하일리치, 좋은 것만 기억하세요. 무엇보다 지금 내게 약속하세요…… 정말로요……"

"무엇을?"

"날 피하지 않겠다고…… 괜히 날 슬프게 하지 않겠다고…… 약속하시겠어요? 말하세요!"

"예."

"온갖 나쁜 생각을 머릿속에서 버리시겠어요?"

"예…… 하지만 나는 여전히 당신을 이해할 수 없어요."

"그건 필요 없어요…… 하지만 당신은 곧 나를 이해하게 될 거예요. 그런데 약속하시는 거죠?"

"이미 '예'라고 말했습니다."

"고마워요. 그런데 조심하세요, 나는 당신을 믿는 데 익숙해졌으니까요. 나는 오늘도 내일도 당신을 기다릴 거고, 집 밖으로 나가지 않을 거예요. 하지만 지금은 당신과 헤어져야만 해요. 공작 부인이 가로수 길을 걷고 있는데…… 나를 보았어요. 그녀에게 가까이 가야 해요…… 안녕히…… 손을 주세요, **빨리요, 빨리**. 안녕히 가세요."

이리나는 리트비노프의 손을 꼭 잡고 나서 당당한 모습의 중년 부인을 향해 걸어갔다. 그 부인은 다른 부인 두 명과 제복을 입은, 몹시 단정한 하인을 데리고 모래로 덮인 오솔길을 따라 무거운 걸음으로 걷고 있었다.

"**아, 안녕하세요, 부인!**" 이리나가 공손히 무릎을 굽혀 인사하자 공작 부인이 말했다. "**오늘은 기분이 어때요? 잠시 나랑 함께 걸어요.**"

"**황송하옵니다.**" 이리나의 싹싹한 목소리가 들렸다.

14

리트비노프는 공작 부인이 일행과 함께 지나가길 기다렸다가 자신도 가로수 길로 나갔다. 그는 자신의 감정을 분명히 이해할 수 없었다. 부끄럽기도 하고 심지어 두렵기도 했지만 자존심은 충족되었다…… 이리나와의 뜻밖의 대화는 갑자기 일어난 것이었다. 그녀의 열렬하고 빠른 말이 그의 머리 위로 뇌우처럼 지나갔다. '사교계의 여자들은 괴짜들이야.' 그는 생각했다. '그녀들에게는 어떤 일관성도 없어…… 생활환경이 그녀들에게 나쁜 영향을 주고, 그녀들도 그 환경이 추악하다는 것을 느끼고 있어!……' 솔직히 말해 그는 이런 생각을 전혀 하지 않았고, 마치 더 무서운 다른 생각에서 벗어나려는 듯 이런 진부한 문구를 기계적으로 되뇌고 있을 뿐이었다. 그는 지금 진지한 생각을 해서는 안 된다는 것을, 그러지 않으면 아마 자신을 비난할 수밖에 없으리라는 것을 알았다. 그는 느린 걸음으로 걸으면서 눈에 띄는 모든 것에 집요하다 싶게 관심을 보였다…… 문득 정신을 차려보니 벤치 앞이었다. 그는 벤치 가에서 누군가의 다리를 보았고, 그 다리를 따라 시선을 위로 향했다…… 벤치에 앉아 신문을 읽고 있던 다리의 주인은 바로 포투긴이었다. 리트비노프는 가볍게 탄성을 질렀다. 포투긴은 신문을 무릎 위에 놓고 미소도 짓지 않은 채 유심히 리트비노프를 쳐다보았다. 리트비노프도 역시 유심히, 미소도 짓지 않고 포투긴을 쳐다보았다.

"옆에 앉아도 될까요?" 마침내 리트비노프가 물었다.

"그럼요. 앉으시오. 단, 미리 말해두지만, 만약 당신이 나와 대화하고 싶다면, 내가 무슨 말을 해도 화내지 마시오. 나는 지금 인간 혐오의 기분에 빠져 있어서 모든 것이 너무나 역겹게 보이니까요."

"괜찮습니다, 소존트 이바니치." 리트비노프는 벤치에 앉으면서 말했다. "오히려 잘되었습니다. 하지만 왜 그런 기분에 빠졌나요?"

"사실 화낼 일도 아니었습니다." 포투긴이 말하기 시작했다. "방금 러시아 재판제도의 개혁안에 대해 읽었는데, 마침내 우리나라에도 똑똑한 사람들이 나타나 자주성, 민족성 혹은 독창성을 구실 삼아 명확하고 순수한 유럽의 논리에 국산 꼬리표를 달려고 하지 않고, 반대로 외국의 장점을 온전히 취하려고 해서 진짜 기뻤습니다. 농민 문제에서 한 가지 양보만으로 충분합니다…… 어서, 공동 소유에서 벗어나야 해요!…… 분명, 분명히 화낼 일은 아니었어요. 하지만 불행하게도 나는 러시아의 타고난 천재를 우연히 만나서 이야기를 나누었는데, 이 타고난 천재들과 독학자들은 내가 무덤 속에 들어가도 나를 조용히 내버려두지 않을 거요!"

"타고난 천재가 누구죠?" 리트비노프가 물었다.

"여기저기 떠돌아다니는 자로 자신을 천재적인 음악가로 생각하지요. 그자는 이렇게 말하더군요. '물론 나는 배우지 못해서 아무것도 아니고 제로야. 하지만 나는 마이어베어*와는 비

* 독일의 오페라 작곡가. 대표작에 「아프리카의 여인」「예언자」 등이 있다.

132

교가 안 될 정도로 더 많은 멜로디와 악상을 가지고 있어.' 그
래서 내가 말했죠. '첫째, 자넨 왜 배우지 않았나? 둘째, 마이어
베어는 그렇다 치고, 최하급의 독일 오케스트라에서 자기 파트
를 적당히 연주하는 최하급 독일인 플루트 연주자도 우리나라
의 모든 타고난 천재들보다 스무 배나 더 많은 악상을 갖고 있
어.' 다만 플루트 연주자는 이러한 악상을 혼자 마음속에 간직
할 뿐, 모차르트와 하이든의 조국에서 주제넘게 나서지 않아요.
반면에 우리의 형제인 타고난 천재들은 시시한 왈츠나 로망스
를 만들어내자마자 바지 주머니에 두 손을 찔러 넣고 입술에
조소를 띠며 난 천재야, 라고 말하는 겁니다. 회화 부문에서도
그렇고 어디서나 똑같아요. 바로 이런 자들이 타고난 천재들입
니다! 피와 살이 되는 진정한 과학이나 진짜 예술이 없는 곳에
서만 그런 타고난 천재들을 자랑한다는 것을 누구나 다 알지
요. 우리 러시아에는 굶어 죽는 사람이 하나도 없다느니, 도로
여행이 세계에서 가장 빠르다느니, 우리는 그 누구하고 겨루어
도 쉽게 이길 수 있다느니 하는 진부한 말과 함께 이 모든 자
랑과 이 상스러운 잡동사니들을 정말로 폐기할 때가 아닙니까?
사람들은 재능 있는 러시아인, 놀라운 본능 그리고 쿨리빈*을
계속 자랑합니다…… 하지만 도대체 재능이란 뭡니까? 실례지
만 그건 잠꼬대나 반半동물적인 교활함 같은 겁니다. 본능이라!
이것도 참 자랑할 만한 거죠! 숲속에서 개미를 잡아 개미집에

----

* 러시아의 기계공이자 발명가.

서 1베르스타* 떨어진 곳에 옮겨놓아 보시오. 그 개미는 자기 집으로 가는 길을 찾을 겁니다. 인간은 그렇게 할 수 없어요. 그렇다고 인간이 개미보다 열등한가요? 본능이 아무리 훌륭하다 해도 그건 인간에게 어울리지 않아요. 단순하고 건전하고 평범한 이성이야말로 우리의 진짜 자산이고 긍지죠. 이성은 본능처럼 그렇게 놀라운 일은 하지 못하지만, 그렇기 때문에 모든 것이 이성에 근거하고 있는 겁니다. 쿨리빈에 대해 말하자면, 기계학을 전혀 몰랐던 그는 정말 볼품없는 시계를 직접 만들었지요. 나라면 그 시계가 조롱거리가 되도록 하겠어요. '잘 보시오, 선량한 시민 여러분, 이런 것을 만들어서는 안 됩니다'라고 말이죠. 그러나 그가 만든 시계가 허접한 것이지 쿨리빈 자신은 잘못이 없어요. 해군성의 뾰족탑에 기어 올라간 텔루시킨**의 용기와 민첩성은 칭찬할 수 있죠. 어찌 칭찬하지 않을 수 있겠어요? 하지만 그가 독일 건축가들의 코를 납작하게 만들었고, 독일 건축가들은 쓸모가 없으며 그저 돈만 우려낸다고 외쳐서는 안 됩니다…… 그는 어떤 독일인의 코도 납작하게 만들지 못했어요. 나중에 뾰족탑 주위에 비계飛階를 만들어 평범한 방식으로 뾰족탑을 수리해야만 했거든요. 우리 러시아에서는 배우지 않아도 뭔가를 이룰 수 있다는 생각을 제발 부추겨서는 안 됩니다! 아니, 아무리 머리가 좋아도 기초부터 배워야 해요! 그게 아니라면 꼬랑지를 내리고 가만히 앉아 있어야 해

---

* 러시아에서 쓰던 길이 단위. 1베르스타는 약 1.06킬로미터이다.

** 러시아의 건축 기술자. 해군성의 뾰족탑 장식을 수리한 것으로 유명.

요! 휴! 너무 덥군!"

포투긴은 모자를 벗고 손수건으로 부채질을 했다.

"러시아 회화," 그는 다시 입을 열었다. "러시아 예술!……
나는 러시아의 강점과 약점을 알고 있지만 유감스럽게도 러시
아 회화를 본 적이 없어요. 우리는 20년 동안 줄곧 과대평가되
고 하잘것없는 브륄로프*를 숭배해왔어요. 그리고 우리나라에
도 마침내 유파가 생겨났고, 그 유파가 다른 어떤 유파보다 더
순수하다고 생각했지요…… 러시아 회화라, 하하하! 허허!"

"그러나, 실례지만, 소존트 이바니치." 리트비노프가 말했다.
"그럼, 당신은 글린카**도 인정하지 않습니까?"

포투긴은 잠시 자기 귓등을 긁적였다.

"당신도 아시다시피, 예외는 규칙을 입증할 뿐이죠. 하지만
이 경우엔 우리도 자랑하지 않을 수 없군요! 가령, 글린카는
정말 탁월한 음악가였지만 안팎의 상황 때문에 러시아 오페라
의 창시자는 되지 못했다고 말할 수 있겠죠. 이 점은 그 누구
도 논박하지 못할 겁니다. 아니, 이걸로는 충분하지 않죠! 지
금 당장 그를 음악 분야의 대장이나 원수로 승진시켜야 하고,
그런 작곡가를 갖지 않은 민족들을 깎아내려야 해요. 사람들은
즉시 당신에게 '강력한' 국산 천재를 가리키겠죠. 하지만 그 국
산 천재의 작품은 다름 아닌 바로 외국 이류 작곡가들을 볼품
없이 모방한 거예요. 바로 이류를 모방한 겁니다. 이류를 모방

---

* 러시아의 낭만파 화가로「폼페이 최후의 날」을 그렸다.
** 러시아의 작곡가로 러시아 고전음악의 아버지로 여겨진다.

135

하는 게 더 쉬우니까요. 그런 일은 없다고요? 아, 정말 불쌍하고 바보 같은 야만인들입니다. 이자들은 예술의 전통을 이해하지 못하고, 예술가들을 라포Rappo 같은 장사壯士라고 생각해요. 이 외국인은 한 손으로 6푸드*를 들어 올리지만 우리의 장사는 26푸드를 들어 올린다고 말합니다! 그런 일은 없다고요??! 감히 말하자면, 내 머릿속에 박힌 추억이 하나 있어요. 올봄에 나는 런던 교외의 수정궁을 방문했죠. 아시다시피 거기에는 인류가 발명한 모든 것을 전시하는 진열장 같은 것이 있는데, 인류의 백과사전이라고 말할 수 있습니다. 나는 이런 기계와 도구와 위대한 인간들의 조상彫像 주변을 둘러보며 서성거렸지요. 그때 나는 '어떤 민족이 곧 이 지상에서 사라지면서 그 민족이 발명한 모든 것을 수정궁에서 없애라는 명령이 내려진다면 우리의 소중한 모국, 정교의 나라 러시아는 전시관의 못 하나 편 하나도 훼손하지 않고 자취도 없이 사라질 수 있겠다'고 생각했습니다. 다시 말해 모든 것이 조용히 제자리에 남아 있을 수 있다는 겁니다. 그건 심지어 사모바르**도 짚신도 멍에도 채찍도—우리의 유명한 생산품이긴 하지만—우리가 발명한 것이 아니기 때문이죠. 그런 실험은 심지어 샌드위치 제도諸島***에서도 할 수 없어요. 그 섬 주민들이 어떤 배와 창을 발명했는데, 그곳을 방문한 사람들은 그것들이 없다는 것을 알아

---

* 러시아에서 쓰는 무게 단위. 1푸드는 약 16.3킬로그램이다.

** 러시아 전통의 물 끓이는 데 쓰는 주전자.

*** 하와이 섬들의 옛 이름.

챌 겁니다. 아마 당신은 '이건 중상이다! 이건 너무 가혹하다'
고 말하겠죠…… 그럼 나는 이렇게 말하겠습니다. 첫째, 나는
비둘기처럼 구구구 울어대면서 비난하지 못한다. 둘째, 악마뿐
만 아니라 그 누구도 감히 자기 자신의 얼굴을 똑바로 바라보
지 못하고, 우리나라에서는 아이들뿐만 아니라 모두가 자장가
를 들으면서 잠들기를 좋아한다. 우리의 오래된 발명품은 동양
에서 들어온 것이고, 새 발명품은 서구에서 어렵사리 들여왔습
니다. 하지만 우리는 계속 러시아의 독자적인 예술에 대해 이
야기하고 있어요! 실제로 몇몇 훌륭한 사람들은 러시아 과학
을 발견하기도 했습니다. 우리나라에서도 2×2＝4라고 말들을
하지만 왠지 더 재빠르게 문제를 푼다는 거죠."

"잠깐만요, 소존트 이바니치." 리트비노프가 외쳤다. "잠깐만
요! 우리도 국제박람회에 뭔가를 보내고 있고, 유럽도 우리나
라에서 뭔가를 수입하고 있습니다."

"그래요, 유럽은 우리한테서 원료와 미가공품을 수입합니다.
그러나 선생, 이걸 알아야 해요. 우리나라의 원료가 좋은 것은
대부분 다른 여러 추악한 사정 때문입니다. 가령 우리나라의
강모剛毛가 길고 뻣뻣한 것은 돼지들이 말랐기 때문이고, 가죽
이 튼튼하고 두꺼운 것은 소가 말랐기 때문이죠. 비계가 기름
진 것은 비계를 소고기와 절반씩 넣고 삶기 때문이고요…… 하
지만 이렇게 자세하게 말할 필요는 없죠. 당신도 공학을 공부
하고 있으니 이 모든 것을 나보다 더 잘 알 테니까요. 러시아
인은 발명에 재능이 있다고 말들 합니다! 하지만 우리의 지주
들은 애처롭게 한탄하며 손해를 입고 있는데, 그건 좋은 곡물

건조기가 없어서 류리크* 시대처럼 곡물건조장에 곡식 단들을 쌓아놓기 때문이죠. 이 곡물건조장은 짚신이나 멍석 못지않게 해롭고 끊임없이 불이 나곤 해요. 지주들은 불평을 해대지만 곡물건조기는 여전히 없어요. 왜 곡물건조기가 없을까요? 그건 독일인들에게 곡물건조기가 필요 없기 때문이죠. 독일인들은 추수한 곡물을 그대로 탈곡하기 때문에 곡물건조기를 발명하려고 애쓸 필요가 없지만 우리는…… 곡물건조기를 발명할 수가 없는 겁니다! 곡물건조기를 발명할 능력이 없는 거죠! 당신이라도 발명해보시오! 오늘부터 약속건대, 내가 타고난 천재나 독학자를 만나면 즉시 이렇게 말할 겁니다. '잠깐만, 선생! 곡물건조기는 어디에 있소? 내놔봐요!' 그들이 무엇을 만들 수 있겠어요! 옛날엔 생시몽이나 푸리에가 신다 버린 낡고 해진 신발을 주워서 공손히 머리에 얹고 마치 성물이나 되는 듯 가지고 다녔다는데, 이런 것은 우리도 할 수 있지요. 혹은 프랑스의 주요 도시에서 프롤레타리아트의 역사적 및 현대적 의미에 대한 소논문을 갈겨쓰는 것— 이런 건 우리도 할 수 있어요. 예전에 나는 당신 친구인 보로실로프와 비슷한 어떤 저술가이자 정치경제학자에게 프랑스의 도시 스무 개를 들어보라고 했어요. 어떻게 되었는지 아세요? 그 정치경제학자는 절망한 나머지 아마 폴 드 콕의 소설을 떠올리고는 끝내 몽페르메유까지 프랑스의 도시에 집어넣더군요. 그때 문득 이런 일화가 떠올랐

---

* 바이킹 출신의 모험가이자 정복자(830~879)로 러시아의 첫 왕조인 류리크 왕조의 시조로 간주된다.

어요. 한번은 내가 어깨에 총을 메고 사냥개를 데리고 숲을 헤쳐나가고 있었는데……"

"당신은 사냥꾼인가요?" 리트비노프가 물었다.

"이따금 사냥을 나가죠. 나는 도요새를 잡으려고 늪으로 나갔는데, 다른 사냥꾼들이 이 늪에 대해 많은 이야기를 해주었어요. 농가 앞 숲속 빈터에 장사꾼의 보조원 같은 사람이 앉아 있더군요. 껍질을 벗긴 호두알처럼 생기 있고 건강했는데, 웬일인지 앉아서 히죽히죽 웃고 있었어요. 나는 그 사람에게 이 근처에 늪이 어디에 있고, 그 늪에 도요새들이 많은지 물었죠. '있죠, 있고말고요.' 그는 마치 내게서 1루블을 받은 것처럼 기뻐하며 즉시 노래하듯이 말했어요. '잘 오셨습니다. 일급의 늪이지요. 오! 거기엔 온갖 들새가 우글거려요.' 늪으로 가보니 들새 한 마리 없었고 늪도 오래전에 말라버렸더군요. 러시아인은 왜 거짓말을 하는지 제발 말씀 좀 해주시오. 그 정치경제학자는 왜 거짓말을 할까요? 왜 들새에 대해서도 거짓말을 할까요?"

리트비노프는 아무 대답도 하지 않고 공감한다는 듯이 그저 한숨만 내쉬었다.

"그 정치경제학자와 사회과학의 난제에 대해 이야기해보시오." 포투긴이 말을 이었다. "단, 사실에 근거하지 말고 일반적으로…… 푸르르! 그는 새처럼, 독수리처럼 하늘로 날아오를 겁니다. 그런데 한번은 그런 새를 잡은 적이 있어요. 당신도 아시겠지만, 아주 좋은 미끼를 사용했지요. 나는 우리나라의 신식 젊은이들 중 한 사람과 소위 그들이 말하는 다양한 문제들에 대해 이야기하고 있었어요. 그런데 그 젊은이가 여느 때처럼 몹시 화를 냈어요. 특히 아이처럼 핏대를 올리며 결혼을 부정하더군요. 나는 그에게 이런저런 이유를 댔지만, 소용없었죠! 그에게 다가갈 수 있는 방법이 전혀 없었어요. 그때 문득 좋은 생각이 떠올랐어요! '한마디 하겠소'라고 나는 입을 열었죠. 이 '신식 젊은이들'과는 언제나 공손하게 말해야만 합니다. '선생, 난 당신에게 경탄하고 있습니다. 당신은 자연과학을 공부하고 있는데, 지금까지 한 가지 사실을 간과하고 있군요. 약탈적인 모든 육식동물들, 즉 맹수와 맹금들은 먹이를 구하러 나서야 하고 자신이나 새끼들을 위해 살아 있는 먹이를 잡아야만 합니다…… 당신은 이런 부류의 동물에 인간도 포함시키나요?' '물론이죠, 포함시킵니다'라고 젊은이가 말을 받더군요. '사실 인간은 육식동물에 지나지 않아요.' '그리고 약탈적인 육식동물이죠.' 내가 덧붙였죠. '네, 약탈적인 육식동물입니다' 하고 젊은이가 인정하더군요. '잘 말했습니다. 그런데 이런 동물들은 모두 일부일처제를 지키고 있는데, 당신이 이 점을 간과하다니 놀랍군요.' 이렇게 말하자 젊은이는 흠칫 몸을 떨더니 '뭐가 어떻다고요?'라고 하더군요. 그래서 내가 말했죠. '그게 그렇지요. 사자, 늑대, 여우, 매, 솔개를 생각해봐요. 그들이 달리 어떻게 행동할 수 있겠어요? 둘이서 새끼들을 겨우 키우는데.' 그 젊은이는 생각에 잠겼다가 말했어요. '글쎄요, 이 경우에 짐승이 인간의 본보기가 될 수는 없죠.' 그래서 내가 그 젊은이를 이상주의자라고 불렀더니 무척 괴로워하더군요. 거의 울상이 되었어요! 나는 그를 진정시키고 그의 친구들에게 아

140

무엇도 발설하지 않겠다고 약속했습니다. 이상주의자란 칭호를 받는 것이 가벼운 일은 아니죠! 문제는 신식 젊은이들이 계산을 잘못하고 있다는 겁니다. 옛날처럼 어두운 지하에서 일하던 시대는 지나갔고, 늙은 아버지들에겐 굴을 파는 일이 좋았지만 젊은이들은 이런 일을 굴욕적이라고 생각합니다. 자기들은 열린 공간에서 행동할 거라는 거죠…… 참, 귀여운 젊은이들이죠! 그러나 그들의 자식들도 여전히 행동하지 못할 겁니다. 자식들도 아버지들을 본받아 굴속에, 다시 굴속에 숨으려고 하지 않을까요?"

잠시 침묵이 흘렀다.

"선생, 나는 이렇게 생각합니다." 포투긴이 다시 말문을 열었다. "우리가 문명의 덕을 본 것은 지식, 예술, 법률 분야만이 아니라 미와 시의 감정도 역시 문명의 영향을 받아 발달하고 증진되는 겁니다. 이른바 민중적이고 순수한, 무의식적 창작이란 난센스이고 헛소리에 지나지 않아요. 호메로스에게서도 세련되고 풍요로운 문명의 흔적을 찾아볼 수 있고, 사랑도 문명에 의해 고결해지죠. 만약 슬라브주의자들이 자비심이 많지 않았더라면, 그들은 이런 이론異論을 제기한 나를 기꺼이 교수형에 처했을 겁니다. 그래도 나는 내 의견을 고수합니다. 코하노프스카야 부인의 책이나 『꿀벌들의 휴식』을 읽으라고 아무리 내게 권해도 나는 **러시아 농부의 진한 진액 냄새**만은 맡지 않을 겁니다. 나는 자신이 완전히 프랑스화되지 않았다는 것을 이따금 확인해야만 하는 상류사회의 인간이 아니니까요. 사실 **러시아 가죽으로 만든** 이 문헌은 상류사회 인간을 위해 집필됩니다.『꿀벌들의 휴식』에서 가장 신랄하고 가장 '대중적인' 대목을 진짜 농부에게 읽어주려고 해보세요. 그 농부는 당신이 학질이나 알코올중독을 치료하는 새 주문呪文을 자기에게 가르쳐준다고 생각할 겁니다. 다시 말하지만, 문명이 없으면 시도 없습니다. 비문명화된 러시아인의 시적 이상이 무엇인지 알고 싶습니까? 그러면 고대 러시아의 영웅서사시나 전설을 펼쳐보세요. 거기에서 사랑은 언제나 요술이나 마법의 결과로 나타나고 '사랑의 묘약'을 마시면서 생겨납니다. 그래서 사랑은 심지어 마법과 요술에 걸린 상태로 불립니다. 소위 우리의 서사문학은 다른 모든 서사문학, 즉 유럽과 아시아의 서사문학 가운데 유일무이한 현상이죠. 우리의 서사문학은——반카와 탄카*의 이야기를 제외하면——사랑하는 연인들의 전형적인 모습을 전혀 묘사하지 않아요. 고대 러시아의 영웅호걸은 미래의 신부와 처음 만나면 대뜸 비비 꼬아서 만든 채찍으로 그녀의 하얀 몸뚱이를 때리기 시작해요. 그래야 여자가 부드러워지고 풍만해진다는 거죠. 하지만 내가 말하고자 하는 것은 이게 아닙니다. 젊은이, 즉 연인 역의 젊은이가 원시적이고 문명화되지 않은 슬라브인의 상상 속에 어떻게 나타났는지 주목하시기 바랍니다. 잘 보십시오. 저기 연인 역의 젊은이가 걸어옵니다. 그가 직접 만든 담비 외투는 솔기마다 촘촘히 박음질이 되어 있고, 일곱 가닥의 명주로 짠 허리띠는 겨드랑이 바로 아래까지 올려져 있으며, 손가락들은 긴 소매로 덮여 있어요. 외투 깃이 머리 위로

---

* 러시아 대중가요에 나오는 사랑하는 연인들.

치솟아 앞에서는 그의 홍조 띤 얼굴이 보이지 않고, 뒤에서는 그의 하얀 목이 보이지 않아요. 그는 모자를 한쪽 귀 위에 삐뚜로 걸쳐 쓰고 염소 가죽 부츠를 신고 있는데, 부츠의 앞쪽 끝부분은 송곳처럼 뾰족하고 뒤축은 높아서 부츠의 앞쪽 맨 끝부분에 계란을 굴릴 수 있으며 뒤축과 발바닥 사이로 참새가 날아오를 정도죠. 그 젊은이는 우리의 알키비아데스*인 추릴로 플렌코비치처럼 그 유명한 잔걸음으로 빠르게 걸어옵니다. 그의 걸음새는 늙은 아낙과 젊은 처녀에게 아주 놀라운, 거의 약효와 같은 효과를 발휘하죠. 오늘날에도 우리나라의 웨이터들은 관절이 모두 풀린 것처럼 타의 추종을 불허하는 솜씨로 종종걸음으로 걸어 다닙니다. 그들이야말로 러시아적인 멋의 정수이자 정화이며 러시아 취향의 최고봉이라고 할 수 있죠. 나는 농담으로 이런 말을 하는 게 아닙니다. 꼴사나운 세련됨이 바로 우리의 예술적 이상이죠. 어때요, 멋지지 않아요? 그 예술적 이상 속에 회화나 조각을 위한 소재가 많이 있겠죠? 젊은이를 매혹하는 미녀들은 '토끼처럼 얼굴에 홍조'를 띠고 있어요. 그렇지 않나요? 그런데 당신은 내 말을 듣고 있지 않는 것 같군요."

리트비노프는 몸을 부르르 떨었다. 사실 그는 포투긴의 말을 듣고 있지 않았다. 그는 이리나에 대해, 그녀와의 마지막 만남에 대해 집요하게 생각하고 있었다.

"실례지만, 소존트 이바니치." 그가 입을 열었다. "다시 전에

---

* 아테네의 정치가이자 군인.

한 질문을 하고 싶군요. 그러니까…… 라트미로바 부인에 대해서요."

포투긴은 신문을 접어 주머니 속에 찔러 넣었다.

"내가 그녀와 어떻게 알게 되었는지 다시 알고 싶은 거군요."

"아니, 그게 아니라 당신의 견해를 들었으면 해요…… 그녀가 페테르부르크에서 한 역할에 대해서요. 정확히 그녀가 한 역할이 뭐였죠?"

"정말, 뭐라고 말해야 할지 모르겠군요, 그리고리 미하일리치. 나는 라트미로바 부인과 꽤 가까이 지냈지만…… 그건 아주 우연히 그렇게 된 것이고 오래 지속된 것도 아니었어요. 나는 그녀의 세계를 들여다보지 않았고, 거기서 무슨 일이 일어났는지 모릅니다. 사람들이 내 앞에서 그녀에 대해 이런저런 수다를 떨었지만, 그런 수다는 우리나라의 민주적인 동아리에서만 만연해 있는 건 아니죠. 그리고 나는 호기심도 없었어요. 하지만, 보아하니─그는 잠시 입을 다물었다가 덧붙여 말했다─당신은 그녀에게 관심이 많군요."

"그래요, 우리는 두어 번 꽤 솔직한 얘기를 나누었어요. 하지만 그녀가 과연 진실한지 여전히 의문입니다."

포투긴은 눈을 내리떴다.

"열정적인 여자들처럼 뭔가에 열중할 때 그녀는 진실하죠. 교만함도 가끔 그녀가 거짓말하는 것을 방해합니다."

"그런데 그녀는 교만한가요? 나는 오히려 변덕스럽다고 생각해요."

"악마처럼 교만합니다. 그러나 해가 되지는 않아요."

"그녀는 이따금 과장하는 것 같더군요……"

"그것도 상관없습니다. 그러나 그녀는 진실하죠. 글쎄요, 대체로 말해 당신은 그 누구한테서도 진실을 기대할 수 없어요. 사교계 부인들은 아무리 훌륭해도 뼛속까지 썩어 있어요."

"하지만 소존트 이바니치, 당신은 스스로 그녀의 친구라고 말하지 않았나요? 당신 자신이 거의 강제로 나를 그녀에게 데려가지 않았나요?"

"그게 어쨌단 말인가요? 그녀가 당신을 데려와달라고 내게 부탁했어요. 못할 일도 아니라고 생각했죠. 실제로 나는 그녀의 친구입니다. 그녀에게도 좋은 자질이 없지 않아요. 그녀는 무척 선하고 선심을 잘 써요. 다시 말해, 자기에게 필요 없는 것을 남들에게 줘버리죠. 하긴 당신도 나만큼 그녀를 잘 알겠죠."

"나는 10년 전에 이리나 파블로브나를 알게 되었지만, 그 후로는……"

"오, 그리고리 미하일리치, 무슨 소리를 하고 있는 겁니까! 사람의 성격이 변하나요? 세 살 적 버릇이 여든까지 가는 법입니다. 그렇지 않다면 혹시……" 포투긴은 더 낮게 머리를 숙였다. "혹시 그녀의 수중에 들어갈까 봐 두려워하는 건가요? 바로 그거로군요…… 하지만 누구든 여자의 손을 피할 수는 없지요."

리트비노프는 억지로 웃어 보였다.

"당신은 그렇게 생각하시나요?"

"피할 수 없습니다. 남자는 약하고 여자는 강하며 우연은 전능하죠. 단조로운 삶에 만족하기는 어렵고, 자신을 완전히 잊는 것은 불가능합니다…… 그런데 여기에 아름다움과 공감이 있고, 따스함과 빛이 있어요. 어떻게 저항할 수 있겠어요? 아이가 유모에게 달려가듯이 달려갑니다. 물론, 그다음에 냉담, 어둠, 공허가 찾아와요…… 당연한 순서죠. 결국엔 모든 것과 멀어지게 되고, 어떤 것도 이해할 수 없게 되지요. 처음엔 어떻게 사랑할 수 있는지 이해할 수 없을 테고, 나중엔 어떻게 살아갈 수 있는지 이해하지 못할 겁니다."

리트비노프는 포투긴을 바라보았다. 그보다 더 고독하고 더 버림받고…… 더 불행한 사람을 여태껏 만난 적이 없다는 느낌이 들었다. 이번에 그는 부끄러워하지도 않았고 격식을 차리지도 않았다. 침울하고 창백한 얼굴을 하고 고개를 가슴에 떨군 채, 그는 두 손을 무릎 위에 얹어놓고 조용히 앉아 그저 우울한 미소만을 짓고 있었다. 리트비노프는 이 가련하고 성마른 괴짜가 불쌍해졌다.

"대화하면서 이리나 파블로브나가 내게 언급했어요." 리트비노프가 나직하게 말을 꺼냈다. "그녀의 좋은 지기인데, 내 기억으론 이름이 벨스카야라던가 돌스카야라던가……"

포투긴이 슬픈 눈길로 리트비노프를 바라보았다.

"아!" 포투긴이 공허하게 말했다. "그녀가 언급했다…… 그런데 그게 어쨌다는 거죠? 하지만," 그는 부자연스럽게 하품을 하고 덧붙였다. "이제 집에 가서 저녁을 먹을 시간이군요. 그럼 실례하겠습니다."

그는 벤치에서 벌떡 일어나더니 리트비노프가 한마디 하기도 전에 잽싸게 물러났다…… 리트비노프의 마음속에 연민 대신에 분노가 일어났다. 물론 그 분노는 자기 자신에 대한 것이었다. 무례한 언행은 어떤 것도 그의 성격에 맞지 않았다. 그는 포투긴에게 자신의 공감을 내보이려고 했지만 어색한 암시 같은 것이 되고 말았다. 그는 은근히 불편한 마음으로 자기가 묵고 있는 호텔로 돌아왔다.

'뼛속까지 썩어 있다.' 잠시 후 그는 생각했다…… '악마처럼 교만하다. 내 앞에 거의 무릎을 꿇었던 그녀가, 그녀가 교만하다고? 변덕스러운 게 아니고 교만하다고?'

리트비노프는 머릿속에서 이리나의 형상을 쫓아내려고 했지만 실패했다. 이 때문에 그는 약혼녀의 모습을 떠올릴 수 없었다. 오늘은 이리나의 형상이 자기 자리를 양보하지 않으리라는 생각이 들었다. 그는 더 이상 걱정하지 않고 이 수수께끼 같은 '이상한 일'이 풀리기만을 기다리기로 했다. 수수께끼는 곧 풀릴 것이다. 리트비노프는 이 수수께끼가 전혀 해롭지 않고 자연스러운 것임을 조금도 의심하지 않았다. 그는 그렇게 생각했다. 그러는 사이에 그의 머릿속을 떠나지 않은 이리나의 형상은 물론, 그녀의 모든 말이 그의 기억에 번갈아 되살아났다.

급사가 그에게 쪽지를 가져왔다. 바로 이리나가 보낸 것이었다.

오늘 저녁 할 일이 없으면 제게 오세요. 손님들이 올 테니 저는 혼자가 아닐 거예요. 당신은 더 가까이에서 우리 패거리들을, 우

리의 사교계를 볼 수 있을 겁니다. 나는 당신이 그들을 보았으면
해요. 그들은 자기들의 모습을 낱낱이 당신에게 보여줄 거예요.
제가 어떤 공기를 마시는지 당신도 알아야만 해요. 오세요. 당신
을 보면 반가울 거예요. 당신도 지로하지는 않을 거예요(러시아
어에 서툰 이리나는 '지루'를 '지로'로 썼다). 오늘 우리가 나누었던
대화가 우리 사이의 온갖 오해를 영원히 지워버렸다는 것을 증
명해주세요. 당신의 충실한 I.

리트비노프는 연미복에 흰 넥타이를 매고 이리나의 집으로
향했다. '이 모든 건 중요하지 않아.' 그는 길을 가면서 마음속
으로 되뇌었다. '그들을 본다…… 볼 수도 있지! 흥미로운 일이
야.' 며칠 전에 그들은 그의 마음속에 다른 감정, 즉 분노를 일
으켰었다.

그는 모자를 눈썹까지 푹 눌러쓰고 긴장된 미소를 입가에 띤
채 빠르게 걸어갔다. 베버 카페 앞에 앉아 있던 밤바예프가 멀
리서 그를 가리키며 보로실로프와 피시찰킨에게 열광적으로
외쳤다. "저 사람 보이나? 저자는 돌이야! 바위야!! 화강암이
라고!!!"

15

리트비노프는 이리나의 집에서 꽤 많은 손님들을 만났다. 한
쪽 구석에 놓인 카드놀이용 테이블에 그가 며칠 전 피크닉에

서 만났던 세 명의 장군, 즉 뚱뚱한 장군, 신경질적인 장군, 관대한 장군이 앉아 있었다. 그들은 한 사람이 빠진 채 휘스트*를 하고 있었는데, 거만하게 카드를 돌리고 패를 받으면서 클로버 카드와 다이아몬드 카드를 냈다. 인간의 언어로는 그 거만한 태도를 표현할 길이 없다…… 실제로 그들은 위정자들이다! 카드놀이 중에 흔히 하는 군소리나 재담은 평민들과 상인들이나 하라는 듯이, 장군들은 꼭 필요한 말만 했다. 그러나 뚱뚱한 장군은 두 판을 하는 사이에 **"젠장, 스페이드 에이스라니!"** 라고 힘차게 말했다. 손님들 가운데 피크닉에서 보았던 부인들도 있었지만 처음 보는 부인들도 있었다. 어떤 부인은 너무 늙어서 막 허물어질 것 같았다. 이 노파는 끔찍한 진회색 맨어깨를 움직이면서 부채로 입을 가린 채 전혀 생기 없는 눈으로 라트미로프를 께느른하게 곁눈질하곤 했다. 라트미로프는 이 노파의 비위를 맞추고 있었다. 예카테리나 여제의 마지막 여관女官인 이 노파가 상류사회에서 무척 존경받고 있었기 때문이다. 창가에는 '말벌들의 여왕'으로 불리는 S 백작 부인이 양치기 여자의 복장을 하고 젊은이들에게 둘러싸여 있었다. 그들 가운데 유명한 부자이자 미남인 피니코프도 있었는데, 거만한 태도와 완전히 납작한 두개골, 그리고 부하라의 칸**이나 로마의 헬리오가발루스***에게나 어울릴 법한 무정하고 야

---

* 네 명이 하는 카드 게임으로, 두 명씩 두 팀으로 나뉘어 승부를 겨룬다.
** khan: 몽골·타타르·위구르 등에서 군주를 이르던 말.
*** B.C. 3세기 로마의 황제로 칼리굴라, 네로와 함께 폭군으로 유명하다.

수 같은 표정으로 눈에 확 띄었다. 리즈라는 짧은 이름으로 알려진 또 다른 백작 부인은 긴 금발머리에 안색이 창백한 '강신술사'와 이야기하고 있었다. 그 옆에 역시 창백한 안색에 머리칼이 긴 신사가 서서 의미심장하게 웃고 있었다. 이 신사도 강신술을 믿었을 뿐만 아니라 예언에도 관심이 많아 묵시록이나 탈무드에 근거해 온갖 놀라운 사건들을 예언하곤 했다. 그가 예언한 사건들 중 아무것도 일어나지 않았지만 그는 당황하지 않고 계속 예언을 했다. 포투긴의 엄청난 분노를 자아냈던 바로 그 타고난 천재가 피아노 앞에 앉아 있었다. 그는 **한 손으로 산만하게** 화음을 짚으면서 주위를 둘러보곤 했다. 이리나는 코코 공작과 X 부인 사이에 앉아 있었다. 이 X 부인은 한때 유명한 미녀이자 러시아 최고의 재사였지만 오래전에 너절한 삿갓버섯으로 변해 식물성 기름 냄새와 김빠진 독약 냄새를 풍기고 있었다. 이리나는 리트비노프를 보자 얼굴을 붉히며 자리에서 일어났고, 그가 다가오자 그의 손을 꼭 쥐었다. 그녀는 눈에 잘 띄지 않는 금장식을 단 검은 크레이프 드레스를 입고 있었다. 그녀의 어깨는 젖빛처럼 희고, 순식간에 붉게 물든 그녀의 창백한 얼굴은 의기양양한 아름다움으로 넘쳐났다. 아름답기만 한 것이 아니었다. 거의 조소에 가까운 은밀한 기쁨이 반쯤 감긴 눈 속에서 빛났고, 입술과 코언저리가 떨리고 있었다……

라트미로프가 리트비노프에게 다가와 평상시처럼 인사를 나누었지만 평소의 장난기는 보이지 않았다. 그는 두서너 명의 부인에게 리트비노프를 소개했다. 오래된 폐허 같은 노파, 말벌들의 여왕, 백작 부인 리즈…… 이 세 부인은 리트비노프를 꽤 호의적으로 맞이했다. 리트비노프는 그들의 동아리에 속하진 않았지만…… 매력적인 용모에 젊고 표정이 풍부한 얼굴로 그들의 관심을 끌었다. 그러나 리트비노프는 그들의 관심을 확실히 붙잡아두지는 못했다. 사교계에 익숙지 않은 그는 다소 당혹감을 느꼈고, 게다가 뚱뚱한 장군이 그를 응시하고 있었던 것이다. '아하! 시시한 문관 녀석! 자유사상가!' 장군의 묵직하고 고정된 시선이 이렇게 말하고 있는 듯했다. '은근슬쩍 우리 집단에 기어 들어와 손을 내미는군.' 이리나가 리트비노프를 거들려고 왔다. 그녀가 아주 교묘히 주변을 정리하는 바람에 그는 약간 그녀 뒤쪽에 있는 창가의 구석에 자리하게 되었다. 그와 말하면서 그녀는 매번 뒤돌아봐야 했는데, 그때마다 그는 그녀의 빛나는 목의 아름다운 곡선에 매혹되었고, 머리칼의 은은한 향기를 들이마셨다. 그윽하고 온화한 감사의 표정이 그녀의 얼굴에서 떠나지 않았다. 그녀의 미소와 눈길이 바로 감사를 표하고 있음을 그는 인정하지 않을 수 없었다. 그 자신도 역시 감사하는 마음으로 가슴이 벅찼다. 그는 부끄럽기도 하고 달콤하기도 하고 무섭기도 했다…… 동시에 그녀는 줄곧 이렇게 묻고 싶어 하는 듯했다. '자, 어때요? 이 사람들은 어떤 것 같아요?' 손님들 중 누군가가 속물적인 말이나 행동을 할 때마다 이 무언의 질문이 리트비노프에게 유난히 분명하게 들렸다. 이런 일이 야회 중에 여러 번 있었다. 심지어 한번은 그녀가 참지 못하고 웃음을 터뜨리기도 했다.

미신을 깊이 믿고 특별한 것이면 무엇이든지 관심이 많은 백작 부인 리즈가 흄,* 회전 테이블, 스스로 연주하는 손풍금 등에 대해 금발의 강신술사와 실컷 이야기하고 나서 최면에 걸리는 동물들이 있느냐고 마지막으로 물었다.

"어쨌거나 그런 동물이 하나 있어요." 멀리 떨어져 있던 코코 공작이 대답했다. "당신은 밀바노프스키를 아시죠? 그자가 내 앞에서 최면에 걸려 잠이 들더니 드르렁드르렁 코를 골기까지 했어요, 정말입니다!"

"참 심술궂으시네요, 공작님. **제가 말하는 건 진짜 동물이에요.**"

"**하지만 부인, 나 역시 한 마리 동물에 대해 말하고 있는 겁니다······**"

"진짜 그런 동물도 있습니다." 강신술사가 끼어들었다. "가령 새우가 그렇지요. 새우는 신경이 아주 예민해서 쉽게 강경증强硬症에 빠집니다."

백작 부인은 몹시 놀랐다.

"뭐라고요? 새우가? 정말로요? 아, 이건 정말 흥미롭군요! 한번 봤으면 좋겠네! 루진 씨," 그녀는 새 인형의 얼굴처럼 무표정한 얼굴에 빳빳한 칼라를 단 젊은이(이 젊은이는 나이아가라 폭포와 누비아의 나일강 물보라로 자기 얼굴과 칼라를 적신 것으로 유명했지만 여행 중에 있었던 일은 아무것도 기억하지 못했다. 그는 러시아어 말장난만을 좋아했다)를 바라보며 덧붙였다. "루진 씨, 미안하지만 우리에게 새우 한 마리 갖다줘요."

---

* 스코틀랜드 출신의 철학자이자 경제학자이며 역사가.

루진은 이를 드러내며 씩 웃었다.

"팔팔한 놈을 가져올까요, 아니면 그냥 살아만 있는 놈을 가져올까요?"

백작 부인은 그의 말을 이해하지 못했다.

"그래요, 새우를 가져다줘요." 그녀가 되뇌었다. "**새우 한 마리요.**"

"뭐, 뭐라고요? 새우요? 새우?" S 백작 부인이 근엄하게 끼어들었다. 그녀는 베르디에 씨가 없어서 화가 났다. 이리나가 프랑스인들 가운데 가장 매력적인 이 사람을 왜 초대하지 않았는지 그녀는 이해할 수 없었다. 폐허 같은 백작 부인은 이미 오래전부터 아무것도 이해하지 못했다. 게다가 귀까지 들리지 않아서 그저 머리를 흔들 뿐이었다.

"**네, 네, 이제 보시게 될 거예요.** 루진 씨 부탁해요……"

젊은 여행가는 정중히 인사하고 나갔다가 곧 돌아왔다. 그 뒤로 웨이터가 입을 크게 벌리고 웃으면서 커다란 검은 새우가 담긴 접시를 들고 들어왔다.

"**여기 가져왔습니다, 마담.**" 루진이 외쳤다. "이제 새우를 수술할 수 있습니다. 하, 하, 하! (러시아인들은 항상 자신의 익살에 먼저 웃는다.)"

"헤, 헤, 헤!" 온갖 국산품의 수호자이자 애국자인 코코 공작이 너그럽게 맞장구를 쳤다.

(독자들은 놀라거나 분노하지 마시길! 알렉산드린스키 극장의 아래층 보통석에 앉아 장내의 분위기에 휩쓸려 훨씬 낮은 수준의 말장난에 박수를 치지 않았다고 그 누가 단언할 수 있겠는가?)

"고마워요, 고마워요." 백작 부인이 말했다. "자, 자, 폭스 씨, 우리에게 그걸 보여주세요."

웨이터가 접시를 둥근 테이블 위에 놓았다. 손님들 사이에 약간의 자리 이동이 있었다. 몇 사람은 목을 앞으로 쑥 내밀었다. 카드놀이용 테이블에 앉아 있던 장군들만이 위풍당당한 자세를 태연히 유지하고 있었다. 강신술사는 머리칼을 헝클어뜨리고 얼굴을 찡그리더니 테이블로 다가가서 두 손을 공중에 휘젓기 시작했다. 새우는 곧추선 채 뒷걸음치면서 집게발을 들어올렸다. 강신술사는 동작을 더 빠르게 되풀이했다. 새우는 여전히 곧추서 있었다.

"새우가 어떻게 해야 하죠?" 백작 부인이 물었다.

"움직이지 않고 꽁무니로 서야만 해요." 폭스 씨가 접시 위로 경련하듯이 손가락을 흔들어대면서 강한 미국식 악센트로 대답했다. 하지만 최면은 걸리지 않았고 새우는 계속 움직였다. 강신술사는 컨디션이 좋지 않다고 선언하고 불만스러운 표정으로 테이블에서 물러났다. 백작 부인은 흄 선생도 이따금 실패를 했다고 단언하면서 열심히 폭스 씨를 위로했…… 코코 공작도 그녀의 말이 옳다고 말했다. 묵시록과 탈무드의 대가가 슬그머니 테이블에 다가가 새우를 향해 재빠르고 강하게 손가락을 찌르면서 자신의 운수를 시험해보았으나 새우에게 강경증이 나타나지 않았다. 그러자 웨이터를 불러 새우를 가져가라고 일렀다. 웨이터는 전처럼 입을 크게 벌리고 히죽히죽 웃으면서 지시를 따랐고, 문밖에서 웨이터가 큰 소리로 웃어대는 소리가 들렸다. 잠시 후 부엌에서도 웨이터들이 이 러시아인들

을 엄청 비웃었다. 새우를 가지고 실험을 하는 동안에도 타고
난 천재는 계속 화음을, 주로 단조 음을 짚고 있었는데, 그것은
어떤 음이 어떻게 작용하는지 알 수 없었기 때문이다. 타고난
천재는 늘 똑같은 왈츠를 연주했는데, 당연히 사람들의 절찬을
받고 있었다. 그 누구와도 비할 바 없는 우리의 딜레탕트인 X
백작(1장을 보라)은 경쟁심에 사로잡혀 오펜바흐를 통째로 표
절한 자작 샹송을 '읊었다'. **"어떤 달걀? 어떤 황소?"**라는 이
샹송의 장난기 어린 후렴에 거의 모든 부인들이 머리를 좌우로
흔들어댔다. 심지어 어떤 부인은 가볍게 신음 소리를 냈고, **"멋
져! 멋져!"**라는 거부할 수 없고 피할 수 없는 말이 모든 사람
들의 입에서 빠르게 터져 나왔다. 이리나는 리트비노프와 눈짓
을 주고받았고, 그녀의 입가에 비웃는 듯한 은밀한 표정이 다
시 번지기 시작했다…… 잠시 후 그 표정은 더욱 뚜렷해졌다.
귀족의 이익을 대표하고 옹호하는 코코 공작이 강신술사 앞에
서 자신의 견해를 설명하려고 했을 때, 그 표정은 심지어 악의
적인 뉘앙스를 띠기까지 했다. 말할 것도 없이, 코코 공작은 러
시아에서 소유권이 흔들리고 있는 것에 대해 자신의 유명한 어
구를 곧장 사용했고, 게다가 민주주의자들에 대해서도 비판적
인 말을 몇 마디 했다. 강신술사의 마음속에 미국인의 피가 끓
어올랐다. 그는 논쟁하기 시작했다. 공작은 평소처럼 즉시 어
떤 논거 대신에 목청을 다해 소리치기 시작했고, **"그건 엉터리
야! 그건 상식이 아니야!"**라는 말을 끊임없이 되뇌었다. 부자
인 피니코프는 상대를 가리지 않고 무례한 말을 퍼붓기 시작했
다. 탈무드의 대가가 빽빽거리기 시작했고, S 백작 부인도 쟁강

거리기 시작했다…… 한마디로, 구바료프의 집에서처럼 거의
똑같은 소동이 일어났다. 다만 차이가 있다면, 여기엔 맥주도
담배 연기도 없고, 모든 사람의 옷차림이 더 낫다는 것이었다.
라트미로프는 질서를 회복하려고 애썼다(장군들은 불만을 표했
고, **"또 망할 놈의 정치 얘긴가!"**라고 외치는 보리스의 목소리가
들렸다). 그러나 주인의 시도는 실패했다. 손님들 중 온화하고
날카롭게 생긴 한 고관이 문제의 핵심을 몇 마디로 요약하고자
했으나 성공하지 못했다. 사실, 그는 더듬거리며 중언부언했고,
상대방의 반론을 끝까지 듣지도 않았고 이해할 수도 없었으며,
문제의 본질이 무엇인지 전혀 몰랐기 때문에 다른 방책을 기대
할 수가 없었다. 게다가 이리나는 논쟁에 참여한 사람들을 은
근히 선동하고 부추기면서 계속 리트비노프를 돌아보며 가볍
게 머리를 끄덕이곤 했다…… 하지만 리트비노프는 마법에 걸
린 사람처럼 앉아서 아무 소리도 듣지 않았고 그저 그녀의 멋
진 눈이 자기 앞에서 다시 반짝이는 순간만을, 그녀의 창백하
고 부드럽고 악의적이고 매혹적인 얼굴이 아른거리는 순간만
을 기다리고 있었다…… 결국 부인들이 화를 내며 논쟁을 끝내
라고 요구했다…… 라트미로프는 딜레탕트 백작에게 부탁해서
샹송을 다시 부르게 했고, 타고난 천재는 왈츠를 다시 한번 연
주했다……

리트비노프는 자정 너머까지 있다가 맨 나중에 그곳을 떠
났다. 야회 중에 사람들은 많은 문제들에 대해 언급했으나 조
금이라도 흥미로운 문제는 조심스레 회피했다. 장군들은 장엄
한 도박을 끝내고 위풍당당하게 대화에 참여했다. 이 정치가들

의 영향은 금세 느껴졌다. 화제가 파리 화류계의 명사들로 옮겨 갔는데, 모두들 명사들의 이름과 수완에 대해 잘 알고 있었다. 사르두*의 최근 희곡과 아부**의 소설, 「라 트라비아타」에서 노래한 아델리나 파티***도 화제에 올랐다. 누군가가 '비서놀이'를 하자고 제안했지만 잘 되지 않았다. 평범한 답이 많았고 문법적인 실수도 없지 않았기 때문이다. 한번은 뚱뚱한 장군이 **"사랑이란 무엇인가?"**라는 질문에 **"심장으로 올라오는 복통"**이라고 대답했다고 얘기하고는 즉시 무표정하게 껄껄 웃어댔다. 폐허 같은 늙은 백작 부인이 부채로 그의 손을 세게 때렸다. 이 돌연한 동작으로 그녀의 이마에서 하얀 분가루 한 조각이 떨어졌다. 바싹 마른 삿갓버섯 같은 부인은 슬라브 공국이나 도나우강 건너에 정교를 전도할 필요성에 대해 말하려다가 반향이 없자 투덜대다 조용해졌다. 사실, 흄이 누구보다도 많이 언급되었다. 심지어 '말벌들의 여왕'까지도 예전에 자기 몸을 더듬는 손들을 보고 그중 한 손에 자기 반지를 끼워주었다고 말했다. 확실히 이리나의 승리였다. 만일 리트비노프가 주변의 이야기에 많은 주의를 기울였다면, 그는 두서없고 김빠진 이 모든 수다에서 진실한 말을 한마디도 발견하지 못했을 것이고, 유용한 생각이나 새로운 사실을 하나도 찾아내지 못했을 것이다. 그들의 외침과 환성에는 마음을 끄는 것이 하나도

---

* 빅토리앵 사르두. 프랑스의 극작가.
** 에드몽 아부. 프랑스의 소설가.
*** 이탈리아의 오페라 가수.

없었다. 그들의 비난의 목소리에서도 열정이 느껴지지 않았다. 그들은 가끔씩 짐짓 시민적 분노나 경멸적인 무관심의 가면을 쓰고 예상되는 경제적 손실을 걱정하며 징징 짜는 소리를 내고, 후손들이 기억하게 될 몇몇 이름들을 이를 바득바득 갈면서 언급할 뿐이었다…… 이 온갖 잡동사니와 쓰레기 더미 아래 한 방울의 생명수라도 있으면 좋으련만! 그들 모두의 머리와 가슴은 엄청난 폐물과 시시하고 불필요한 것들, 무가치한 잡동사니들로 가득 차 있다. 그리고 이런 것들이 이날의 야회나 사교계뿐만 아니라 집에도, 어떤 날 어떤 시간에도, 그들 존재의 구석구석에도 깊이 스며 있는 것이다! 결국 이 얼마나 무지몽매한 일인가! 인간 생활의 기초가 되고 인간 생활을 장식하는 모든 것에 대한 몰이해는 참으로 놀랍다!

리트비노프와 작별 인사를 하면서 이리나는 다시 그의 손을 꼭 누르고 의미심장하게 속삭였다. "어때요? 만족하세요? 실컷 보셨죠? 좋아요?" 그는 아무 말도 하지 않고 조용히 고개 숙여 인사만 했다.

남편과 단둘이 남은 이리나가 막 침실로 들어가려고 하는데…… 남편이 그녀를 멈춰 세웠다.

"**오늘 밤 당신에게 감탄했소, 부인.**" 그는 담뱃불을 붙이고 벽난로에 기대면서 말했다. "**당신은 우리 모두를 완전히 조롱했어.**"

"**이번에도 여느 때와 별로 다를 게 없었잖아요.**" 그녀는 무심하게 대답했다.

"당신 말을 어떻게 이해해야만 할까?" 라트미로프가 물었다.

"좋을 대로 하세요."

"흠, **명료하군.**" 라트미로프는 고양이처럼 아주 조심스럽게 새끼손가락의 긴 손톱 끝으로 담뱃재를 털어냈다. "그래, 그런데 말이오! 당신의 그 새 친구, 이름이 뭐더라?…… 리트비노프 씬가 하는 그 사람은 아주 영리하다는 평판을 받고 있나 보오?"

리트비노프의 이름이 나오자 이리나는 재빨리 남편을 뒤돌아보았다.

"무슨 말을 하고 싶은 거죠?"

장군은 가볍게 웃었다.

"그 사람은 내내 잠자코 있던데…… 아마, 망신을 당할까 봐 두려워하는 것 같더군."

이리나도 가볍게 웃었지만 남편과는 전혀 다른 웃음이었다.

"다른 사람들처럼 말하기보다는 잠자코 있는 게 더 낫죠……"

"**한 방 먹었군!**" 라트미로프는 짐짓 겸손을 떨며 말했다. "농담은 그만두고, 그 사람 얼굴은 흥미롭더군. 아주…… 긴장된 표정에…… 대체로 태도도 당당하고…… 그래." 장군은 넥타이를 매만지고 고개를 뒤로 젖힌 후 자기 콧수염을 바라보았다. "내 생각에 그는 공화주의자야. 당신의 다른 친구인 포투긴 씨와 비슷해. 그도 말없는 재사들 중 하나지."

이리나는 크게 뜬 맑은 눈 위로 눈썹을 천천히 추켜세우며 입술을 꽉 다물고 살짝 삐죽거렸다.

"무엇 때문에 그런 말을 하는 거예요, 발레리얀 블라디미리치?" 그녀는 마치 동정하는 듯한 어조로 말했다. "그건 그저 공중에 대고 총을 쏘는 거예요…… 우리는 러시아에 있는 게 아니고, 아무도 당신 말을 듣지 않아요."

라트미로프는 얼굴을 찡그렸다.

"이건 나만의 의견이 아니오, 이리나 파블로브나." 그는 쉰 듯한 목소리로 말하기 시작했다. "다른 사람들도 그 신사가 혁명가처럼 보인다는 거요……"

"정말로요? 다른 사람들이라뇨?"

"가령, 보리스도 그렇고……"

"뭐라고요? 그 사람도 자기 의견을 말할 때가 있나요?"

이리나는 추위에 움츠리듯이 어깨를 움직이더니 손가락 끝으로 부드럽게 매만졌다.

"그 사람도…… 그래, 그 사람도…… 그 사람도 그래. 이리나 파블로브나, 당신은 화를 내는 것 같구려. 하지만 당신 자신도 누가 화가 났는지 알 거요……"

"내가 화를 내고 있다고요? 무엇 때문에요?"

"누군가에 대해 내가 한 말이 당신을 불쾌하게 했는지도 모르지……"

라트미로프는 머뭇거렸다.

"누구요?" 이리나는 미심쩍게 되뇌었다.

"제발 돌려서 말하지 말고 빨리 말하세요. 피곤해서 자고 싶어요." 그녀는 테이블에서 양초를 집어 들었다. "누구요?……"

"그래, 그 리트비노프 씨 말이오. 당신이 그 사람에게 아주 관심이 많다는 건 이미 의심할 나위가 없으니까……"

이리나는 불빛이 남편의 얼굴과 같은 높이가 되도록 촛대를

든 손을 들어 올렸다. 그리고 남편의 눈을 유심히, 진기한 듯이 바라보고 나서 별안간 큰 소리로 웃기 시작했다.

"무슨 일이오?" 라트미로프가 눈살을 찌푸리면서 물었다.

이리나는 계속 큰 소리로 웃었다.

"도대체 무슨 일이야?" 그는 발을 구르면서 되뇌었다.

그는 모욕을 당하고 자존심이 상했다고 느꼈다. 동시에 자기 앞에 경쾌하고 대담하게 서 있는 이 여자의 아름다움에 저도 모르게 깜짝 놀랐다. 그는 고통스러웠다. 그는 아내의 모든 것과 모든 매력을 보았고, 거무스름하고 무거운 청동 촛대를 꽉 움켜잡고 있는 가느다란 손가락의 아름다운 손톱이 장밋빛으로 반짝이는 것까지도 보았다. 정말로 그는 이 장밋빛 반짝임을 놓치지 않았다…… 하지만 울분이 그의 가슴속 깊이 파고들었다. 이리나는 여전히 큰 소리로 웃고 있었다.

"뭐예요? 당신? 질투하는 거예요?" 마침내 그녀는 이렇게 말했다. 그리고 남편에게 등을 돌리고 방에서 나갔다. "그이가 질투를 한다!" 문 뒤에서 소리가 들렸고, 다시 그녀의 웃음소리가 울렸다.

라트미로프는 우울하게 아내의 뒷모습을 바라보았다. 지금도 그는 아내의 매혹적이고 늘씬한 몸매와 움직임을 느끼지 않을 수 없었다. 그는 대리석 벽난로의 앞 장식에 담배를 짓뭉개서 멀리 내던졌다. 그의 빰은 갑자기 창백해졌고 턱에 경련이 일어났다. 두 눈은 마치 무언가를 찾는 것처럼 멍청하고 사납게 마루를 훑어보았다…… 그의 얼굴에서 우아함이 싹 사라졌다. 그가 예전에 백러시아 농민들에게 채찍을 휘둘렀을 때 분명 이와 비슷한 표정을 지었으리라.

한편, 자기 방으로 돌아온 리트비노프는 테이블 앞의 의자에 앉아 두 손으로 머리를 감싸고 오랫동안 움직이지 않았다. 마침내 그는 의자에서 일어나 서랍을 열고 손가방을 집어 들어 속주머니에서 타티야나의 사진을 꺼냈다. 사진 속 얼굴이 흔히 그렇듯이 나이 들고 일그러져 보이는 그녀의 얼굴이 그를 애처롭게 바라보았다. 리트비노프의 약혼녀는 대러시아인의 혈통을 이어받은 처녀로, 아마亞麻색 머리칼에 약간 통통하고 용모가 다소 우울한 편이었다. 그러나 영리해 보이는 담갈색 눈에는 선량하고 부드러운 표정이 감돌았고, 우아한 하얀 이마에는 언제나 햇살이 비치고 있는 듯했다. 리트비노프는 오랫동안 사진에서 눈을 떼지 않았다. 이윽고 그는 사진을 천천히 한쪽으로 밀어놓고 다시 두 손으로 머리를 감싸안았다. "모든 게 끝났다!" 마침내 그는 중얼거렸다. "이리나! 이리나!"

그는 이제야, 바로 이 순간에야 자신이 돌이킬 수 없을 만큼 열렬히 그녀를 사랑하게 되었다는 것을 깨달았다. 그리고 고성에서 그녀와 처음 만난 순간부터 사랑에 빠졌고, 한 번도 그녀를 사랑하지 않은 적이 없었다는 것을 깨달았다. 하지만 몇 시간 전에 누군가가 이 사실을 그에게 말했다면 그는 엄청 놀랐을 테고, 결코 이 사실을 믿지 않으며 웃어넘겼을 것이다!

"하지만 타냐, 타냐, 오, 세상에, 타냐! 타냐!" 그는 상심하며 되뇌었다. 그런데 상복 같은 검은 옷을 입은 이리나의 모습이 대리석처럼 하얀 얼굴에 잔잔한 승리의 빛을 띤 채 그 앞에 우뚝 솟아올랐다.

16

리트비노프는 밤새 잠을 자지 못했고 옷도 갈아입지 않았다. 그는 몹시 괴로웠다. 정직하고 정의로운 그는 책임의 중요성과 의무의 신성함을 이해했고, 자신을 속이거나 자신의 약점과 과오를 적당히 얼버무리는 것을 부끄럽게 생각했을 것이다. 처음에 그는 넋이 나간 듯 멍한 상태였다. 그는 오랫동안 몽롱하고 모호한 느낌의 침울한 압박에서 벗어날 수 없었다. 이윽고 스스로 싸워서 거의 얻어낸 자신의 미래가 다시 어둠에 휩싸였고, 막 쌓아 올린 자신의 견고한 집이 갑자기 흔들려서 기울어졌다는 생각에 공포를 느꼈다. 그는 가차 없이 자신을 비난하기 시작했지만 금세 그 충동을 자제했다. '이렇게 소심해서야!' 그는 생각했다. '지금은 자신을 비난할 때가 아니라 행동해야 한다. 타냐는 내 약혼녀다. 그녀는 나의 사랑, 나의 신실함을 믿어왔고, 우리는 영원히 결합되어 있으니 헤어질 수 없고, 헤어져서도 안 된다.' 그는 타티야나의 모든 자질을 생생하게 떠올리고 마음속으로 일일이 꺼내어 헤아려보았다. 그는 마음속에 감동과 애정을 불러일으키려고 애썼다. '남은 건 하나밖에 없다.' 그는 생각했다. '달려가는 것이다, 즉시 달려가는 것이다, 그녀의 도착을 기다릴 게 아니라 그녀를 만나러 달려가야 한다. 내가 고통을 당하든, 타냐 때문에 괴로워하든—이건 있을 수 없는 일이다—어쨌든 지금은 이런 것을 따지거나 생각하지 말아야 한다. 비록 나중에 죽더라도 지금은 의무를 이행해야만 한다.' '그러나 너는 그녀를 속일 권리가 없다.' 다른 목소리가 그에게 속삭였다. '너는 네 감정 속에 일어난 변화를 그녀에게 감출 권리가 없다. 네가 다른 여자를 사랑한다는 것을 알게 되면, 아마 그녀는 네 아내가 되기를 원하지 않을지도 모른다.' '헛소리다, 헛소리!' 그는 반박했다. '이 모든 건 궤변이고, 수치스러운 간계며 거짓 양심이다. 나는 우리의 약속을 지키지 않을 권리가 없다. 이건 확실하다. 그래, 좋아…… 그렇다면 나는 그 여자를 만나지 말고 여기를 떠나야만 한다……'

이때 리트비노프는 가슴이 답답해지고 한기를 느꼈다. 순간적으로 오한이 나고 이가 가볍게 부딪쳤다. 그는 기지개를 켜고 열병에 걸린 사람처럼 하품을 했다. 그는 더 이상 마지막 생각을 고수하지 않고, 그 생각까지도 억누르고 끊어버리면서 어떻게 자신이 다시…… 역겹고 적대적인 환경에 둘러싸인 타락한 사교계 여자를 다시 사랑할 수 있는지 의아스럽고 놀라웠다. '그래, 정말로, 정말로 너는 그 여자를 사랑하느냐?' 이렇게 자문하려다가 그는 그저 한 손을 내저었다. 그는 여전히 놀랍고 의아스러웠다. 그런데 부드럽고 향기로운 안개 속에서 솟아난 듯 그녀의 매혹적인 모습이 어느새 그의 앞에 있었다. 그녀의 방사형 속눈썹이 위로 올라갔고, 그녀의 매혹적인 눈은 부드럽고 물리칠 수 없게 그의 심장에 꽂혔다. 그리고 그녀의 목소리가 달콤하게 울렸고, 그 젊은 여왕의 눈부시게 빛나는 어깨는 싱그러움과 행복의 열기로 넘쳐났다……

아침 녘에 리트비노프의 마음속에 마침내 결심이 섰다. 그는 바로 그날 타티야나를 만나러 떠나기로 결심했고, 그 전에 마지막으로 이리나와 만나서, 만일 필요하다면, 모든 진실을 말하고 그녀와 영원히 헤어지기로 했다.

그는 물건을 정리하고 짐을 꾸렸다. 12시까지 기다렸다가 이리나가 묵고 있는 호텔로 갔다. 그러나 절반쯤 커튼이 쳐진 그녀의 방 창문을 보자 리트비노프는 돌연 가슴이 철렁 내려앉았다…… 호텔로 들어갈 용기가 나지 않았다. 그는 리흐텐탈러 알레 공원 길을 여러 번 왔다 갔다 했다. "안녕하시오, 리트비노프 씨!" 빠르게 달리는 이륜마차 위에서 갑자기 조롱하는 듯한 목소리가 울렸다. 리트비노프가 눈을 들어보니 라트미로프 장군이 유명한 스포츠맨이자 영국 마차와 말을 좋아하는 M 공작과 나란히 앉아 있었다. 공작이 말을 부리고 있었고, 장군은 옆으로 몸을 구부리고 머리 위로 모자를 높이 들어 올린 채 이를 드러내며 웃고 있었다. 리트비노프는 그에게 인사하고 나서 은밀한 명령에 따르기라도 하듯 곧장 이리나의 집을 향해 달려갔다.

그녀는 집에 있었다. 그는 자신의 방문을 알리라고 일렀다. 그는 즉시 방으로 안내되었다. 그가 방 안으로 들어섰을 때, 그녀는 방 한가운데에 서 있었다. 그녀는 소매가 넓고 훤히 트인 실내복을 입고 있었다. 그녀의 얼굴은 어제처럼 창백했지만 어제와는 달리 생기가 없고 피로해 보였다. 그녀는 나른한 미소로 손님을 맞이했는데, 이 미소 때문에 그녀의 피로한 기색이 더욱 눈에 띄었다. 그녀는 그에게 한 손을 내밀고 상냥하지만 건성으로 그를 바라보았다.

"와줘서 고마워요." 그녀는 연약한 목소리로 말하면서 안락의자에 털썩 주저앉았다. "오늘은 그다지 몸이 좋지 않아요. 간밤에 잠을 설쳤어요. 그건 그렇고, 지난밤에 대해 말해주시겠어요? 내 말이 맞았죠?"

리트비노프는 자리에 앉았다.

"이렇게 찾아온 것은, 이리나 파블로브나." 그는 입을 열었다……

그녀는 즉시 몸을 곧게 펴더니 그를 돌아보았다. 그녀의 눈이 그에게 꽂혔다.

"무슨 일이죠?" 그녀가 소리쳤다. "마치 죽은 사람처럼 얼굴이 창백해요. 어디 아픈가요? 무슨 일이에요?"

리트비노프는 당황했다.

"무슨 일이냐고요, 이리나 파블로브나?"

"나쁜 소식이라도 받았나요? 불행한 일이라도 일어났어요? 어서 말씀해주세요……"

이번에는 리트비노프가 이리나를 쳐다보았다.

"어떤 나쁜 소식도 받지 않았어요." 그는 다소 힘들게 말했다. "사실, 불행한 일이 일어났죠…… 그것도 큰 불행이…… 그래서 이렇게 찾아왔어요."

"불행이라뇨? 어떤 불행이죠?"

"그건…… 그러니까……"

리트비노프는 계속 말하고 싶었으나…… 차마 말할 수가 없었다. 다만 그는 손가락에서 우두둑 소리가 날 정도로 손을 세게 움켜쥐었다. 이리나는 몸을 앞으로 굽히고 표정이 마치 돌처럼 굳어버렸다.

"아! 나는 당신을 사랑해요!" 마침내 리트비노프의 가슴에서 공허한 신음 소리가 터져 나왔다. 그는 얼굴을 숨기고 싶은 듯 고개를 돌렸다.

"그리고리 미하일리치, 어떻게 당신이……" 이리나도 끝까지 말을 맺지 못하고, 안락의자 등받이에 몸을 기댄 채 두 손을 눈으로 가져갔다. "당신이…… 날 사랑한다고요?"

"네…… 네…… 그래요." 그는 격앙되어 되뇌었고, 얼굴을 더욱더 옆으로 돌렸다.

방 안의 모든 것이 잠잠해졌다. 방으로 날아들어 온 나비 한 마리가 날개를 퍼덕이며 커튼과 창문 사이에서 버둥거리고 있었다.

리트비노프가 먼저 입을 열었다.

"바로 이게, 이리나 파블로브나," 그는 말하기 시작했다. "바로 이게 내게…… 닥친 불행입니다. 만일 내가 그때처럼, 즉 모스크바 시절처럼 곧바로 소용돌이에 휘말리지 않았다면, 나는 이 불행을 예견하고 피했을 거요. 아마 운명은 다시 나로 하여금, 다시 당신을 통해 더 이상 되풀이되어선 안 될 그 모든 고통을 맛보게 하려는가 보오…… 당연히 나는 반항했소…… 반항하려고 애썼소…… 하지만, 확실히 운명은 피할 수 없어요. 내가 이 모든 것을 당신에게 말하는 것은 조금이라도 더 빨리 이…… 이 희비극을 끝내기 위함이오." 그는 다시 감정이 격화되어 수치심을 느끼며 덧붙여 말했다.

리트비노프는 다시 입을 다물었다. 나비는 여전히 버둥거리며 날개를 퍼덕이고 있었다. 이리나는 얼굴에서 두 손을 떼지 않았다.

"당신이 잘못 생각하신 게 아닌가요?" 마치 핏기 없는 듯한 하얀 손 사이로 그녀의 속삭임이 새어 나왔다.

"잘못 생각한 게 아니오." 리트비노프는 조용한 목소리로 대답했다. "난 당신을 사랑합니다. 여태껏 당신 말고 어떤 사람을 이토록 사랑한 적이 한 번도 없어요. 당신을 비난하지 않을 겁니다. 그건 너무 어리석은 짓이니까요. 만일 당신이 나를 달리 대했다면, 아마 아무 일도 일어나지 않았을 거라고 당신에게 되뇌지는 않을 거요⋯⋯ 물론 내 잘못이오. 자기 과신이 나를 망쳤어요. 나는 당연히 벌을 받았고, 당신은 결코 이런 일을 예견할 수 없었겠죠. 만약 당신이 자신의 죄⋯⋯ 내게 잘못을 저질렀다고 당신 스스로 생각하는 상상 속의 죄를 그토록 생생하게 느끼지 않았다면, 또 그 죄과를 씻으려고 하지 않았다면, 나로서는 그 편이 훨씬 더 안전했을 거라는 생각을 당신은 당연히 못 했겠지요⋯⋯ 하지만 엎질러진 물을 주워 담을 수는 없어요. 나는 다만 내 입장을 당신에게 분명히 밝히고 싶었어요. 지금 내 입장은 너무 괴로워요⋯⋯ 적어도 당신이 말하는 오해는 더 이상 없을 겁니다. 나의 솔직한 고백이 당신이 느낄 수밖에 없는 모욕감을 덜어주길 바랍니다."

리트비노프는 눈을 들지 않고 말했다. 만약 그가 이리나를 쳐다보았다 해도, 그는 그녀의 표정을 보지 못했을 것이다. 그녀가 여전히 얼굴에서 두 손을 떼지 않았기 때문이다. 하지만 그녀의 얼굴에 나타난 변화를 보았다면, 아마 그는 깜짝 놀랐을 것이다. 그녀의 얼굴에는 공포, 환희, 행복한 피로감, 불안이 어려 있었다. 내리뜬 눈꺼풀 아래에서 눈이 희미하게 빛났고, 완만하고 자주 끊기는 숨은 마치 바싹 마른 듯한 열린 입술을 식혀주고 있었다……

리트비노프는 잠시 입을 다물고 그녀의 대답과 목소리를 기다렸다…… 그러나 아무 말도 없었다.

"내게 남은 것은 하나밖에 없어요." 그는 다시 입을 열었다. "떠나는 겁니다. 그래서 당신에게 작별 인사를 하러 온 거요."

이리나는 두 손을 천천히 무릎 위로 내려놓았다.

"하지만 나는 기억해요, 그리고리 미하일리치." 그녀가 입을 열었다. "당신이 내게 말했던 그…… 그분이 이곳에 오기로 되어 있잖아요? 당신은 그분을 기다리고 있지 않나요?"

"네, 하지만 나는 그녀에게 편지를 쓸 겁니다…… 그녀는 도중에 어딘가에서 머물 거요…… 가령, 하이델베르크에서."

"아! 하이델베르크에서…… 네…… 좋은 곳이죠…… 하지만 이 모든 일로 당신의 계획이 틀어지겠군요. 그리고리 미하일리치, 당신은 과장하고 있는 게 아닐까요? 이건 괜한 걱정이 아닐까요?"

이리나는 냉담하다 싶을 정도로 조용히, 적당한 간격을 두고, 창문 쪽을 바라보며 말했다. 리트비노프는 그녀의 마지막 말에 대답하지 않았다.

"그렇지만 왜 당신은 내가 모욕을 느낄 거라고 말씀하셨죠?" 그녀가 말을 이었다. "나는 모욕을 느끼지 않아요…… 오, 아니에요! 우리들 중 누군가에게 잘못이 있다면, 어쨌든 그건 당신이 아니에요. 당신 혼자만이 아니에요…… 우리의 마지막 대화를 생각해보세요. 그럼 당신 잘못이 아니라는 걸 분명히 아실 거예요."

"나는 당신의 너그러운 마음을 한 번도 의심한 적이 없어요." 리트비노프가 입속말로 말했다. "하지만 물어보고 싶군요. 당신은 내 의도에 찬성하나요?"

"떠나려는?"

"네."

이리나는 계속 그의 시선을 피했다.

"처음엔 당신의 의도가 너무 빠르다고 생각했는데…… 하지만 지금 당신이 한 말을 생각해보니…… 만일 당신이 정말로 잘못 생각하지 않았다면, 당신이 떠나야 한다고 생각해요…… 그게 더 낫겠죠…… 우리 두 사람을 위해서도."

이리나의 목소리는 점점 더 작아졌고, 말도 점점 더 느려졌다.

"실제로 라트미로프 장군이 눈치챌 수도 있고……" 리트비노프가 말을 하려고 했다……

이리나는 다시 눈을 내리떴다. 뭔가 이상한 것이 그녀의 입술 언저리에서 맴돌다가 사라졌다.

"아뇨, 당신은 제 말을 잘못 이해했어요." 그녀는 그의 말을 가로막았다. "나는 남편에 대해 생각하지 않았어요. 왜 그래야 하죠? 남편이 알아채는 것은 중요하지 않아요. 거듭 말하지만, 이별은 우리 두 사람을 위해 필요한 거예요."

리트비노프는 바닥에 떨어진 모자를 집어 들었다.

'모든 게 끝났어.' 그는 생각했다. '떠나야만 해.'

"그럼 작별 인사만 남았군요, 이리나 파블로브나." 그는 큰 목소리로 말하고 나서 돌연 무서워졌다. 마치 자신에게 선고를 내리려는 것 같았다. "바라건대, 나를 나쁘게 생각하지 말아요…… 그리고 만일 우리가 언젠가……"

이리나는 다시 그의 말을 가로막았다.

"잠깐만요, 그리고리 미하일리치, 아직 내게 작별 인사를 하지 마세요. 이건 너무 성급해요."

리트비노프의 마음속에서 뭔가가 떨렸지만, 즉시 찌르는 듯한 비애가 훨씬 더 강하게 가슴에 넘쳐났다.

"하지만 나는 여기에 남아 있을 수 없어요!" 그가 외쳤다. "무엇 때문에, 무엇 때문에 이 괴로움을 연장해야 하나요?"

"아직 내게 작별 인사 하지 마세요." 이리나가 되뇌었다. "한 번 더 당신과 만나야 해요…… 또다시 모스크바에서처럼 말 없는 이별…… 아뇨, 나는 원치 않아요. 지금은 돌아가셔도 좋지만 약속해주세요. 떠나기 전에 한 번 더 날 만나겠다고 약속해주세요."

"그러길 원해요?"

"그러길 요구해요. 만일 당신이 내게 작별 인사도 하지 않고 떠나신다면, 결코 당신을 용서하지 않을 거예요. 아셨죠? 결코! 이상해!" 그녀는 혼잣말하듯이 덧붙였다. "내가 바덴에 있다는 것이 전혀 믿기지 않아…… 나는 모스크바에 있는 느낌이에요…… 돌아가세요."

리트비노프는 자리에서 일어났다.

"이리나 파블로브나." 그가 말했다. "내게 손을 줘요."

이리나는 머리를 흔들었다.

"말했잖아요, 당신과 작별 인사 나누기 싫다고……"

"작별 인사를 하기 위해서가 아니라……"

이리나는 한 손을 내밀려다 말고 리트비노프의 고백 이후 처음으로 그를 힐긋 쳐다보았다. 그리고 다시 손을 거둬들였다.

"아니, 안 돼요." 그녀가 속삭였다. "당신에게 손을 내주지 않겠어요. 아니…… 안 돼요. 돌아가세요."

리트비노프는 인사하고 밖으로 나왔다. 그는 왜 이리나가 마지막 우정의 악수를 거절했는지 알 수 없었다…… 그는 그녀가 무엇을 두려워했는지 알 수 없었다.

그가 밖으로 나가자 이리나는 다시 안락의자에 펄썩 주저앉고 다시 두 손으로 얼굴을 가렸다.

17

리트비노프는 집으로 돌아가지 않았다. 그는 산으로 가서 밀림 속으로 들어가 땅바닥에 엎드려 한 시간쯤 누워 있었다. 그는 괴로워하지도 울지도 않았다. 몸이 왠지 무겁고 고통스럽게 마비되는 것 같았다. 그는 지금까지 한 번도 이런 상태를 경험한 적이 없었다. 살을 에는 듯한 고통스러운 공허감을 견딜 수가 없었다. 그 공허감은 자기 자신 속에, 자기 주변에, 사방에 깃들어 있었다…… 이리나도 타티야나도 생각하지 않았다. 그는 일격을 당했고, 마치 밧줄이 끊어진 것처럼 인생이 두 동강 났다고 느꼈다. 그리고 온몸이 뭔가 신비하고 차가운 것에 의해 포획되어 앞으로 끌려가는 듯한 느낌이 들었다. 이따금 회오리바람이 자기를 덮쳐서 그 검은 날개로 재빨리 내리치며 무자비하게 타격하는 듯한 느낌도 들었다…… 하지만 그의 결심은 흔들리지 않았다. 바덴에 남는다…… 이건 말도 안 되는 것이었다. 그는 마음속으로 이미 바덴을 떠났다. 이미 그는 연기 자욱한 덜컹거리는 객차에 앉아서 조용하고 황량한 저 먼 곳으로 하염없이 달려가고 있었다. 마침내 몸을 엉거주춤 일으켜 나무에 머리를 기댄 채 움직이지 않고 가만히 있었다. 그는 저도 모르게 한 손으로 키 큰 고사리의 맨 꼭대기 잎을 붙잡고 박자를 맞추어 흔들어댔다. 가까이 다가오는 발소리에 그는 망연한 상태에서 깨어났다. 숯꾼 둘이 큰 자루를 어깨에 메고 가파른 오솔길을 지나가고 있었다. "때가 되었다!" 리트비노프는 이렇게 속삭이고 나서 숯꾼들의 뒤를 따라 시내로 내려갔다. 그리고 철도역 쪽으로 길을 돌아 타티야나의 고모인 카피톨리나 마르코브나 앞으로 전보를 치러 갔다. 그는 곧 바덴을 떠난다고 알리면서 하이델베르크의 슈뢰더 호텔에서 만나자는 내용의 전보를 쳤다. '끝내려면 단번에 끝내야 해.' 그는 생각했다. '내일까지 미룰 필요가 없어.' 잠시 후 그는 도박장에 들러 멍하니 호기심 어린 눈으로 노름꾼 두서넛의 얼굴을 바라보다가, 멀리서 빈다소프의 혐오스러운 뒤통수와 피시찰킨의 흠 잡을 데 없는 이마를 찾아내기도 했다. 잠시 주랑柱廊에 서 있다가 리트비노프는 천천히 이리나의 숙소로 걸어갔다. 그가 돌연 무의식적인 충동에 이끌려 그녀에게 간 것은 아니었다. 떠나기로 결심한 이상, 좀 전에 한 약속을 지키려고 그녀와 한 번 더 만나기로 작심한 것이다. 그는 호텔 수위가 알아채지 못하게 호텔로 들어가 아무도 만나지 않고 계단을 따라 올라가 노크도 없이 기계적으로 문을 열고 방 안으로 들어갔다. 방 안에는 세 시간 전과 마찬가지로 같은 안락의자에 같은 드레스를 입고 같은 자세로 이리나가 앉아 있었다…… 자리를 뜨지 않고 계속 꼼짝 않고 있었던 게 분명했다. 그녀는 천천히 머리를 들고 리트비노프를 보더니 온몸을 떨면서 의자의 팔걸이를 붙잡았다. "당신을 보고 깜짝 놀랐어요." 그녀가 속삭였다.

리트비노프는 놀라서 말도 못 하고 그녀를 바라보았다. 그녀의 표정과 흐릿한 눈동자를 보고 그는 깜짝 놀랐다.

이리나는 억지로 미소를 짓고는 풀린 머리칼을 단정히 매만졌다.

"괜찮아요…… 정말 나도 모르게…… 깜빡 잠이 들었나 봐요."

"미안해요, 이리나 파블로브나." 리트비노프가 입을 열었다. "미리 알리지 않고 들어와서…… 당신이 내게 요구한 것을 실행하고 싶었어요. 오늘 여기를 떠나게 되어……"

"오늘요? 먼저 편지를 쓰겠다고 말씀하신 것 같은데……"

"전보를 보냈습니다."

"아! 서두를 필요가 있다고 생각하셨군요. 언제 떠나세요? 그러니까 몇 시에?"

"저녁 7시에."

"아! 저녁 7시! 그래서 작별하러 오셨군요."

"그래요, 이리나 파블로브나, 작별하러 왔어요."

이리나는 잠시 잠자코 있었다.

"당신에게 감사해야겠어요, 그리고리 미하일리치. 여기까지 오시기가 쉽지 않았을 텐데요."

"네, 이리나 파블로브나, 정말 쉽지 않았습니다."

이리나는 다시 잠시 입을 다물고 생각에 잠긴 듯했다.

"이렇게 오셔서 당신의 우정을 내게 증명했군요." 마침내 그녀가 말했다. "고마워요. 가능하면 빨리 모든 것을 끝내고자 하는 당신의 결정에 대체로 저도 찬성이에요…… 왜냐하면 어떤 지체도…… 왜냐하면…… 당신도 내가 아양을 떤다고 날 비난했고, 사람들은 날 희극 배우라고 불렀으니까요. 아마 당신도 날 그렇게 부르겠죠?"

이리나는 재빨리 자리에서 일어나 다른 안락의자로 옮겨 앉더니 몸을 굽히고 얼굴과 두 손을 테이블 한끝에 바싹 붙였다……

"내가 당신을 사랑하기 때문에……" 그녀는 꽉 쥔 손가락 사이로 속삭였다.

리트비노프는 누가 자기 가슴을 때린 것처럼 잠시 비틀거렸다.

이번엔 이리나가 그로부터 얼굴을 감추고 싶었던지 우울하게 얼굴을 돌리고 테이블 위에 머리를 얹어놓았다.

"네, 나는 당신을 사랑해요…… 당신을 사랑해요…… 당신도 그걸 알고 있어요."

"내가요? 그걸 알고 있다고요?" 마침내 리트비노프가 말했다.

"자, 이제야 아셨군요." 이리나가 말을 이었다. "당신이 꼭 떠나야만 하고, 지체해서는 안 된다는 것을요…… 당신이나 나나 지체해서는 안 돼요. 그건 위험하고 무서운 일이에요…… 안녕히 가세요!" 그녀는 돌연 안락의자에서 일어나면서 덧붙여 말했다.

그녀는 내실 문 쪽으로 몇 걸음 걸어가서 한 손을 등 뒤로 올려 허공에서 급히 움직였다. 마치 리트비노프의 손을 잡아서 꽉 쥐고 싶어 하는 것 같았다. 하지만 그는 멀리서 장승처럼 서 있었다…… "안녕히 가세요, 날 잊어주세요." 그녀는 다시 한번 말한 다음 뒤도 돌아보지 않고 방에서 뛰쳐나갔다.

리트비노프는 혼자 남았으나 여전히 정신을 차릴 수 없었다. 마침내 정신을 차린 그는 내실 문 쪽으로 다가가 한 번, 두 번, 세 번 이리나의 이름을 불렀다…… 그는 이미 내실 문 자물쇠를 붙잡고 있었다…… 그때 호텔의 현관 쪽에서 라트미로프의 낭랑한 목소리가 들려왔다.

리트비노프는 모자를 깊숙이 눌러쓰고 계단으로 걸어 나왔다. 우아한 장군이 수위실 앞에 서서 내일 온종일 마차를 빌리고 싶다고 서투른 독일어로 수위에게 설명하고 있었다. 리트비노프를 보자 그는 다시 부자연스럽게 모자를 높이 들어 올리고는 또다시 '경의'를 표했다. 장군이 리트비노프를 분명히 조롱하고 있었지만 그는 신경 쓰지 않았다. 리트비노프는 라트미로프의 인사에 응대를 하는 둥 마는 둥 하고, 숙소에 도착하자마자 여행 가방을 꾸리고 뚜껑을 닫고 나서 그 앞에 멈춰 섰다. 머리가 어지럽고 심장은 마치 현악기의 줄처럼 떨렸다. 이제 무엇을 해야만 하는가? 그는 이런 일을 예견할 수 있었던가?

　그렇다, 있음 직하지 않을 것 같았지만 그는 이런 일을 예견했다. 이것은 청천벽력처럼 그를 깜짝 놀라게 했다. 감히 자백은 못 했지만, 그는 예견하고 있었다. 하지만 아무것도 확실히 알지 못했다. 그의 마음속에서 모든 것이 뒤섞이고 뒤얽혔다. 그는 생각의 실마리를 잃어버렸다. 그는 모스크바를 떠올렸고, 그때도 '그것'이 돌연한 폭풍처럼 그에게 닥쳤던 것을 상기했다. 그는 숨이 턱 막혔다. 위로도 희망도 없는 환희가 그의 가슴을 짓누르고 찢어놓았다. 이리나의 말이 실은 본심이 아닐지도 모른다는 생각에 그는 결코 동의하지 않았을 것이다…… 하지만 어쩌란 말인가? 그 말들이 그의 결심을 바꿀 수는 없었다. 결심은 여전히 흔들리지 않았고 고정 닻처럼 견고했다. 리트비노프는 생각의 실마리를 잃어버렸다…… 그렇다. 하지만 그의 의지는 아직 남아 있었고, 그는 남의 부하를 다루듯이 자신을 다루었다. 그는 종을 울려 웨이터를 불러서 계산서를 가져오라고 지시하고 야간 합승마차에 좌석을 예약했다. 그는 일부러 모든 퇴로를 차단했다. "비록 나중에 죽는다 할지라도." 그는 불면의 지난밤처럼 되뇌었다. 이 말이 특히 그의 마음에 들었다. "비록 나중에 죽는다 할지라도." 그는 천천히 방 안을 서성이면서 되뇌었고, 이따금씩 저도 모르게 눈을 감고 숨을 죽이곤 했다. 그때마다 이리나의 말이 마음속에 파고들어 마음을 초조하게 했다. '필시 사랑을 두 번 할 수는 없다.' 그는 생각했다. '다른 삶이 네 안에 들어왔고, 네가 그것을 들여보냈다. 너는 죽을 때까지 이 독에서 벗어날 수 없고, 이 끈을 끊을 수 없다! 그렇다. 하지만 이것이 무엇을 증명하는가? 행복…… 정말로 행복이 가능한가? 네가 그 여자를 사랑한다 치자…… 그 여자도…… 그 여자도 너를 사랑한다……'

그러나 이 순간 그는 다시 자제해야만 했다. 어둠 속을 가는 나그네가 앞에서 불빛을 보고 길을 잃을까 봐 걱정하면서 한 순간도 그 불빛에서 눈을 떼지 못하는 것처럼 리트비노프도 모든 주의력을 한 점, 하나의 목표에 집중하고 있었다. 약혼녀 앞에 나타나는 것, 아니, 실제로 약혼녀 앞이 아니라(그는 약혼녀를 생각하지 않으려고 애썼다) 하이델베르크 호텔 방에 나타나는 것— 바로 이것이 그를 인도하는 확실한 불빛이었다. 그는 앞으로 무슨 일이 일어날지 몰랐고, 알고 싶지도 않았다…… 하나만은 확실했다. 그는 되돌아가지 않을 것이다. "비록 나중에 죽는다 할지라도." 그는 이 말을 열번째 되뇌고 시계를 힐긋 바라보았다.

6시 15분! 아직 얼마나 더 오래 기다려야만 하는가! 그는 다시 방 안을 서성거렸다. 해가 서쪽으로 기울고, 하늘이 나무들 위에서 붉게 물들고 있었다. 진홍빛 어스름이 좁은 창문을 통해 컴컴해진 방 안으로 스며들었다. 갑자기 리트비노프는 자기 뒤에서 문이 살며시, 빠르게 열렸다가 다시 빠르게 닫혔다고 느꼈다…… 그는 뒤돌아보았다. 검은 망토로 몸을 감싼 여자가 문 옆에 서 있었다……

"이리나!" 그는 소리쳐 부르고 나서 손뼉을 쳤다.

그녀는 고개를 들어 올리고 그의 가슴에 쓰러졌다.

두 시간 후 그는 자기 방 소파에 앉아 있었다. 여행 가방은 뚜껑이 열리고 텅 빈 채 한쪽 구석에 놓여 있었다. 테이블 위에 물건들이 어지럽게 흩어져 있었고, 그 가운데 리트비노프가 방금 받은 타티야나의 편지가 놓여 있었다. 편지에는, 고모의 건강이 완전히 회복되어 일정을 앞당겨 드레스덴을 떠나기로 했고, 아무 문제가 없으면 다음 날 12시쯤에 고모와 함께 바덴에 도착할 테니 정거장에 마중을 나와주기 바란다고 씌어 있었다.

그날 저녁 그는 이리나에게 쪽지를 보냈고, 다음 날 아침에 이리나의 답장을 받았다.

하루 빠르거나 하루 늦을지언정 이건 피할 수 없어요. 어제 한 말을 나는 되풀이합니다. 나의 삶은 당신 손에 맡겨졌어요. 나를 마음대로 하세요. 나는 당신의 자유를 구속하고 싶지 않지만, 만일 필요하다면 모든 것을 버리고 땅끝까지 당신을 따라갈 거예요. 우리 내일 만날 수 있겠죠? 당신의 이리나.

마지막 두 단어는 크고 활달하고 단호한 글씨체로 씌어 있었다.

18

8월 18일 12시쯤 철도역에 모인 사람들 가운데 리트비노프도 있었다. 방금 전에 그는 이리나를 만났다. 그녀는 남편과 다른 중년 신사와 함께 덮개 없는 마차에 앉아 있었다. 그녀는 리트비노프를 보았고, 리트비노프도 그걸 알아챘다. 어두운 무언가가 그녀의 눈을 스쳐 지나갔다. 하지만 그녀는 즉시 양산으로 얼굴을 가렸다.

어제부터 그의 마음속에 이상한 변화가 일어났다. 변화는 그의 외모와 동작과 표정에도 나타났다. 그 자신도 자기를 다른 사람이라고 느꼈다. 자신감도 침착성도 자신에 대한 존경심도 사라졌다. 이전의 정신 상태에서 아무것도 남아 있지 않았다. 최근의 지울 수 없는 인상이 다른 모든 것을 가려버렸다. 지금껏 경험하지 못했던 어떤 감각, 강하고 달콤하며 불온한 감각이 생겨났다. 불가사의한 손님이 성역에 숨어들어 와 그곳을 점령하고, 새로 이사한 집의 주인처럼 말없이 온몸을 쭉 뻗고 누워 있었다. 리트비노프는 더 이상 부끄러워하지 않았지만 두려웠고, 동시에 무모한 용기가 마음속에서 타올랐다. 패배자들이나 포로들에게 모순된 감정이 뒤섞인 이런 상태는 친숙한 것이다. 처음 도둑질을 한 도둑에게도 이와 비슷한 심리 상태가 낯설지 않다. 그런데 리트비노프는 패배했고, 그것도 돌연 패배한 것이다…… 그런데 그의 정직성은 어떻게 되었는가?

기차는 몇 분 늦게 도착했다. 리트비노프의 고뇌는 고통스러운 우수로 변했다. 그는 한곳에 조용히 서 있을 수 없었고, 얼굴이 온통 창백해져서 사람들과 뒤섞여 서성거렸다. '아아!' 그는 생각했다. '단 하루만이라도 더 있었다면……' 타냐를 바라보는 그의 첫 시선, 그를 바라보는 타냐의 첫 시선…… 그는 바로 이 시선이 두려웠고, 가능한 한 빨리 이 시선을 견뎌내야만 했다…… 그리고 그 후에는? 그 후에는 될 대로 되라지!…… 그는 더 이상 어떤 결정도 하지 않았고, 더 이상 자신에 대해 책임질 수도 없었다. 어제의 그 말이 고통스럽게 머릿속에 번쩍 떠올랐다…… 그는 바로 이런 심정으로 타냐를 맞으려는 것이다!……

마침내 기적 소리가 길게 울렸고, 육중하고 둔탁하게 덜컹대는 소리가 점점 더 크게 들리더니 선로의 굽이에서 기관차가 천천히 굴러 나왔다. 군중이 기관차를 맞으러 앞으로 움직였고, 리트비노프도 마치 수형자처럼 다리를 질질 끌며 그 뒤를 따라갔다. 얼굴들과 부인모들이 객차에서 보이기 시작했고, 한 차창에서 흰 손수건이 아른거리기 시작했다…… 카피톨리나 마르코브나가 손수건을 흔들고 있었다…… 모든 것이 끝났다. 그녀는 리트비노프를 보았고, 그도 그녀를 알아보았다. 기차가 멈추었다. 리트비노프는 객차의 문으로 달려가 문을 열었다. 타티야나는 고모 곁에 서서 밝게 웃으며 한 손을 내밀었다.

그는 두 사람이 객차에서 내리도록 도왔고, 몇 마디 인사말을 적당히 모호하게 얼버무렸다. 그리고 즉시 부산을 떨면서 기차표, 여행용 가방, 깔개와 덮개를 받아 들고 짐꾼과 마차를 부르러 달려갔다. 다른 사람들도 그의 주변에서 부산을 떨었다. 그에겐 다른 사람들이 옆에서 소란을 피우고 외쳐대는 것이 반가웠다. 타티야나는 약간 옆으로 물러나 여전히 미소를 띠고 그의 분주한 일 처리가 끝나기를 조용히 기다렸다. 타티야나와 반대로 카피톨리나 마르코브나는 한자리에 가만히 서 있을 수 없었다. 마침내 자신이 바덴에 왔다는 사실이 믿기지 않았던 것이다. 갑자기 그녀가 외치기 시작했다. "그런데 양산이 어디 있지? 타냐, 양산이 어디 있지?" 그녀는 겨드랑이 밑에 양산을 꼭 끼고 있으면서도 양산이 어디 있는지 모르고 있었다. 잠시 후, 그녀는 하이델베르크에서 바덴까지 오는 도중에 친해진 다른 부인과 큰 소리로 오랫동안 작별 인사를 하기 시작했다. 이 부인은 바로 우리가 알고 있는 수한치코바였다. 그녀는 구바료프에게 경의를 표하려고 잠시 하이델베르크에 들렀다가 그의 '지시'를 받고 돌아왔다. 카피톨리나 마르코브나는 아주 이상하고 얼룩덜룩한 망토에 둥그런 버섯 모양의 여행 모자를 쓰고 있었는데, 그 아래로 짧게 친 백발이 너저분하게 삐져나와 있었다. 작은 키에 야윈 그녀는 여행으로 얼굴이 상기되어 있었고, 노래하는 듯한 높고 날카로운 목소리로 러시아 말을 했다…… 그녀는 금세 사람들의 주목을 받았다.

마침내 리트비노프는 그녀와 타티야나를 마차에 태우고 그들의 맞은편에 앉았다. 말들이 움직였다. 질문을 주고받고, 다시 악수하고, 미소와 인사말을 서로 나누었다…… 리트비노프는 이제야 한시름 놓았다. 첫 순간이 무사히 지나갔기 때문이다. 그의 말과 행동은 전혀 타티야나를 놀라게 하거나 당황케 하지 않은 것 같았다. 그녀는 여전히 맑고 신뢰하는 눈빛으로 그를 쳐다보았고, 여전히 귀엽게 얼굴을 붉히며 상냥하게 웃고 있었다. 마침내 그도 그녀를 슬쩍 훔쳐보는 것이 아니라 똑바로 유심히 바라볼 용기가 생겼다. 그때까지 그의 눈은 뜻대로 움직이지 않았던 것이다. 뜻밖의 감동이 가슴에 북받쳤다. 그녀의 정직하고 순진한 얼굴에 나타난 평온한 표정이 그를 호되게 비난하는 것 같았다. '이제, 여기로 왔군, 가련한 아가씨.' 그는 생각했다. '내가 그토록 기다리고 초대했던 그대. 내가 일생을 끝까지 함께 가려고 했던 그대. 그대가 왔군. 그대는 나를 믿었는데…… 나는…… 그런데 나는……' 리트비노프는 고개를 숙였다. 그러나 카피톨리나 마르코브나는 그가 생각에 잠기도록 내버려두지 않았다. 그녀는 그에게 질문을 퍼부었다.

"원기둥이 늘어선 저 건물은 뭐죠? 여기가 도박을 하는 곳인가요? 저기 걸어가는 사람은 누구예요? 타냐, 타냐, 저기 좀 봐라, 버팀대를 넣은 정말 멋진 스커트야! 저 사람은 누구죠? 여기는 프랑스에서 온 여자들이 많겠죠? 오, 저건 무슨 모자야? 여기선 파리에서처럼 모든 걸 찾아낼 수 있겠죠? 단, 모든 게 엄청 비싸겠죠? 아아, 나는 정말로 훌륭하고 현명한 여자와 사귀었어요! 당신도 아는 여자예요, 그리고리 미하일리치. 어떤 현명한 러시아인의 집에서 당신과 만났다고 그 여자가 말했어요. 그녀는 우리를 방문하겠다고 약속했어요. 그녀는 모든 귀족들에게 욕설을 퍼부어댔는데, 정말 멋졌어요! 회색 콧수염을 기른 저 신사는 누구죠? 프러시아의 왕인가요? 타냐, 타냐, 저기 봐라, 프러시아의 왕이란다. 아니라고요? 프러시아의 왕이 아닌가요? 그럼 네덜란드의 공사인가요? 안 들려요, 바퀴 소리가 너무 시끄러워서. 아아, 정말 멋진 나무들이야!"

"네, 고모님, 참 멋져요!" 타냐가 동의했다. "정말로 여기는 모든 게 푸르고 명랑해요! 그렇지 않나요, 그리고리 미하일리치……"

"명랑하죠……" 그가 입속말로 대답했다.

마침내 마차가 호텔 앞에 멈춰 섰다. 리트비노프는 두 여행자를 위해 잡아둔 방으로 그들을 안내하고, 한 시간 후에 들르겠다고 약속한 뒤 자기 방으로 돌아갔다. 자기 방으로 들어가자마자 그는 잠시 멎었던 매혹에 다시 사로잡혔다. 여기, 그의 방은 어제부터 이리나가 지배하고 있었다. 모든 것이 그녀에 대해 말하고 있었고, 공기도 그녀가 방문한 은밀한 흔적을 보전하고 있는 듯했다…… 리트비노프는 다시 자기가 그녀의 노예라고 느꼈다. 그는 품속에 숨겨두었던 그녀의 손수건을 꺼내어 입술에 바싹 가져다 댔다. 그러자 불같이 뜨거운 추억이 미세한 독처럼 그의 혈관을 타고 퍼졌다. 그는 이미 돌이킬 수 없고 선택의 여지도 없다는 것을 깨달았다. 타티야나가 그의 마음속에 불러일으킨 애처로운 감동은 불 속의 눈처럼 녹아버렸고, 후회도 잦아들었다…… 마음속 흥분까지도 가라앉았다. 위선적인 행동을 할 수도 있다는 생각이 돌연 마음속에 떠올랐으나 그는 그다지 불쾌하지 않았다…… 사랑, 이리나의 사랑―지금은 이것이 그의 진실이고 법이고 양심이었다…… 조심성이 많고 분별력 있는 리트비노프는 어떻게 현재의 상황에서 벗어나야 할지 생각조차 하지 않았다. 그는 무섭고 추악한 현재의 상황을 왠지 가볍게, 마치 남의 일처럼 느꼈다.

한 시간이 채 지나기도 전에 새로 도착한 숙녀들이 보낸 사환이 그 앞에 나타나서, 그들이 로비에서 그를 기다리고 있다고 전했다. 그가 사환을 뒤쫓아 가보니, 그들은 벌써 옷을 차려입고 모자까지 쓰고 있었다. 두 사람은 날씨도 좋으니 즉시 바덴을 구경하러 나가고 싶다고 했다. 특히 카피톨리나 마르코브나는 몹시 초조해하며 서둘렀다. 심지어 그녀는 '교제의 집' 앞에 유행을 좇는 상류사회 사람들이 모여들 시간이 아직 아니라는 걸 알고는 약간 슬퍼하기까지 했다. 리트비노프가 그녀와 팔짱을 끼고 공식적인 산책을 시작했다. 타티야나는 고모 옆에서 걸어가며 조용하고 호기심에 가득 찬 눈길로 주변을 둘러보았다. 카피톨리나 마르코브나는 계속 질문을 해댔다. 빙빙 돌아가는 룰렛의 모습, 풍채가 당당한 딜러들—그녀가 그들의 모습을 다른 곳에서 보았다면 아마 장관으로 오인했을 것이다—삽 모양의 조그만 도구를 민첩하게 움직이는 딜러들의 모습, 초록색 나사羅紗 위의 금화와 은화 더미, 도박을 하는 늙은 부인들과 화장을 짙게 한 매춘부들의 모습을 보고 카피톨리나 마르코브나는 이루 말할 수 없을 정도로 흥분했다. 그녀는 이 모든 것에 분개해야 한다는 사실을 완전히 잊어버린 채 그저 눈을 크게 뜨고 사방을 둘러보았고, 새로운 환성이 터질 때마다 가끔씩 몸을 떨었다…… 룰렛 안쪽 깊은 곳에서 상아로 만든 작은 공이 윙윙대는 소리가 그녀의 뱃속까지 스며들었다. 신선한 바깥 공기를 마시고 나서야 비로소 그녀는 기운을 차리고 깊은 한숨을 내쉬더니, 도박을 귀족계급이 생각해낸 부도덕한 것이라고 불렀다. 리트비노프의 입술에 부자연스럽고 불쾌한 미소가 번졌다. 그는 마치 화가 나고 지루한 듯 말을 끊으

185

며 느릿느릿 말했다…… 그러나 그는 타티야나를 돌아보고 은근히 당황했다. 그녀는 자기 마음속에 어떤 인상이 일어났는지 자문하는 듯한 표정으로 그를 주의 깊게 바라보았다. 그가 그녀에게 서둘러 고개를 끄덕이자 그녀도 역시 그에게 고개를 끄덕였다. 그녀는 그가 실제보다 훨씬 더 멀리 떨어져 있기라도 한 것처럼 다소 긴장하면서 미심쩍게 다시 그를 바라보았다. 리트비노프는 '교제의 집'에서 타티야나와 카피톨리나 마르코브나를 데리고 나왔다. 그들은 러시아 여자 둘이 앉아 있는 '러시아의 나무' 곁을 지나 리흐텐탈러 알레 공원 쪽으로 향했다. 막 공원으로 접어들었을 때 그는 멀리서 이리나를 보았다.

이리나는 남편과 포투긴과 함께 그들을 향해 걸어오고 있었다. 리트비노프는 마치 백지장처럼 창백해졌으나 걸음을 멈추지 않고 그녀와 나란히 서게 되자 말없이 고개를 숙여 인사했다. 그녀도 그에게 상냥하지만 차갑게 인사하고 나서 타티야나를 재빨리 쳐다본 후 옆으로 지나갔다…… 라트미로프는 모자를 높이 들어 올렸고 포투긴은 뭐라고 웅얼거렸다.

"저 부인은 누구죠?" 갑자기 타티야나가 물었다. 그녀는 그때까지 거의 입을 열지 않았었다.

"저 부인?" 리트비노프가 되뇌었다. "저 부인 말인가요?…… 라트미로바 부인입니다."

"러시아인이죠?"

"네."

"그분과는 여기서 알게 되었나요?"

"아뇨, 안 지 오래되었어요."

"참 미인이네요!"

"넌 그녀의 옷차림을 보았니?" 카피톨리나 마르코브나가 끼어들었다. "그 옷의 레이스 하나 값만으로도 열 가족이 일 년은 꼬박 먹고 살 수 있겠더라! 그녀와 함께 걸어간 사람은 남편인가요?" 그녀가 리트비노프에게 물어보았다.

"남편입니다."

"아마 엄청난 부자겠죠?"

"확실히 모릅니다. 부자는 아닌 것 같아요."

"관등은요?"

"장군입니다."

"그 부인의 눈은 아주 놀라워요!" 타티야나가 말했다. "눈의 표정도 아주 이상해요. 생각에 잠긴 듯하면서도 날카로운⋯⋯ 저는 그런 눈을 본 적이 없어요."

리트비노프는 아무 대답도 하지 않았다. 다시 타티야나의 미심쩍은 듯한 시선이 얼굴에 느껴졌지만 그건 오해였다. 그녀는 발밑의 모랫길을 바라보고 있었다.

"맙소사! 저 도깨비는 누구지?" 갑자기 카피톨리나 마르코브나가 손가락으로 나지막한 무개마차를 가리키며 외쳤다. 마차에는 불그스레한 머리에 들창코를 한 여자가 몹시 화려한 옷에 연보랏빛 스타킹을 신고 뻔뻔스럽게 축 늘어져 있었다.

"도깨비라뇨! 천만에요, 저 사람은 유명한 코라 양입니다."

"누구요?"

"코라 양⋯⋯ 파리의⋯⋯ 명사입니다."

"뭐라고요? 저 원숭이 같은 여자가? 정말 꼴불견 아닌가요?"

"괜찮은 것 같은데요."

카피톨리나 마르코브나는 그저 양팔을 벌렸다.

"글쎄, 당신이 사는 바덴이란 곳은!" 마침내 그녀가 말했다. "그런데 여기 벤치에 앉아도 될까요? 왠지 피곤해요."

"물론이죠, 카피톨리나 마르코브나…… 앉아서 쉬라고 놔둔 벤치니까요."

"하지만 모를 일이죠! 파리의 가로수 길에도 벤치는 있지만, 벤치에 앉는 것은 예의가 아니라던데."

리트비노프는 카피톨리나 마르코브나에게 아무 대답도 하지 않았다. 그는 오직 이 순간에, 여기서 두어 걸음 떨어진 곳에서 자신과 이리나가 마주 앉아 얘기하면서 모든 것을 결정했던 것을 생각하고 있었다. 그리고 방금 전 이리나의 한쪽 뺨에서 작은 장밋빛 반점을 본 것을 떠올렸다……

카피톨리나 마르코브나가 벤치에 풀썩 주저앉자 타티야나도 그녀 옆에 앉았다. 리트비노프는 오솔길에 그대로 서 있었다. 그와 타티야나 사이에 뭔가가 일어나고 있었다…… 무의식적으로 점점 더…… 이건 단지 그의 느낌이었을까?

"아아, 그녀는 원숭이야, 원숭이!" 카피톨리나 마르코브나는 동정하듯 머리를 흔들며 말했다. "그 여자의 옷을 팔면 열 가구가 아니라 백 가구는 먹여 살릴 수 있을 거야. 그녀가 쓴 모자 밑으로 드러난 불그스레한 머리에 다이아몬드 봤어요? 대낮에 다이아몬드라니, 어떻게 생각해요?"

"그녀의 머리칼은 붉지 않아요." 리트비노프가 한마디 했다. "붉게 염색을 한 겁니다. 요즘 그게 유행이거든요."

카피톨리나 마르코브나는 다시 양팔을 벌리고 깊은 생각에 잠겼다.

"그러나," 그녀가 마침내 입을 열었다. "우리가 사는 드레스 텐에서는 아직 저런 추태는 없어요. 파리에서 더 멀리 떨어져 있기 때문인가 봐요. 그리고리 미하일리치, 당신도 그렇게 생각하죠?"

"저요?" 리트비노프가 대답했으나 마음속으로는 '이건 또 무슨 소리야?'라고 생각했다. "저요? 물론…… 물론입니다……"

그때 느린 발자국 소리가 들리더니 포투긴이 벤치 쪽으로 다가왔다.

"안녕하세요, 그리고리 미하일리치." 그는 웃으면서 고개를 끄덕이며 말했다.

리트비노프는 즉시 그의 손을 잡았다.

"안녕하세요, 안녕하세요, 소존트 이바니치. 방금 당신과 마주친 것 같은데…… 방금, 공원 길에서."

"맞아요, 바로 나였어요."

포투긴은 앉아 있는 숙녀들에게 공손히 인사를 했다.

"당신을 소개하죠, 소존트 이바니치. 이 숙녀분들은 나의 친척인데, 방금 전에 바덴에 도착했습니다. 이분은 우리의 동포인 소존트 이바니치 포투긴으로 역시 바덴에 손님으로 와 있습니다."

두 숙녀는 엉거주춤 몸을 일으켰다. 포투긴은 다시 고개 숙여 인사했다.

"여긴 대야회장 같아요." 카피톨리나 마르코브나는 가늘고 높은 목소리로 말하기 시작했다. 이 선량한 노처녀는 약간 소심했지만 무엇보다 품위를 지키려고 애쓰고 있었다. "모두가 바덴에 오는 것을 즐거운 의무라고 생각하고 있어요."

"바덴은 정말 유쾌한 곳이죠." 포투긴은 곁눈질로 타티야나를 바라보면서 대답했다. "바덴은 매우 유쾌한 곳입니다."

"맞아요. 하지만 내가 판단할 수 있는 한, 바덴은 너무 귀족적이에요. 나는 이 애와 함께 줄곧 드레스덴에서 살아왔어요…… 아주 흥미로운 도시죠. 그러나 여긴 대야회장 같아요."

'그 표현이 맘에 들었나 보군.' 포투긴은 생각했다. "아주 지당한 말씀입니다." 그는 큰 소리로 말했다. "그 대신 여긴 자연이 아주 아름답고, 위치도 보기 드물게 좋습니다. 함께 오신 분도 특히 이 점을 인정하실 겁니다. 그렇지 않나요, 아가씨?" 이번에 그는 타티야나를 똑바로 바라보며 덧붙여 말했다.

타티야나는 포투긴을 향해 맑고 커다란 눈을 들어 올렸다. 그녀는 사람들이 자기한테서 뭘 원하는지, 왜 리트비노프는 바덴에 도착한 첫날에 이 낯선 남자에게—영리하고 선량한 얼굴을 한 이 남자는 친절하고 다정하게 그녀를 바라보고 있다—자신을 소개하는지 의아해하는 듯했다.

"네." 마침내 그녀가 말했다. "여긴 아주 좋은 곳이에요."

"고성古城에 꼭 가봐야 합니다." 포투긴은 말을 이었다. "특히 이부르크에 다녀오세요."

"삭소니아의 스위스." 카피톨리나 마르코브나가 입을 열려고 했다……

그때 폭발하는 듯한 나팔 소리가 공원 길에 울려 퍼졌다. 그것은 라슈타트(1862년에 라슈타트는 여전히 연방의 요새였다)에서 온 프로이센의 군악대가 불어대는 나팔 소리로, 매주 한 번씩 누각에서 열리는 콘서트의 시작을 알리는 신호였다. 카피톨리나 마르코브나는 즉시 자리에서 일어났다.

"음악!" 그녀가 말했다. "교제의 집에서 들려오는 음악이야!…… 거기로 가봐야지. 지금 3시가 지났죠? 사교계 사람들이 모여들고 있겠죠?"

"네." 포투긴이 대답했다. "지금이 사교계 사람들이 유행을 뽐내는 시간입니다. 음악도 아주 좋고요."

"그럼, 꾸물거릴 시간이 없군요. 타냐, 가자."

"제가 함께 가도 되겠습니까?" 포투긴이 이렇게 묻자 리트비노프는 적잖이 놀랐다. 포투긴을 보낸 사람이 바로 이리나라는 걸 그는 생각조차 할 수 없었다.

"좋아요, 무슈…… 무슈……"

"포투긴." 그는 자기 이름을 알려주고 그녀의 팔짱을 꼈다.

리트비노프도 타티야나의 팔짱을 끼고, 두 쌍의 남녀가 교제의 집으로 향했다.

포투긴은 카피톨리나 마르코브나와 계속 이야기를 했다. 하지만 리트비노프는 한마디도 하지 않고 걸어갔다. 단지 두어 번 아무 이유 없이 가볍게 웃고는 타티야나의 손을 살짝 눌렀다. 그 누르는 동작에서 가식이 느껴졌는데, 그녀는 그 동작에 반응하지 않았다. 리트비노프 자신도 그 가식을 의식하고 있었다. 그 동작에는 예전처럼 서로에게 헌신적인 두 마음의 굳은 결합에 대한 상호 확인이 담겨져 있지 않았다. 그 동작은 그가 아직 찾아내지 못한 말을 잠시 대신하는 것이었다. 두 사람 사이에 시작된 침묵은 점점 커지면서 견고해졌다. 타티야나는 다시 주의 깊게, 거의 뚫어져라 그를 바라보았다.

이런 상태는 교제의 집 앞의 작은 테이블에 네 사람이 앉은 후에도 계속되었다. 단지 차이가 있다면, 군중들이 바삐 오가며 떠드는 소리와 쾅쾅 울리는 음악 소리 속에서 리트비노프의 침묵이 더 자연스럽게 보였다는 것이다. 카피톨리나 마르코브나는, 말하자면, 완전히 흥분해 있었다. 포투긴은 간신히 그녀에게 맞장구를 치며 그녀의 호기심을 만족시켜주었다. 그에겐 다행스럽게도 지나가던 군중 속에서 갑자기 여윈 수한치코바가 나타나 끊임없이 두 눈을 번득이고 있었다. 카피톨리나 마르코브나는 즉시 그녀를 알아보고는 자기 테이블로 불러 앉혔다. 다시 말이 한도 끝도 없이 쏟아져 나왔다.

포투긴은 타티야나 쪽으로 몸을 돌리고 살짝 숙인 얼굴에 정다운 표정을 지으면서 부드럽고 조용한 목소리로 이야기하기 시작했다. 스스로 놀랄 정도로 타티야나는 가볍고 자유롭게 그에게 대답했다. 그녀는 이 낯선 미지의 사람과 얘기하는 게 즐거웠다. 한편 리트비노프는 여전히 꼼짝 않고 앉아서 부자연스럽고 불쾌한 미소를 입술에 띠고 있었다.

마침내 저녁 식사 시간이 되었다. 음악이 그치고 군중이 줄어들었다. 카피톨리나 마르코브나는 수한치코바와 다정하게 작별 인사를 나누었다. 그녀는 수한치코바에게 커다란 존경심을 갖게 되었지만, 나중에 조카딸에게 이렇게 말했다. "저 부인은 몹시 화가 나 있어. 그 대신 모든 사람의 모든 것을 알고 있어! 그리고 우리는 결혼식이 끝나자마자 재봉틀을 꼭 마련해야 해." 포투긴도 작별 인사를 했다. 리트비노프는 숙녀들을 집으로 데려다주었다. 호텔 입구에서 편지를 넘겨받은 그는 옆으로 물러나 급히 봉투를 뜯었다. 조그만 고급 피지皮紙 조각에 연필로 이렇게 쓰여 있었다. "오늘 저녁 7시에 잠깐 제게 들러 주세요. 간청합니다. 이리나." 리트비노프는 종이를 주머니에 쑤셔 넣고 돌아서더니 다시 가볍게 웃었다…… 누구에게? 무엇 때문에? 타티야나는 그에게 등을 돌리고 서 있었다. 그들은 공동 식탁이 있는 식당에서 저녁 식사를 했다. 리트비노프는 카피톨리나 마르코브나와 타티야나 사이에 앉았다. 그는 왠지 이상할 정도로 생기발랄하게 대화를 하고 우스운 얘기를 하면서 자기 잔과 숙녀들의 잔에 포도주를 따르곤 했다. 그가 너무 허물없이 행동을 하자 맞은편에 앉아 있던 스트라스부르 출신의 프랑스 보병 장교가—그는 나폴레옹 3세처럼 입술 밑의 작은 삼각수염과 콧수염을 기르고 있었다—이쪽 대화에 끼어들더니 끝내 **"아름다운 모스크바 숙녀들의 건강을 위해!"**라고 건배까지 했다. 저녁 식사 후 리트비노프는 두 숙녀를 방으로 데려다주고 잠시 창가에 서 있다가 눈썹을 찌푸리더니, 잠깐 볼일이 있어 외출했다가 저녁때까지는 꼭 돌아오겠다고 말했다. 타티야나는 아무 말도 안 했지만 얼굴이 창백해지고 눈을 내리떴다. 카피톨리나 마르코브나는 저녁 식사 후에 잠을 자는 습관이 있었다. 타티야나는 리트비노프가 고모의 이런 습관을 알고 있다는 것을 알고 있었다. 그래서 그녀는 그가 이런 기회를 이용하길 기대했다. 그녀가 이곳에 도착한 후로 아직 그와 단

둘이서 솔직한 얘기를 나누지 못했기 때문이다. 그런데 지금 외출을 한다니! 이걸 어떻게 이해해야 하나? 대체로 오늘 하루 동안 그의 모든 행동은……

리트비노프는 이의 제기를 기다리지 않고 서둘러 밖으로 나왔다. 카피톨리나 마르코브나는 소파에 누워 두어 번 한숨을 내쉬고 신음 소리를 내더니 평온하게 잠이 들었다. 타티야나는 방구석으로 물러나 안락의자에 앉아서 굳게 팔짱을 끼었다.

19

리트비노프는 '유럽' 호텔 계단을 재빨리 올라갔다…… 교활한 칼미크인 얼굴을 한 열셋쯤 되는 소녀가 아마도 그를 살피고 있다가 멈춰 세우더니 러시아어로 말했다. "이쪽으로 오세요. 이리나 파블로브나가 곧 오실 거예요." 그는 당황하면서 소녀를 바라보았다. 소녀는 미소를 지으며 "이쪽으로 오세요, 이쪽으로 오세요"라고 되뇌더니 이리나의 침실 맞은편에 있는 작은 방으로 그를 안내했다. 그 방에는 여행용 트렁크와 가방이 가득 차 있었다. 소녀는 살짝 문을 닫고서 금세 사라졌다. 리트비노프가 주변을 채 둘러보기도 전에 문이 빠르게, 활짝 열리더니 장밋빛 무도회복에 머리와 목을 진주로 장식한 이리나가 나타났다. 그녀는 갑자기 그에게 달려와 두 손을 붙잡고 잠시 가만히 있었다. 그녀의 눈은 빛났고, 가슴은 막 언덕에 뛰어오른 것처럼 부풀어 올랐다.

"당신을 맞이할 수 없었어요…… 거기서는." 그녀는 다급하게 속삭이기 시작했다. "우리는 지금 만찬회에 갈 거예요. 하지만 당신을 꼭 뵙고 싶었어요. 오늘 당신을 만났을 때 함께 있던 분이 약혼녀였죠?"

"네, 내 약혼녀였죠." 리트비노프는 '였죠'란 말에 힘을 주며 말했다.

"당신은 이제 완전히 자유롭고, 어제 있었던 모든 일이 당신의 결정을 결코 바꾸게 해서는 안 된다는 것을 말하려고 잠시 뵙고 싶었어요……"

"이리나!" 리트비노프가 외쳤다. "이렇게 말하는 이유가 뭡니까?"

그는 큰 목소리로 말했다…… 그의 말에서 무한한 열정이 느껴졌다. 이리나는 순간 저도 모르게 눈을 감았다.

"아, 사랑스러운 분!" 그녀는 더욱더 작은 목소리로, 황홀한 마음을 억누르지 못하고 속삭였다. "내가 얼마나 당신을 사랑하는지 모를 거예요. 하지만 어제서야 겨우 빚을 갚았고, 지난날의 죄를 씻었어요…… 아아! 저는 당신에게 청춘을 바치고 싶었지만 그럴 수 없었어요. 하지만 저는 당신에게 어떤 의무도 지우지 않았고, 당신이 맺은 어떤 다른 약속을 파기하게 하지도 않았어요, 오, 나의 사랑스러운 분! 원하는 것을 하세요. 당신은 공기처럼 자유롭고, 결코 구속되지 않았어요. 그걸 아세요!"

"하지만 난 당신 없이 살 수 없소, 이리나." 리트비노프는 이미 속삭이는 목소리로 그녀의 말을 끊었다. "어제 이후로 난 영원히, 영원히 당신 것이 되었소…… 나는 당신 발밑에서만 숨을 쉴 수 있소……"

그는 몸을 떨면서 그녀의 손 위로 고개를 숙였다. 이리나는 그의 떨군 머리를 바라보았다.

"그렇다면 좋아요." 그녀가 말했다. "저도 모든 준비가 되어 있고, 아무도, 아무것도 생각하지 않을 거예요. 당신이 결정하는 대로 될 거예요. 저도 영원히 당신 것이에요…… 당신의 것."

누군가가 조심스럽게 문을 두드렸다. 이리나는 몸을 굽혀 다시 한번 속삭였다. "당신 것이에요…… 안녕히 가세요!" 리트비노프는 자기 머리칼에 그녀의 입김과 입술이 닿는 것을 느꼈다. 그가 몸을 폈을 때 그녀는 이미 방 안에 없었다. 단지 그녀의 옷이 복도에서 사각거렸고, 멀리서 라트미로프의 목소리가 들려왔다. **"무슨 일이야! 안 가는 거요?"**

리트비노프는 커다란 트렁크 위에 걸터앉아 얼굴을 두 손으로 가렸다. 은은하고 상큼한 여인의 향기가 풍겨 났다…… 이리나가 두 손으로 그의 손을 꼭 쥐고 있었기 때문이다. '이건 너무…… 너무' 하고 그는 생각했다. 소녀가 방으로 들어와 그의 불안한 시선에 다시 미소를 짓더니 이렇게 말했다.

"이제 가셔야 해요……"

그는 일어나 호텔에서 나왔다. 곧장 집으로 돌아간다는 것은 생각조차 할 수 없었다. 우선 정신부터 차려야 했다. 심장이 느리게 불규칙적으로 고동쳤고, 땅이 발밑에서 살짝 흔들리는 것 같았다. 리트비노프는 다시 리흐텐탈러 알레 공원 쪽으로 향했다. 그는 결단의 순간이 왔고, 더 미루거나 숨기거나 피하는 것은 불가능하며, 타티야나와 의논해야 한다는 것을 깨달았다. 호텔 방에 앉아서 꼼짝 않고 자기를 기다리고 있는 그녀의 모습이 떠올랐다…… 그는 그녀에게 뭐라고 말할지 미리 생각했다. 하지만 어떻게 시작하고 무슨 말부터 꺼내야 할까? 그는 옳고 잘 정리된 자신의 멋진 미래를 포기했다. 그는 쳐다봐서는 안 되는 심연 속으로 자기가 무턱대고 뛰어들고 있다는 것을 알고 있었다…… 그러나 그가 당황한 이유는 그게 아니었다. 그 문제는 이미 끝난 것이고, 어떻게 심판관 앞에 나타날 것인가? 차라리 불타는 검을 휘두르는 천사인 심판관이 자기를 맞이한다면, 죄인의 마음이 훨씬 가벼워질 텐데…… 참으로 추악하다! 되돌아갈까, 다른 것을 포기할까, 이리나가 그에게 약속하고 인정한 자유를 행사할까? 아니야! 차라리 죽는 게 낫지! 아니, 그런 역겨운 자유는 필요 없어…… 그녀의 눈이 사랑스럽게 날 내려다보기만 한다면, 먼지 구덩이 속으로 떨어질 수도 있어……

"그리고리 미하일리치!" 누군가가 애처로운 목소리로 부르더니 리트비노프의 어깨에 한 손을 무겁게 얹어놓았다.

리트비노프는 다소 놀라 뒤돌아보았다. 포투긴이었다.

"용서하세요, 그리고리 미하일리치." 포투긴이 평소처럼 찡그린 얼굴을 하고 입을 열었다. "아마도 방해한 것 같군요. 멀리서 당신을 보고 나서 잠시 생각했소…… 하지만 나와 얘기할 겨를이 없다면……"

"아니요, 오히려 아주 반갑습니다." 리트비노프가 내뱉듯이 말했다.

포투긴은 그와 나란히 걸었다.

"참 좋은 저녁입니다." 그가 입을 열었다. "아주 따스해요! 산책 나온 지 오래되었나요?"

"아뇨, 좀 전에 나왔습니다."

"괜한 것을 물었군요. 실은 당신이 '유럽' 호텔에서 나오는 걸 보았습니다."

"그럼 내 뒤를 쫓아오셨나요?"

"네."

"나한테 하실 말씀이라도?"

"네." 포투긴이 들릴락 말락 하게 되뇌었다.

리트비노프는 멈춰 서서 불청객을 바라보았다. 그는 창백한 얼굴을 하고서 눈동자를 두리번거렸다. 오랫동안 누적된 오랜 슬픔이 그의 일그러진 얼굴에 배어 있는 것 같았다.

"대체 내게 무슨 말씀을 하려는 거죠?" 리트비노프는 천천히 말하고 나서 다시 앞으로 움직였다.

"허락하시면 지금 말하죠…… 괜찮으시면 여기 이 벤치에 앉읍시다. 여기가 더 편할 것 같군요."

"뭔가 비밀스러운 게 있군요." 리트비노프가 그 옆에 앉으면서 말했다. "좀 불편해 보이십니다."

"아니, 괜찮습니다. 비밀스러운 얘기는 아니고요…… 실은 당신에게 말하고 싶군요…… 당신의 약혼녀가 내게 준 인상을…… 약혼녀가 맞지요? 글쎄, 한마디로, 오늘 당신이 내게 소개한 그 아가씨 말입니다. 정말이지 나는 평생 그처럼 호감

가는 사람을 본 적이 없어요. 고결한 마음씨와 진짜 천사 같은 영혼을 지닌 분입니다."

포투긴은 역시 비통하고 슬픈 표정을 짓고서 말했다. 그 때문에 리트비노프는 그의 표정과 말 사이에서 이상한 모순을 느끼지 않을 수 없었다.

"타티야나 페트로브나에 대한 당신의 평가는 아주 정당합니다." 리트비노프가 입을 열었다. "다만 내가 놀랄 수밖에 없는 것은, 첫째 당신이 나와 그녀의 관계를 알고 있다는 것이고, 둘째 당신이 즉시 그녀의 가치를 알아차렸다는 겁니다. 그녀는 진짜 천사 같은 영혼을 지니고 있습니다. 그러나 실례지만, 당신은 이 점에 대해 나하고 얘기하려는 겁니까?"

"그녀의 가치를 금세 알아차리지 않을 수 없죠." 포투긴은 마지막 질문을 피하려는 듯이 상대방의 말을 받았다. "그녀의 눈을 한번 쳐다보기만 하면 됩니다. 그녀는 지상의 모든 행복을 누릴 자격이 있고, 그녀에게 그런 행복을 가져다줄 남자의 운명이 부럽습니다! 그 남자가 그런 운명에 어울리길 바랄 뿐이죠."

리트비노프는 살짝 눈썹을 찌푸렸다.

"실례지만, 소존트 이바니치." 그가 말했다. "솔직히 말해 우리의 대화가 아주 특이하군요…… 당신 말 속에 깃든 암시는 나에 관한 건가요?"

포투긴은 리트비노프에게 얼른 대답하지 않았다. 그는 자기 자신과 싸우고 있는 것 같았다.

"그리고리 미하일리치." 마침내 그가 말했다. "내가 당신을 완전히 오해했든지, 당신이 진실을 경청할 수 있는 능력이 있든지 둘 중 하나겠죠. 그 진실이 누구한테서 나왔건, 어떤 하잘것없는 외피를 쓰고 나타났건 말이죠. 나는 방금 당신이 어디에서 나왔는지 보았다고 말했습니다."

"그래요, '유럽' 호텔에서 나왔어요. 그런데 그게 어쨌다는 거죠?"

"당신이 거기서 누구와 만났는지도 알고 있어요!"

"뭐라고요?"

"당신은 라트미로바 부인과 만났어요."

"그래요, 그녀의 호텔 방에 있었습니다. 그래서요?"

"그래서라뇨? 타티야나 페트로브나의 약혼자인 당신은, 당신이 사랑하는…… 당신을 사랑하는 라트미로바 부인과 만났어요."

리트비노프는 순간 벤치에서 벌떡 일어났다. 피가 머리로 솟구쳤다.

"도대체 이게 뭐 하는 겁니까?" 마침내 그는 악의에 찬, 짓눌린 듯한 목소리로 말했다. "실없는 농담인가요, 스파이 짓인가요? 해명해보시오."

포투긴은 그에게 음울한 눈길을 던졌다.

"아아, 내 말에 너무 화내지 마시오, 그리고리 미하일리치. 당신이 무슨 말을 해도 나는 화내지 않아요. 그런 의도로 당신에게 말한 건 아니오. 나는 지금 농담할 기분이 아닙니다."

"아마, 그럴지도 모르죠. 난 당신 의도의 순수성을 기꺼이 믿겠소. 하지만 당신에게 묻고 싶소. 당신은 어떤 권리로 집안

일에, 남의 사적인 일에 간섭하는 겁니까? 그리고 무슨 근거로…… 당신이 꾸며낸 얘기를 그토록 자신만만하게 진실이라고 단언하는 거죠?"

"내가 꾸며낸 얘기라뇨! 만약 꾸며낸 얘기라면 당신은 그렇게 화내지 않았을 거요! 권리에 관해 말하자면, 물에 빠진 사람에게 손을 내밀 권리가 있는지 없는지 자문하는 사람이 있다는 말을 나는 아직 들어본 적이 없소."

"염려해주셔서 무척 고맙군요." 리트비노프는 발끈해서 말을 받았다. "하지만 나는 그런 염려가 전혀 필요 없습니다. 나는 사교계 부인들이 미숙한 젊은이들을 파멸시킨다, 상류사회는 부도덕하다 등등의 말은 그저 그렇고 그런 말이라고 생각하고, 심지어 어떤 의미에서는 그런 말을 경멸하기까지 합니다. 그러니 제발 구원의 손길을 거두어주시고, 내가 태연히 물에 빠지게 내버려두십시오."

포투긴은 다시 눈을 들어 리트비노프를 쳐다보았다. 그는 힘들게 숨을 내쉬며 입술을 씰룩거렸다.

"날 보시오, 젊은이." 마침내 이 한마디가 그의 입에서 무심코 튀어나왔다. 그리고 자기 가슴을 두들겼다. "정말로 내가 평범하고 독선적인 도덕주의자나 설교가로 보이시오? 정말로 내가 당신에 대한 동정심만으로—그 동정심이 아무리 강하다고 해도—이런 얘기를 했을 것 같소? 그리고 내가 무엇보다 싫어하는 것, 즉 주제넘고 뻔뻔하다고 나를 비난할 권리를 당신에게 주었을 것 같소? 정말로 이건 전혀 다른 문제라는 걸 모르겠소? 당신 앞에 있는 남자가 당신과 같은 감정 때문에 깨지고 부서져서 끝내 망가진 것을 모르겠소? 그 남자는 그런 감정의 결과로부터 당신을 미리 보호하고 싶었소. 그리고…… 그리고 상대가 같은 여자이기 때문이오!"

리트비노프는 한걸음 뒤로 물러섰다.

"이럴 수가! 당신 지금 무슨 말을 했소? 당신은…… 당신은…… 소존트 이바니치? 하지만 벨스카야 부인은…… 그 아이는……."

"아아, 내게 꼬치꼬치 캐묻지 마시고…… 나를 믿으시오! 그 음울하고 끔찍한 이야기는 당신에게 하지 않을 거요. 나는 벨스카야 부인을 잘 모르고, 그 아이는 내 아이가 아닙니다. 나는 모든 걸 스스로 떠안았어요…… 그녀가 그것을 원했고, 그렇게 하는 것이 그녀에게 필요했기 때문이오…… 그렇지 않으면 내가 왜 여기에, 당신이 혐오하는 바덴에 있겠어요? 이래도 당신은 내가 당신에 대한 동정심 때문에 감히 경고했다고 생각할 거요? 어찌 잠시라도 그런 상상을 할 수 있단 말이오? 나는 그 선량하고 아름다운 아가씨, 당신의 약혼녀가 불쌍하오. 당신의 미래나 당신들 두 사람에 대해 내가 어찌 관여하겠소? 하지만 나는 그녀가 걱정입니다…… 그녀가."

"무척 영광입니다, 포투긴 씨." 리트비노프가 입을 열었다. "그러나 당신 말에 의하면, 우리 둘 다 같은 입장에 있는데 왜 당신은 자기 자신에게 그런 훈계를 하지 않습니까? 그러니 당신의 우려를 다른 감정의 소치로 돌리지 않을 수 없군요."

"그러니까 질투 때문이라는 말이군요. 아, 젊은이, 젊은이, 감정을 숨기고 교활하게 구는 건 수치스러운 일이오. 그리고 지금 내 입이 얼마나 쓰디쓴 슬픔을 쏟아내고 있는지 이해하지 못한다면 부끄러운 일이오. 아니요, 우리의 입장은 같지 않소. 나는, 늙고 우스꽝스러운 나는 전혀 무해한 괴짜일 뿐이오…… 하지만 당신은! 그러나 이런 말을 해봐야 무슨 소용이 있겠소! 당신은 내가 맡고 있는, 기꺼이 맡고 있는 역할을 한순간도 맡으려 하지 않을 거요! 그런데 질투라고요? 실낱같은 희망조차 없는 사람은 질투하지 않소. 내가 이런 감정을 경험하는 건 이번이 처음이 아닙니다. 나는 그저 두려울 뿐이오…… 그녀가 두렵소. 내 말을 잘 이해하시오. 그녀가 나를 당신에게 보냈을 때, 그녀가 고백했던 죄의식이 이토록 멀리 그녀를 몰고 갈 줄을 내가 어찌 예상할 수 있었겠소?"

"실례지만, 소존트 이바니치, 당신은 마치 알고 있는 것 같군요……"

"난 아무것도 모르지만, 모든 것을 알고 있소. 난 알아요." 그는 이렇게 덧붙여 말하고 얼굴을 돌렸다. "그녀가 어제 어디 있었는지 압니다. 하지만 이제 그녀를 제지할 수 없소. 그녀는 내던져진 돌처럼 밑바닥까지 굴러갈 거요. 내 말이 당신을…… 당신을 즉시 멈추게 할 거라고 생각했다면 나는 지독한 바보겠지요…… 당신에게 그런 여자는…… 하지만 이 얘기는 그만하죠. 나는 나 자신을 억제할 수가 없었소, 용서하시오. 마침내 이렇게 알게 되었으니 당연히 시도해봐야죠! 아마 당신이 다시 생각해볼지도 모르고, 내가 한 말 가운데 어떤 말이 당신의 마음을 울릴지도 모르죠. 그래서 당신이 그녀도, 당신 자신도 그리고 죄 없는 아름다운 아가씨도 파멸시키지 않을지도 모르죠…… 아아! 화내지 말고, 발도 구르지 마시오! 내가 무엇을 두려워하고 왜 격식을 차려야 하나요? 지금 내가 이렇게 말하는 건 질투나 분노 때문이 아니오…… 난 기꺼이 당신 발밑에 엎드려 간청하겠소…… 하지만 안녕히 계시오. 걱정하지 마시오, 이 모든 건 비밀에 부칠 테니까. 행운을 빌겠소."

포투긴은 공원 길을 따라 걷기 시작했고, 벌써 밀려든 어스름 속으로 금세 사라졌다…… 리트비노프는 그를 붙잡지 않았다.

'끔찍하고 음울한 이야기……' 포투긴은 리트비노프에게 이렇게 말했지만, 그 이야기를 하려고 하지 않았다…… 우리는 그 이야기에 대해 몇 마디만 하도록 하자.

8년 전쯤 포투긴은 레이젠바흐 백작을 위해 일하도록 자기가 일하던 부서에서 잠시 파견되었다. 그 일은 여름에 일어났다. 포투긴은 서류를 들고 백작의 별장을 오가며 거기에서 며칠을 보내곤 했다. 그때 이리나는 백작의 집에서 살고 있었다. 그녀는 신분이 낮은 사람들을 결코 경멸하지 않았고, 적어도 그들을 피하지 않았다. 그래서 백작 부인은 그녀의 지나친 모스크바식 친절을 여러 번 꾸짖기까지 했다. 이리나는 목까지 단추를 채운 제복을 입은 이 겸손한 관리가 똑똑한 사람임을 금세 알아차렸다. 그녀는 자주, 즐겁게 그와 얘기하곤 했다…… 그런데 그는…… 그는 열렬히, 깊이, 은밀하게 그녀를 사랑하고 있었다. 은밀하게! 그는 그렇게 생각하고 있었다. 여름이 지났다. 백작은 외부 조력자가 더 이상 필요 없게 되었다. 포투긴은 이리나를 볼 수 없게 되었으나 그녀를 잊을 수 없었다. 3년쯤 지나서 포투긴은 잘 모르는, 어떤 평범한 부인에게서 아주 뜻밖의 초대를 받았다. 처음에 이 부인은 약간 주저하면서 말했지만 그가 듣게 될 모든 내용을 철저히 비밀에 부치겠다는 그의 서약을 받고 나서는…… 사교계에서 중요한 위치에 있고, 반드시 결혼해야만 하는 어떤 처녀와 결혼하지 않겠느냐고 그에게 제안했다. 부인은 이 일에 주요 인사가 관련되어 있다고 살짝 암시만 했고, 그렇게 해주면 포투긴에게 돈을…… 많은 돈을 주겠다고 약속했다. 포투긴은 이 제안에 화를 내지 않았는데, 너무 놀라서 화조차 낼 수 없었기 때문이다. 물론 그는 단호하게 거절했다. 그러자 부인은 그에게 쪽지를 건넸다. 이리나가 보낸 것이었다. "당신은 고결하고 선량한 분입니다." 그녀는 이렇게 쓰고 있었다. "당신은 저를 위해 모든 것을 하리라는 걸 알아요. 그래서 이런 희생을 부탁드리는 겁니다. 당신은 저에게 소중한 사람을 구할 거예요. 그녀를 구하는 것이 저를 구해주시는 거예요…… 그 이유는 묻지 마세요. 그 누구에게도 감히 이런 부탁을 할 수 없지만, 당신에게 두 손을 내밀며 저를 위해 이 일을 해달라고 말씀드립니다." 포투긴은 깊이 생각하고 나서 이리나 파블로브나를 위해 기꺼이 많은 일을 하겠지만 그녀의 입으로 직접 그 소망을 듣고 싶다고 말했다. 만남은 그날 저녁에 이루어졌다. 그들의 만남은 오래 지속되지 않았고, 그 부인 외에 아무도 그 만남에 대해 알지 못했다. 이리나는 이미 레이젠바흐 백작의 집에서 살고 있지 않았다.

"당신은 왜 하필 나를 생각해냈죠?" 포투긴이 그녀에게 물었다.

그녀는 그의 장점에 대해 막 늘어놓으려고 하다가 돌연 그만두었다……

"아뇨." 그녀가 말했다. "당신에게는 진실을 말해야겠어요. 당신이 날 사랑하고 있다는 걸 알고 있었고, 지금도 알고 있어요. 그래서 감히 이런 결심을 했어요……" 그러더니 그녀는 그에게 모든 것을 이야기했다.

엘리자 벨스카야는 고아였다. 친척들은 그녀를 좋아하지 않았고, 그녀의 유산만을 기대하고 있었다…… 그녀는 파멸에 직면해 있었다. 그녀를 구해주면, 모든 것의 원인이었던 그 남자, 지금은 이리나와 아주 가까운 사이인 그 남자를 이리나가 실제로 도와주는 것이었다…… 포투긴은 말없이 오랫동안 이리나를 바라보다가 마침내 승낙했다. 그녀는 울음을 터뜨렸고 눈물로 범벅이 되어 그의 목에 매달렸다. 그도 눈물을 흘렸다…… 하지만 그들의 눈물은 달랐다. 이미 비밀 결혼을 위한 모든 준비가 되어 있었고, 강력한 손이 모든 장애를 제거했다…… 그러나 복통이 시작되었다…… 그 자리에서 여자아이가 태어났고, 엄마는 독을 마시고 자살했다…… 이 어린애를 어찌할 것인가? 포투긴은 그 아이를 역시 같은 손, 즉 이리나의 손에서 받아 자기가 맡기로 했다.

이 끔찍하고 음울한 이야기는…… 지나치기로 하자, 독자여, 그냥 지나치기로 하자!

한 시간이 더 지나서야 리트비노프는 숙소로 돌아가기로 결심했다. 그가 숙소 근처에 왔을 때, 갑자기 등 뒤에서 발자국 소리가 들렸다. 누군가가 그의 뒤를 집요하게 따라오고 있었다. 리트비노프가 빨리 걸으면 그 사람도 빨리 걸었다. 가로등 아래까지 와서 리트비노프가 돌아서 보니 바로 라트미로프 장군이었다. 하얀 넥타이에 멋진 외투를 걸쳐 입고, 연미복 단춧구멍에 금줄로 수많은 별과 십자 장식을 달고 있는 장군은 만찬회에서 혼자 돌아오고 있는 중이었다. 리트비노프를 똑바로 불손하게 바라보는 그의 시선에는 경멸과 증오가 어려 있었다. 그의 모습이 너무나 완강하고 도전적이어서 리트비노프는 그를 향해 마지못해 걸어가서 '스캔들'에 당당히 맞서는 것이 자기 의무라고 생각했다. 그러나 리트비노프와 나란히 서게 되자 장군의 얼굴이 순식간에 변했다. 그의 얼굴에 평소처럼 장난기 어린 우아함이 다시 나타났고, 연한 보랏빛 장갑을 낀 손으로 그는 반질거리는 모자를 들어 올렸다. 리트비노프는 말없이 모자를 벗었고, 각자 자기 길을 걸어갔다.

'필시 그가 뭔가를 눈치챘어!' 리트비노프는 생각했다.

'하다못해…… 누군가 다른 남자였다면!' 장군은 생각했다.

리트비노프가 두 숙녀의 방에 들어섰을 때, 타티야나는 고모와 피케*를 하고 있었다.

"당신도 참 대단하네요, 세상에!" 카피톨리나 마르코브나는 이렇게 외치더니 카드를 테이블 위에 던졌다. "도착한 첫날부터 저녁 내내 사라지다니! 우리는 당신을 기다리고 또 기다리다가 욕설을 퍼붓고 있었어요……"

"고모님, 저는 아무 말도 하지 않았어요." 타티야나가 말

---

* 두 사람이 32장의 패로 하는 카드놀이의 일종.

했다.

"그야 너는 모두가 아는 얌전한 아이니까! 부끄럽게 여기시게, 선생! 아직은 약혼자니까!"

리트비노프는 간신히 용서를 빌고 테이블에 앉았다.

"왜 카드놀이를 그만두셨어요?" 그는 잠시 잠자코 있다가 물었다.

"나 원 참! 우린 따분해서 카드를 해요, 할 일이 아무것도 없을 때…… 그런데 지금은 당신이 왔잖아요."

"만약 저녁 음악회에 가고 싶으시다면, 기꺼이 안내하겠습니다." 리트비노프가 말했다.

카피톨리나 마르코브나는 조카딸의 얼굴을 바라보았다.

"가요, 고모님, 저는 준비되어 있어요." 타티야나가 말했다. "하지만 집에 있는 게 더 낫지 않을까요?"

"하긴 그래! 우리식으로, 모스크바식으로 사모바르를 끓여서 차나 마시자. 그리고 실컷 수다나 떨자. 우리는 아직 얘기도 충분히 못 했어."

리트비노프는 차를 가져오라고 일렀으나 수다를 잘 떨지는 못했다. 그는 끊임없이 양심의 가책을 느꼈다. 그가 무슨 말을 해도, 그에겐 모든 게 거짓말 같고 타티야나가 알아챈 것 같았다. 그러나 그녀에게는 어떤 변화도 보이지 않았다. 그녀는 여전히 자연스럽게 처신했다…… 하지만 그녀의 눈길만은 한 번도 리트비노프에게 머물지 않았고, 어쩐지 관대하고 소심하게 그의 얼굴을 스쳐 지나갔다. 그녀의 안색은 평소보다 더 창백했다.

카피톨리나 마르코브나는 머리가 아픈 게 아니냐고 그녀에게 물었다.

타티야나는 처음엔 아니라고 대답하려다가 생각을 고쳐먹고는 "네, 조금요"라고 말했다.

"여행 때문에." 리트비노프가 말하고 나서 부끄러운 나머지 얼굴을 붉혔다.

"여행 때문에." 타티야나가 되뇌었다. 그녀의 시선이 다시 그의 얼굴을 스쳐 지나갔다.

"쉬어야 해, 타네치카."

"곧 잠자리에 들게요, 고모님."

테이블 위에는 프랑스어로 쓰인 「**여행 안내**」가 놓여 있었다. 리트비노프는 바덴 부근 지역에 대한 묘사를 큰 소리로 읽기 시작했다.

"모든 게 다 그렇지만," 카피톨리나 마르코브나가 그의 낭독을 가로막았다. "이건 잊어서는 안 돼. 여기는 아마포가 아주 싸다고 하니 혼숫감으로 사면 좋겠어."

타티야나는 눈을 내리떴다.

"시간이 많아요, 고모님. 그런데 고모님은 자기 생각은 전혀 안 하시네요. 고모님 옷을 꼭 맞춰야 해요. 여기서는 모두들 옷을 화려하게 입고 걸어 다니는 거 보셨죠?"

"에이, 그게 무슨 소리야! 뭐 하러? 세련된 옷차림은 내 성미에 안 맞아! 내가 그리고리 미하일리치가 아는 여자처럼 잘생겼으면 또 모르지. 그런데 그 부인 이름이 뭐죠?"

"제가 아는 여자라뇨?"

"우리가 오늘 만났던 그 여자 말예요."

"아, 그 부인요!" 리트비노프는 짐짓 태연한 척 말했다. 그는 다시 자신이 역겹고 부끄러워졌다. '아니야' 하고 그는 생각했다. '계속 이럴 수는 없어.'

그는 자기 약혼녀 옆에 앉아 있었지만, 그녀에게서 몇 센티 떨어진 자기 옆주머니 속에는 이리나의 손수건이 들어 있었다.

카피톨리나 마르코브나는 잠시 옆방으로 갔다.

"타냐……" 리트비노프는 간신히 말했다. 그는 오늘 처음으로 그녀를 친근하게 불렀다.

그녀가 그를 돌아보았다.

"나는…… 나는 뭔가 아주 중요한 말을 당신에게 해야 해요……"

"아! 정말요? 언제? 지금?"

"아니, 내일."

"아! 내일요. 네, 좋아요."

그 순간 무한한 연민의 감정이 리트비노프의 가슴에 넘쳐났다. 그는 타티야나의 손을 잡고 마치 죄인처럼 황송하게 입을 맞췄다. 그녀의 심장이 살짝 오그라들었지만, 그녀는 이 입맞춤이 기쁘지 않았다.

밤 1시가 지나 조카딸과 한방에서 자고 있던 카피톨리나 마르코브나가 별안간 머리를 쳐들고 귀를 기울였다.

"타냐!" 그녀가 말했다. "너 울고 있니?"

타티야나는 이내 대답하지 않았다.

"아뇨, 고모님." 그녀의 부드러운 목소리가 들렸다. "코감기에 걸렸어요."

20

'왜 나는 그녀에게 그런 말을 했을까?' 리트비노프는 다음
날 아침 자기 방 창가에 앉아 생각했다. 그는 화가 나서 어깨
를 으쓱했다. 그는 자신의 모든 퇴로를 끊어버리려고 타티야나
에게 그런 말을 했던 것이다. 창문에는 이리나의 쪽지가 놓여
있었다. 그녀는 그에게 12시까지 자기에게 와달라고 했다. 포
투긴의 말이 끊임없이 그의 머릿속에 떠올랐다. 그의 말은 희
미하지만 불길한 땅울림 소리 같았다. 그는 화가 났지만 그 소
리에서 벗어날 수 없었다. 누군가가 문을 두드렸다.

"**누구요?**" 리트비노프가 물었다.

"아! 집에 계시는군! 문 좀 여시오!" 빈다소프의 낮고 목쉰
소리가 울렸다.

자물쇠 손잡이가 삐걱거렸다.

리트비노프는 격분하여 얼굴이 창백해졌다.

"나는 집에 없소." 그가 날카롭게 말했다.

"집에 없다고? 대체 이게 무슨 농담이오?"

"집에 없다고 하잖소. 물러가시오."

"참 친절하기도 하시군! 돈을 좀 꾸러 왔구먼." 빈다소프가
웅얼거렸다.

그는 평소처럼 구두 뒤축을 쿵쿵 울리며 물러났다.

리트비노프는 하마터면 벌떡 일어나 그를 뒤쫓아 갈 뻔했다. 이 역겹고 뻔뻔스러운 사내의 목을 비틀어버리고 싶었던 것이다. 그는 요즘 며칠 사이에 일어난 사건으로 신경이 곤두서 있었다. 조금만 더 신경을 썼으면, 그는 울음을 터뜨렸을 것이다. 그는 냉수 한 컵을 들이켜고 자신도 이유를 모른 채 가구의 모든 서랍을 자물쇠로 잠그고 타티야나에게로 갔다.

그녀는 혼자 있었다. 카피톨리나 마르코브나는 쇼핑하러 상점에 가고 없었다. 타티야나는 소파에 앉아 두 손으로 조그만 책을 쥐고 있었다. 그녀는 그 책을 읽지 않았고, 심지어 그 책이 무슨 책인지도 몰랐다. 그녀는 움직이지 않았지만 심장이 강하게 고동쳤고, 목 언저리의 하얀 깃이 눈에 띄게 규칙적으로 떨리고 있었다.

리트비노프는 당혹스러웠다…… 하지만 그녀 곁에 앉아 인사를 하고 미소를 지었다. 그녀도 말없이 그에게 미소를 지었다. 그가 방에 들어오자 그녀는 고개를 숙였는데, 정중하지만 다정스럽지는 않았다. 그녀는 그를 쳐다보지 않았다. 그가 한 손을 내밀자 그녀는 그에게 차가운 손가락을 내주었다가 금세 빼내어 다시 책을 쥐었다. 리트비노프는 별로 중요하지 않은 화제로 대화를 시작하는 것은 그녀를 모욕하는 일이라고 느꼈다. 그녀는 평소처럼 아무 요구도 하지 않았지만 그녀 안의 모든 것은 '나는 기다리고 있어요, 기다리고 있어요'라고 말하고 있었다. 그러나 그는—간밤에 줄곧 이것만 생각하고 있었지만—첫마디를 준비하지 않아서 어떻게 이 잔인한 침묵을 깨야 할지 도무지 알 수 없었다.

"타냐." 마침내 그가 입을 열었다. "어제 당신에게 뭔가 중요한 얘기를 할 게 있다고 말했지요. (그는 드레스덴에서 단둘이 얘기하면서 그녀를 '그대'라고 친근하게 부르기 시작했지만, 지금은 그런 것을 생각할 수도 없었다.) 이제 말할 참인데, 미리 당부하지만 제발 나를 원망하지 말고 당신에 대한 내 감정이 이렇다는 것을 믿어줘요⋯⋯."

그는 말을 멈추었다. 숨이 막혔던 것이다. 타티야나는 여전히 움직이지 않았고, 그를 쳐다보지 않았다. 다만 전보다 책을 더욱 꼭 쥐고 있었다.

"우리는," 리트비노프는 시작한 말을 맺지 못하고 말을 이었다. "우리는 항상 서로에게 더할 나위 없이 솔직했어요. 나는 당신을 너무나 존경해서 속일 수가 없어요. 당신의 고결하고 자유로운 영혼을 존중하고 있다는 것을 당신에게 증명하고 싶소. 비록 내가⋯⋯ 비록, 물론⋯⋯."

"그리고리 미하일리치," 타티야나는 침착한 목소리로 말하기 시작했으나, 그녀의 얼굴은 죽은 사람처럼 창백했다. "제가 당신을 도와드리죠. 당신은 더 이상 저를 사랑하지 않는데, 그 말을 어떻게 해야 할지 모르는 거예요."

리트비노프는 저도 모르게 몸을 떨었다. "왜?⋯⋯" 그는 겨우 알아들을 만한 목소리로 말했다. "왜 그렇게 생각했죠?⋯⋯ 나는 정말 모르겠어요⋯⋯."

"그럼 사실이 아닌가요? 사실이 아니라고 말해주세요, 말해주세요."

타티야나는 리트비노프를 향해 몸을 돌렸다. 머리칼을 뒤로 젖힌 그녀의 얼굴이 그의 얼굴에 가까이 다가왔다. 오랫동안 그를 외면하고 있던 그녀의 두 눈이 그의 눈을 뚫어져라 쳐다보았다.

"사실이 아닌가요?" 그녀가 되뇌었다.

그는 아무 말도 하지 않고 아무 소리도 내지 않았다. 그녀가 그를 믿을 테고, 그의 거짓말이 그녀를 구할 수 있다는 것을 설령 그가 알았다고 해도 그는 이 순간에 거짓말을 할 수 없었을 것이다. 심지어 그는 그녀의 눈길을 견뎌낼 수 없었다. 리트비노프는 아무 말도 하지 않았지만, 그녀에겐 더 이상 대답이 필요 없었다. 그녀는 그의 침묵에서, 죄의식을 느끼는 그의 내리뜬 두 눈에서 그 대답을 읽어낼 수 있었다. 그녀는 몸을 뒤로 젖히고 나서 그만 책을 떨어뜨렸다…… 그녀는 그 순간까지도 여전히 의심하고 있었다. 리트비노프도 이걸 알았다. 다시 말해 그녀가 아직도 의심하고 있다는 것을 그는 깨달았다. 그가 저지른 모든 것은 너무나 추악하고, 정말로 너무나 추악한 것이었다!

그는 그녀 앞에 털썩 무릎을 꿇었다.

"타냐!" 그는 외쳤다. "내가 이런 입장에 처한 당신을 보는 것이 얼마나 괴로운지, 내가…… 내가 한 짓을 생각하는 것이 얼마나 끔찍한 일인지 당신은 알아야 해요! 내 심장은 갈기갈기 찢어졌어요. 나도 나 자신을 모르겠어요. 나는 나 자신도, 당신도 잃어버렸어요. 모든 것이…… 모든 것이 망가졌어요, 타냐, 모든 것이! 내가…… 내가 당신에게, 나의 최고의 친구이자 수호천사인 당신에게 이런 타격을 가하리라고는 꿈에도 생각지 못했어요!…… 우리가 이렇게 만나 어제와 같은 그런 하루를 보내리라고는 전혀 생각지 못했어요!……"

타티야나는 일어나서 물러나려고 했다. 그는 그녀의 옷자락을 잡고 만류했다.

"아니, 내 말을 조금만 더 들어줘요. 보다시피 나는 당신 앞에 무릎을 꿇고 있소. 나는 용서를 빌러 온 건 아니오. 당신은 나를 용서할 수도 없고 용서해서도 안 돼요. 당신의 친구는 파멸했고, 나락으로 떨어지고 있고, 거기로 당신을 끌고 가고 싶지 않다는 것을 말하려고 왔어요…… 나를 구해줘요…… 아뇨! 당신조차도 나를 구할 수 없어요…… 내가 당신을 밀어낼 거요…… 나는 파멸했소, 타냐, 나는 완전히 파멸했소!"

타티야나는 리트비노프를 바라보았다.

"당신이 파멸했다고요?" 그의 말을 완전히 이해하지 못한 듯이 그녀가 말했다. "당신이 파멸했다고요?"

"그래요, 타냐, 나는 파멸했소. 이전의 모든 것, 소중했던 모든 것, 지금껏 내가 의지하고 살아왔던 모든 것이 내게서 사라져버렸어요. 모든 것이 파괴되고, 모든 것이 끊어졌어요…… 당신은 방금 전에 내가 더 이상 당신을 사랑하지 않는다고 말했죠…… 아니요, 타냐, 나는 당신을 사랑하지 않는 게 아니오. 하지만 무섭고 저항할 수 없는 다른 감정이 급류처럼 나를 덮친 거요. 나는 내가 할 수 있는 한 저항했어요."

타티야나는 자리에서 일어났다. 그녀는 눈살을 찌푸렸고, 창백한 얼굴은 어두워졌다. 리트비노프도 일어섰다.

"당신은 다른 여자를 사랑하게 되었군요." 그녀가 입을 열었다. "그 여자가 누군지 짐작이 가요…… 어제 우리는 그 여자를 만났어요, 그렇죠?…… 좋아요! 이제 제가 해야 할 일을 알겠어요. 당신 스스로 당신 마음속에 일어난 그 감정은 변할 수 없다고 말씀하셨으니…… (타티야나는 잠시 말을 멈추었다. 그녀는 리트비노프가 이 마지막 말을 흘려버리지 않고 이의를 제기하리라고 아직 기대하고 있었다. 그러나 그는 아무 말도 하지 않았다.) 저는 당신에게…… 당신의 약속을 되돌려주는 수밖에 없어요."

리트비노프는 마치 맞아야 하는 매를 묵묵히 맞는 것처럼 고개를 숙였다.

"당신은 내게 화낼 권리가 있어요." 그가 말했다. "당신은 내가 소심하고 당신을 기만했다고 비난할 충분한 권리가 있어요."

타티야나는 다시 그를 바라보았다.

"저는 당신을 비난하지 않아요, 리트비노프, 당신을 책망하지 않아요. 저도 당신과 같은 생각이에요. 가장 쓰디쓴 진실도 어제 있었던 일보다는 나아요. 이제 우리의 삶은 어떻게 될까요!"

'이제 내 삶은 어떻게 될까!' 이 말이 리트비노프의 마음속에 슬프게 울렸다.

타티야나는 침실 문 쪽으로 가까이 다가갔다.

"잠시 저 혼자 있게 해주세요, 그리고리 미하일리치. 다시 만나 다시 이야기해요. 이 모든 일이 너무 뜻밖이라서 저는 좀 기운을 차려야 해요…… 저를 혼자 있게 해줘요…… 저의 오만함을 용서해주세요. 우리 다시 만나요."

이렇게 말하고 나서 타티야나는 재빨리 물러나 방문을 잠갔다.

리트비노프는 정신이 몽롱하고 넋이 나간 사람처럼 거리로 나왔다. 어둡고 육중한 무언가가 그의 가슴 깊숙이 들어앉았다. 다른 사람의 목을 베어본 사람은 이런 느낌을 경험했을 것이다. 동시에 그는 마침내 혐오스러운 짐을 내려놓은 것처럼 기분이 홀가분해졌다. 타티야나의 관대함이 그를 묵사발로 만들어버렸다. 그는 자기가 잃어버린 모든 것을 생생하게 느끼고 있었다…… 하지만 어찌 된 일인지 그의 후회와 노여움이 뒤섞여 있었다. 유일하게 남은 은신처인 이리나에게 몹시 가고 싶으면서도 동시에 그녀에게 화가 났다. 요 며칠째 리트비노프의 감정은 날마다 더욱더 복잡하고 혼란스러워졌다. 이 혼란함이 그를 괴롭히고 초조하게 만들었다. 그는 이 혼돈 속에서 어쩔 줄을 몰랐다. 그는 한 가지만을 갈망하고 있었다. 그것이 어떤 길이라도 좋으니 그 길로 나가고 싶었다. 이 이해할 수 없는 어스름 속에서 그만 헤매고 싶었다. 리트비노프 같은 적극적인 사람들은 열정에 사로잡혀서는 안 된다. 열정은 그들의 삶의 의미를 파괴하기 때문이다…… 그러나 자연은 논리, 우리 인간의 논리에 대처할 수 없다. 자연에는 우리가 이해하지 못하는 나름의 논리가 있고, 자연이 수레바퀴처럼 우리를 덮칠 때까지 우리는 자연의 논리를 인정하지 않는다.

타티야나와 헤어지고 나서 리트비노프의 마음속에는 이리나를 만나야 한다는 한 가지 생각밖에 없었다. 그는 그녀에게로 갔다. 그러나 장군이 집에 있었다. 어쨌든 수위가 그렇게 말했다. 그는 안으로 들어가고 싶지 않았다. 위선을 떨 수 없다고 느낀 그는 교제의 집을 향해 느릿느릿 걸어갔다. 리트비노프가 위선을 떨지 못한다는 것은 이날 우연히 그와 만난 보로실로프와 피시찰킨도 직접 경험했다. 리트비노프는 보로실로프에게 "자네는 북처럼 속이 텅 비었다"고 불쑥 말했고, 피시찰킨에게는 "자네가 너무 따분해서 졸도할 지경"이라고 내뱉었다. 빈다소프와 마주치지 않은 게 그나마 다행이었다. 빈다소프와 만났다면 그야말로 '대소동'이 벌어졌을 것이다. 두 젊은이는 깜짝 놀랐다. 보로실로프는 장교로서의 명예 때문에 결투를 신청해야 하지 않을까 자문할 정도였다. 하지만 그는 고골의 단편에 등장하는 피로고프 중위처럼 카페에 들러 샌드위치를 먹으며 스스로를 달랬다. 리트비노프는 멀리서 카피톨리나 마르코브나를 보았다. 그녀는 알록달록한 망토를 걸치고 이 가게 저 가게를 바삐 뛰어다니고 있었다…… 그는 이 선량하고 우스꽝스럽고 고결한 마음씨를 가진 노처녀를 보고 양심의 가책을 느꼈다. 그리고 그는 포투긴과 나눈 어제의 대화를 떠올렸다…… 바로 그때 감지할 수는 없지만 의심할 여지가 없는 무언가가 느껴졌다. 떨어지는 그림자에서 바람이 일었다면, 그것을 더 쉽게 감지했을 것이다. 하지만 그는 즉시 이리나가 가까이 다가오고 있다는 것을 느꼈다. 실제로 그녀는 그로부터 몇 발짝 떨어진 곳에서 다른 부인과 팔짱을 끼고 나타났다. 그들의 눈이 금방 마주쳤다. 이리나는 리트비노프의 표정에서 뭔가 특별한 것을 알아챈 것 같았다. 그녀는 슈바르츠발트산 작은 나무 시계를 잔뜩 늘어놓고 팔고 있는 상점 앞에 멈춰 서더니 머리를 움직여 그를 불렀다. 그녀는 이 시계들 중 하나를 가리키며 위쪽에 색칠한 뻐꾸기가 있는 예쁜 문자판을 보라고 하면서 마치 이미 꺼낸 말을 계속하듯이 속삭임이 아닌 평소의 목소리로—이게 다른 사람들의 주의를 덜 끈다고 생각했기 때문이다—말했다.

"한 시간 후에 오세요. 집에 혼자 있을 거예요."

그때 마침 여자들에게 알랑거리기 좋아하는 베르디에 씨가 그녀에게 급히 달려와서 그녀의 낙엽 색깔 옷과 이마에 푹 눌러쓴 춤이 낮은 스페인풍 모자를 보고 열광하기 시작했다……리트비노프는 군중 속으로 사라졌다.

21

"그리고리," 두 시간 후에 이리나가 그에게 말했다. 그녀는 침대 겸 소파에 그와 나란히 앉아 그의 어깨 위에 두 손을 얹고 있었다. "무슨 일이죠? 지금, 빨리 말해봐요, 우리 둘만 있을 때."

"나 말이오?" 리트비노프가 말했다. "나는 행복해요, 행복해. 이게 나한테 일어난 일이오."

이리나는 눈을 내리뜨고 웃고 나서 한숨을 내쉬었다.

"그건 질문에 대한 답변이 아니잖아요."

리트비노프는 생각에 잠겼다.

"그럼 말하지…… 당신이 꼭 알고 싶어 하니까. (이리나는 눈을 크게 뜨고 약간 뒤로 물러났다.) 나는 오늘 약혼녀에게 모든 걸 말했어요."

"모든 걸 말했다고요? 내 이름도?"

리트비노프는 심지어 손뼉을 치기까지 했다.

"이리나, 제발, 어떻게 그런 생각을 할 수 있소! 내가……"

"미안해요…… 용서하세요. 그럼 무슨 말을 했죠?"

"그녀를 더 이상 사랑하지 않는다고 말했소."

"그녀는 그 이유를 물었겠죠?"

"나는 다른 여자를 사랑하게 되었고, 우리는 헤어져야 한다고 솔직히 말했어요."

"그래요…… 그녀는 뭐라고 말했나요? 동의했나요?"

"아, 이리나! 그녀는 정말 좋은 여자요! 그녀는 헌신과 고결함 그 자체요."

"믿어요, 믿어요…… 하지만 그녀는 그렇게 할 수밖에 없었겠죠."

"그리고 한마디의 비난도, 한마디의 신랄한 말도 내게 하지 않았어요. 자신의 일생을 망쳐놓고 자신을 기만하고 무정하게 자신을 버린 남자에게 말이오……"

이리나는 자기 손톱을 들여다보았다.

"말해주세요, 그리고리…… 그녀는 당신을 사랑했나요?"

"네, 그래요, 이리나. 그녀는 나를 사랑했어요."

이리나는 잠자코 옷의 주름을 폈다.

"솔직히 말해," 그녀는 입을 열었다. "당신이 왜 돌연 그녀에게 고백할 생각을 했는지 잘 모르겠어요."

"왜라니요, 이리나! 정말로 당신은 내가 그녀 앞에서, 그 순수한 영혼 앞에서 거짓말을 하고 연극을 하길 바란단 말이오? 혹은 당신 생각에……"

"저는 아무 생각도 하지 않았어요." 이리나가 그의 말을 잘랐다. "솔직히 말해 그녀에 대해 별로 생각하지 않았어요…… 저는 한 번에 두 사람을 생각할 수 없어요."

"그러니까 당신이 하고 싶은 말은……"

"그럼, 어쩌죠? 그녀는 이곳을 떠나나요? 그 순수한 영혼 말이에요." 이리나가 다시 그의 말을 가로막았다.

"나는 아무것도 몰라요." 그가 대답했다. "그녀와 한 번 더 만나야 해요. 하지만 그녀는 이곳을 떠날 거요."

"아! 행복한 여정이길!"

"그래요, 그녀는 이곳을 떠날 거요. 하지만 나는 지금도 그녀 생각을 하지 않아요. 나는 당신이 내게 한 말, 내게 한 약속을 생각하고 있어요."

이리나는 눈을 치떠 그를 바라보았다.

"고마움을 모르시는군요! 당신은 아직도 만족하지 않으세요?"

"그럼요, 이리나, 만족하지 않아요. 당신은 나를 행복하게 해 주었지만 나는 만족하지 않아요. 당신도 내 말을 이해할 거요."

"그러니까 내가……"

"그래요, 당신도 이해하고 있소. 당신이 한 말을, 당신이 내게 썼던 편지를 떠올려봐요. 나는 다른 사람과 당신을 나눠 가질 수 없어요. 아니, 아니요, 나는 숨겨놓은 정부의 가련한 역할엔 동의할 수 없어요. 나는 내 인생뿐만 아니라 다른 사람의 인생까지도 당신 발밑에 던져버렸소. 나는 모든 것을 버렸고, 모든 것을 산산조각 내버렸소. 후회도 없이, 영원히. 그 대신 나는 믿어요, 굳게 믿고 있어요. 당신이 약속을 지키고, 당신의 운명이 나의 운명과 영원히 합쳐지리라는 것을……"

"제가 당신과 함께 도망가길 원해요? 저는 준비되어 있어요…… (리트비노프는 감격해서 그녀의 두 손에 입을 맞추었다.) 저는 약속을 깨지 않겠어요. 하지만 어려운 일들을 잘 생각해 보았나요…… 지금은 준비되었나요?"

"나요? 무엇을 생각하거나 준비할 시간이 없었소. 아무것도 생각하지 못했고 준비도 하지 못했어요. 하지만 '예스'라고만 말해줘요. 그러면 행동하겠어요, 한 달 안에……"

"한 달! 두 주 후에 우리는 이탈리아로 떠나요."

"두 주면 충분해요. 오, 이리나! 당신은 내 제안을 냉담하게 받아들이는 것 같군요. 아마, 내 제안을 헛된 생각이라 여기겠죠. 하지만 나는 어린아이가 아니고, 공상을 즐기는 데 익숙하지도 않아요. 이것이 얼마나 무서운 걸음인지, 내가 얼마나 무거운 책임을 져야 하는지도 알아요. 하지만 다른 출구는 없소. 뿐만 아니라 나는, 내가 당신에게 제물로 바친 그 처녀의 눈에 비겁한 거짓말쟁이로 보이지 않도록 과거와의 모든 관계를 끊어버려야만 해요!"

별안간 이리나가 꼿꼿이 몸을 폈다. 그녀의 두 눈이 빛나기 시작했다.

"용서하세요, 그리고리 미하일리치! 만일 내가 결심한다면,

만일 내가 도망간다면, 날 위해, 오직 날 위해 도망가는 사람과 함께 도망간다면, 혈관에 피 대신 **물을 탄 우유**가 흐르는 차분한 아가씨가 볼 때, 그건 품위를 지키기 위한 행동은 아니잖아요. 그리고 또 한 가지 말할게요. 솔직히 말해, 제가 호감을 갖고 있는 사람이 동정을 받아야 하고 가련한 역할을 하고 있다는 것을 처음 듣게 되었어요! 나는 더욱 가련한 역할을 알고 있어요. 자기 마음속에 무슨 일이 일어나고 있는지 자신도 모르는 사람의 역할 말이에요!"

이번엔 리트비노프가 꼿꼿이 몸을 폈다.

"이리나." 그가 막 입을 열려고 했다……

그러나 그녀는 돌연 양 손바닥을 이마에 대고 격렬하게 몸을 떨며 그의 가슴에 몸을 던지더니 여자답지 않은 강한 힘으로 그를 껴안았다.

"용서해줘요, 용서해줘요." 그녀는 떨리는 목소리로 말하기 시작했다. "용서해줘요, 그리고리. 당신은 내가 얼마나 타락하고, 얼마나 혐오스럽고, 얼마나 질투가 많고 악한지 보고 계세요! 또 내가 당신의 도움과 관대함을 얼마나 필요로 하는지 보고 계세요! 그래요, 나를 구해줘요, 내가 완전히 파멸하기 전에 나를 이 심연에서 꺼내줘요! 그래요, 도망쳐요, 이 사람들로부터, 이 사교계로부터 아름답고 자유로운, 어느 먼 나라로 도망가요. 아마 당신의 이리나는, 당신이 그녀를 위해 치른 희생보다, 마침내 더 가치 있는 여자가 될 거예요. 내게 화내지 말아요, 용서해줘요, 그리고리. 잊지 마세요, 나는 당신이 명령하는 모든 것을 할 테고, 당신이 날 데려간다면 어디든지 가겠어요!"

리트비노프는 심장이 터질 듯이 행복했다. 이리나는 젊고 유연한 온몸을 전보다 더욱 강하게 그에게 밀착시켰다. 그는 헝클어진 향긋한 머리칼 위로 몸을 굽히고, 감사와 환희에 도취되어 그녀의 머리칼을 감히 만지지도, 머리칼에 입을 맞추지도 못했다.

"이리나, 이리나." 그는 되뇌었다. "나의 천사……"

그녀는 갑자기 머리를 쳐들고 귀를 기울였다……

"저건 남편의 발소리예요…… 남편이 자기 방으로 들어갔어요." 그녀는 이렇게 속삭이고 민첩하게 몸을 움직여 안락의자에 앉았다. 리트비노프는 자리에서 일어서려고 했다…… "어디로 가시게요?" 그녀는 여전히 속삭이듯 말했다. "여기 계세요. 그 사람은 이미 당신을 의심하고 있어요. 아니면, 그 사람이 두려운가요?" 그녀는 문에서 눈을 떼지 않았다. "그래요, 남편이에요. 곧 여기로 올 거예요. 나에게 무슨 얘기든 하세요, 말하세요." 리트비노프는 당장 아무 생각도 떠오르지 않아 잠자코 있었다. "내일 극장에 가지 않으실래요?" 그녀가 큰 소리로 말했다. "지금 오래된 희곡 「물 한 잔」*이 공연 중이에요. 플레시가 엄청 잘난 체를 하죠…… 우린 꼭 열병에 걸린 것 같아요." 그녀는 목소리를 낮추어 덧붙여 말했다. "그래선 안 돼요. 잘 생각해야 해요. 미리 말해두지만, 내 돈은 모두 남편이 가지고 있어요. **하지만 내겐 보석이 있어요.** 스페인으로 갈까요?" 그녀는 다시 목소리를 높였다. "왜 여배우들은 모두 뚱

---

* 프랑스 극작가 외젠 스크리브의 희곡.

뚱해질까요? 그 마들렌 브로앙만 해도 그래요…… 말 좀 하세요, 가만히 앉아 계시지만 말고요. 머리가 어지러워요. 하지만 당신은 나를 의심해서는 안 돼요…… 내일 당신이 어디로 와야 하는지 알려드릴게요. 다만 그 아가씨에게는 괜히 말하셨어요…… **아, 이건 참 매혹적이군요!**" 그녀는 갑자기 외치더니 신경질적으로 웃고 나서 손수건 가장자리의 주름 장식을 잡아 뜯었다.

"들어가도 되오?" 옆방에서 라트미로프가 물었다.

"들어오세요…… 들어와요."

문이 열렸고, 문지방에 장군이 나타났다. 그는 리트비노프를 보고 살짝 얼굴을 찌푸렸지만 인사를 했다. 즉 상체를 한 번 흔들어 움직였다.

"손님이 계신 줄 몰랐군." 그가 말했다. "**실례를 용서해주시오.** 그런데 당신은 여전히 바덴을 즐기고 있군요, 무슈…… 리트비노프."

라트미로프는 리트비노프의 성을 말하면서 항상 더듬거렸다. 마치 매번 성을 잊어버려 얼른 생각나지 않는 것처럼…… 이러면서, 그리고 인사할 때 모자를 아주 높이 들어 올리면서 그에게 모욕을 주려고 했다.

"이곳은 따분하지 않군요, **무슈 제너랄.**"

"정말로요? 나는 바덴에 아주 싫증이 났습니다. 우리는 곧 여기를 떠날 겁니다, 그렇지, 이리나 파블로브나? 바덴은 **이제 지겨워.** 하지만 오늘 당신의 행복을 위해 5백 프랑을 땄지."

이리나는 아양을 떨며 한 손을 내밀었다.

"돈은 어디에 있어요? 좀 주세요. 장식 핀이라도 사게."

"나중에, 나중에 주지…… 벌써 가시게요, 무슈…… 리트비노프."

"네, 보시다시피 막 가려던 참이었습니다."

라트미로프는 다시 상체를 흔들었다.

"또 만납시다!"

"안녕히 가세요, 그리고리 미하일리치." 이리나가 말했다. "저는 약속을 지킬 거예요."

"약속이라니? 무슨 약속일까?" 남편이 물었다.

이리나는 미소를 지었다.

"안 돼요, 그건…… 우리끼리 한 이야기니까. **여행에 관한 건데**…… 『**원하는 곳으로 여행하기**』.* 당신 알고 있죠, 스탈**의 책?"

"아! 알고말고. 아주 멋진 삽화가 있는."

이리나를 친근하게 부르는 걸 보니 라트미로프는 아내와 사이가 좋아 보였다.

22

"정말로 더 이상 생각하지 않는 게 좋겠어." 리트비노프는

---

* 스탈의 동화.

** P.-J. Stahl: 프랑스의 출판인이자 작가. 피에르-쥘 에첼의 가명.

거리를 걸으면서, 마음이 다시 혼란스러워지는 것을 느끼며 되뇌었다. '문제는 해결되었어. 그녀는 약속을 지킬 테고, 나는 필요한 조치를 취하기만 하면 돼. 하지만 그녀는 주저하는 것 같아……' 그는 머리를 획 흔들었다. 자기 계획이 그 자신에게도 이상하게 보였고, 뭔가 부자연스럽고 비현실적으로 보였다. 우리는 똑같은 생각을 오래 할 수가 없다. 만화경의 색유리들처럼 생각이 점점 움직이기 때문이다…… 눈앞에 보이는 이미지는 실제 이미지와 다르다. 극심한 피로감이 리트비노프를 덮쳤다…… 단 한 시간만이라도 쉬고 싶었다…… 하지만 타냐는? 그는 몸을 부르르 떨더니 더 이상 생각하지 않고 온순하게 허둥지둥 집으로 걸어갔다. 오늘 그는 공처럼 한 여자에게서 다른 여자에게로 내던져졌다는 생각만 들었다…… 그래도 상관없다. 끝장을 내야만 했다. 그는 호텔로 돌아와서 역시 체념한 채, 거의 아무 감정도 없이 망설이지 않고 곧장 타티야나에게 갔다.

카피톨리나 마르코브나가 그를 맞이했다. 카피톨리나 마르코브나를 보자마자 그는 그녀가 이미 모든 것을 알고 있다는 것을 알았다. 가련한 노처녀의 눈은 울어서 퉁퉁 부어 있었고, 헝클어진 하얀 머리 타래로 감싸인 상기된 얼굴에는 경악과 우수 어린 분노, 슬픔과 놀라움이 어려 있었다. 그녀는 리트비노프에게 달려들려다가 즉시 멈추더니 떨리는 입술을 깨물고 그를 바라보았다. 그녀는 마치 그에게 애원하고 싶을 뿐만 아니라 그를 죽여버리고 싶은 듯이, 그리고 이 모든 것이 꿈이고 미친 짓이며 있을 수 없는 일이라고 확신하고 싶은 듯이 그를 바라보았다.

"이제야 당신이…… 당신이 왔군요, 당신이 왔군요." 그녀가 입을 열었다…… 그 순간 옆방 문이 활짝 열렸다. 투명할 정도로 창백하고 침착한 타티야나가 가벼운 걸음으로 들어왔다.

그녀는 한 손으로 조용히 고모를 껴안고 자기 곁에 앉혔다.

"당신도 앉으세요, 그리고리 미하일리치." 그녀는 넋 나간 사람처럼 문가에 서 있는 리트비노프에게 말했다. "다시 뵙게 되어 무척 반가워요. 고모님께 당신의 결심을, 우리 둘의 결심을 말씀드렸어요. 고모님도 동의하시고 인정하셨어요…… 서로 사랑하지 않고는 행복이 있을 수 없어요…… 서로 존경하는 것만으로는 충분하지 않아요. ('존경'이라는 말에 리트비노프는 저도 모르게 눈을 내리떴다.) 나중에 후회하기보다 지금 헤어지는 게 나아요. 그렇죠, 고모님?"

"그래, 물론이지." 카피톨리나 마르코브나가 입을 열었다. "물론이다, 타뉴샤. 네 가치를 모르고 그런 결심을 한 사람은……"

"고모님, 고모님," 타티야나가 그녀의 말을 가로막았다. "제게 약속하신 것 기억하세요. 고모님은 항상 제게 말씀하셨어요. 무엇보다 중요한 건 진실과 자유라고요. 그런데 진실이 언제나 달콤한 건 아니에요. 자유도 마찬가지고요. 그렇지 않으면 우리에게 어떤 공적功績이 있을 수 있겠어요?"

그녀는 카피톨리나 마르코브나의 흰 머리칼에 부드럽게 입을 맞추고 리트비노프를 향해 말을 이었다.

"저는 고모와 함께 바덴을 떠나기로 했어요…… 이게 우리 모두에게 더 좋다고 생각해요."

"언제 떠날 생각이죠?" 리트비노프가 공허한 목소리로 말했다. 그는 좀 전에 이리나가 똑같은 말을 자기에게 했던 것을 떠올렸다.

카피톨리나 마르코브나가 앞으로 나서려고 했지만 타티야나가 그녀의 어깨를 부드럽게 건드리며 만류했다.

"아마, 빨리요, 아주 빨리요."

"실례지만, 어디로 가실 생각인가요?" 리트비노프는 다시 공허한 목소리로 물었다.

"먼저 드레스덴으로 갔다가 아마 러시아로 갈 거예요."

"지금 그런 것을 알아서 뭘 하려고요, 그리고리 미하일리치." 카피톨리나 마르코브나가 외쳤다.

"고모님, 고모님." 타티야나가 다시 끼어들었다.

잠시 침묵이 흘렀다.

"타티야나 페트로브나," 리트비노프가 입을 열었다. "이 순간 내가 얼마나 고통스럽고 괴롭고 슬픈 감정을 느끼고 있는지 당신은 아실 겁니다……"

타티야나는 자리에서 일어났다.

"그리고리 미하일리치," 그녀가 말했다. "이제 그 이야기는 그만하기로 해요…… 제발 부탁이에요, 당신을 위해서가 아니라면 저를 위해서라도 그 이야기는 그만하세요. 저는 오래전부터 당신을 알아왔고, 당신이 지금 무엇을 느끼고 있을지 잘 알아요. 하지만 말해봐야 무슨 소용이 있고, 상처를 자극해봐야 무슨 소용이 있나요…… (그녀는 말을 멈추었다. 마음속에 고조된 흥분을 가라앉히고 북받쳐 오르는 눈물을 삼키려는 것 같왔다. 그녀는 잘해냈다.) 치유할 수 없는 상처를 자극해봐야 무슨 소용이 있겠어요? 그건 시간에 맡기기로 해요. 그런데 당신에게 부탁이 하나 있어요, 그리고리 미하일리치. 지금 편지 한 통을 드릴 테니 직접 우체국에 가져가서 부쳐주세요. 아주 중요한 편지예요. 저와 고모는 지금 그럴 시간이 없어요…… 그렇게 해주시면 감사하겠어요. 잠깐 기다리세요…… 곧 가져올게요……"

문지방에서 타티야나는 불안스레 카피톨리나 마르코브나를 돌아보았다. 그러나 그녀는 눈썹을 찡그리고 입술을 꽉 다문 채 엄한 표정으로 점잖고 단정하게 앉아 있었으므로 타티야나는 그저 머리만 끄덕이고 밖으로 나갔다.

하지만 타티야나의 등 뒤로 문이 닫히자마자 카피톨리나 마르코브나의 얼굴에서 점잖고 엄한 표정이 순간적으로 사라졌다. 그녀는 자리에서 일어나 리트비노프에게 까치발로 다가가서 전신을 구부려 그의 눈을 바라보려고 애쓰면서 떨리고 흐느끼는 듯한 작은 목소리로 말하기 시작했다.

"오, 세상에!" 그녀가 입을 열었다. "그리고리 미하일리치, 도대체 이게 무슨 일인가요? 이게 꿈이 아니오? 당신이 타냐를 버리다니, 당신이 더 이상 그 애를 사랑하지 않는다니, 당신이 약속을 깨다니요! 당신이 이런 짓을 하다니, 그리고리 미하일리치, 우리가 굳게 믿고 있던 당신이, 그런 짓을 하다니! 당신이? 당신이? 당신이? 자네가, 그리샤*가?……" 카피톨리나

---

* 그리고리의 애칭.

230

마르코브나는 잠시 말을 멈췄다. "당신은 그 애를 죽인 거요, 그리고리 미하일리치." 그녀는 대답을 기다리지 않고 말을 이었다. 눈물이 그녀의 뺨을 타고 방울방울 흘러내렸다. "그 애는 지금 허세를 부리고 있어요. 당신도 그 애의 성격을 알잖아요! 그 애가 자신을 동정하지 않으니 다른 사람들이 그 애를 동정해야만 해요! 방금 전에 그 애가 나에게 '고모님, 품위를 지켜야만 해요!'라고 말했어요. 하지만 품위는 무슨 놈의 품위야, 눈앞에 죽음이, 죽음이 닥쳐왔는데……" 타티야나가 옆방에서 의자를 움직이며 소리를 냈다. "그래요, 죽음이 눈앞에 닥쳐왔어요." 노처녀는 한결 낮은 목소리로 말을 이었다. "어떻게 이런 일이 일어날 수 있죠? 당신은 마법에라도 걸린 건가요? 당신은 오랫동안 그 애에게 다정한 편지를 써 보내지 않았나요? 게다가 당신처럼 정직한 사람이 어떻게 이런 행동을 할 수 있죠? 당신도 알다시피, 나는 편견이 전혀 없는 자유주의자예요. 나는 타냐도 그렇게 교육시켰고, 그 애도 자유로운 영혼의 소유자예요……"

"고모님!" 옆방에서 타냐의 목소리가 들렸다.

"약속은 의무예요, 그리고리 미하일리치. 특히 당신이나 우리같이 원칙을 갖고 있는 사람들에겐! 만약 우리가 의무를 인정하지 않는다면 우리에게 무엇이 남겠어요? 단지 자신의 변덕 때문에, 다른 사람에게 어떤 영향을 미칠지 고려하지 않고 의무를 저버려서는 안 돼요! 그건 파렴치한 짓이죠…… 그래요, 그건 범죄예요. 그게 무슨 자유인가요?"

"고모님, 이리로 오세요, 제발요." 타티야나의 목소리가 다시 들렸다.

"곧 갈게, 얘야, 곧……" 카피톨리나 마르코브나가 리트비노프의 한 손을 잡았다. "화가 난 것 같군요, 그리고리 미하일리치…… ("제가요? 화가 났다고요?"라고 그는 외치고 싶었으나 혀가 돌아가지 않았다.) 나는 당신을 화나게 하고 싶지 않아요. 오, 나에게 그럴 여유가 어디 있어요! 반대로 당신에게 부탁하고 싶어요. 아직 시간이 있으니 다시 생각해봐요. 그 애를 망치지 말고, 당신 자신의 행복도 망치지 말아요. 그 애는 아직도 당신을 믿고 있어요, 그리샤, 그 애는 당신을 믿고 있어요. 아직 아무것도 깨지지 않았어요. 그 애는 당신을 무척 사랑하고 있고, 그 누구도 그 애만큼 당신을 사랑하지 못할 거예요! 이 혐오스러운 바덴바덴을 내던져버리고 우리와 함께 떠나요. 단지 이 마법에서 빠져나오기만 하면 돼요. 그리고 무엇보다 그 애를 불쌍히 여겨요, 불쌍히……"

"고모님!" 타티야나가 다소 초조한 목소리로 말했다.

그러나 카피톨리나 마르코브나는 그녀의 말을 무시했다.

"'네'라고 한마디만 해요." 그녀는 리트비노프에게 되뇌었다. "그럼 내가 다 알아서 할게요…… 나에게 머리라도 끄덕여봐요! 머리를 한 번만이라도, 이렇게!"

리트비노프는 이 순간 죽으라면 기꺼이 죽을 수 있을 것 같았다. 그러나 '네'라고 말하지는 않았고, 머리도 끄덕이지 않았다.

타티야나가 한 손에 편지를 들고 나타났다. 카피톨리나 마르코브나는 즉시 리트비노프에게서 물러나 얼굴을 옆으로 돌리

232

고 마치 테이블 위에 놓인 영수증과 서류를 들여다보는 것처럼 테이블 위로 나직이 몸을 구부렸다.

타티야나는 리트비노프에게 다가갔다.

"제가 말한 편지예요……" 그녀가 말했다. "지금 우체국으로 가실 거죠?"

리트비노프는 눈을 들어 올렸다…… 실제로 그의 앞에 심판자가 서 있었다. 타티야나는 더 키가 크고 더 날씬해 보였다. 지금까지 볼 수 없었던 아름다움으로 빛나는 그녀의 얼굴은 조각상처럼 당당하고 굳어 있었다. 그녀의 가슴은 부풀어 오르지 않았고, 튜닉처럼 꼭 조이는 단색 드레스가 마블천의 곧고 긴 주름처럼 그녀의 발까지 늘어져 있었다. 타티야나는 리트비노프만을 바라보는 것이 아니라 정면을 바라보고 있었다. 차갑고 한결같은 그녀의 시선도 역시 조각상의 시선이었다. 그는 그 시선에서 자신에게 내린 판결을 읽을 수 있었다. 그는 고개를 숙이고 가만히 내민 그녀의 손에서 편지를 받아 들고 말없이 물러났다.

카피톨리나 마르코브나는 타티야나에게 달려갔다. 하지만 타티야나는 그녀의 포옹을 물리치고 눈을 내리떴다. 타티야나의 얼굴이 붉게 물들었다. "자, 이제 서두르세요." 타티야나는 이렇게 말하면서 자기 침실로 돌아갔다. 카피톨리나 마르코브나는 고개를 숙이고 그녀의 뒤를 따라갔다.

타티야나가 리트비노프에게 건넨 편지에는 드레스덴에 사는 그녀의 독일인 여자 친구의 주소가 적혀 있었다. 그 친구는 가구가 딸린 조그만 아파트를 임대하고 있었다. 리트비노프는 편지를 우체통에 넣었다. 그는 이 조그만 종잇조각과 함께 자신의 모든 과거와 전 생애를 무덤 속에 던져 넣는 기분이 들었다. 그는 교외로 나가 포도밭 사이의 좁다란 오솔길을 오랫동안 거닐었다. 집요하게 윙윙대는 한여름의 파리에서 벗어날 수 없는 것처럼 그는 자기 자신에 대한 경멸감에서 벗어날 수 없었다. 그는 이 마지막 만남에서 너무나 한심한 역할을 했다…… 호텔로 돌아와 몇 시간이 지난 뒤 그는 두 여자에 대해 물어보았다. 그가 떠난 직후에 그들은 마차를 불러 기차역으로 가서 우편열차를 타고 어딘가로 떠났다는 대답을 들었다. 그들은 아침부터 짐을 꾸리고 숙박비를 지불했다고 한다. 분명히 타티야나는 리트비노프를 멀리하려고 편지를 우체국에 가서 부쳐달라고 부탁했던 것이다. 그는 그 여자들이 쪽지라도 남기지 않았는지 현관 수위에게 물어보려고 했다. 현관 수위는 없다고 대답하면서 심지어 놀라는 표정을 지었다. 일주일 동안 빌린 호텔 방에서 갑자기 떠난 것이 수위에게도 의아하고 이상하게 보였던 게 분명했다. 리트비노프는 수위에게 등을 돌리고 나서 자기 방에 틀어박혔다.

그는 다음 날까지 밖으로 나오지 않았다. 그는 테이블에 앉아 편지를 쓰고, 쓴 편지를 찢어버리면서 밤의 대부분을 보냈다…… 그가 자기 일을 끝마쳤을 때 이미 날이 밝아오고 있었다. 그 일은 이리나에게 편지를 쓰는 것이었다.

23

그가 이리나에게 쓴 편지의 내용은 이랬다.

내 약혼녀는 어제 떠났소. 나와 그녀는 다시는 만나지 않을 거
요…… 심지어 나는 그녀가 어디에서 살게 될는지도 확실히 모릅
니다. 그녀는 지금까지 내게 소중하고 귀중했던 모든 것을 가지
고 갔습니다. 나의 모든 예정, 계획, 의도도 그녀와 함께 사라졌
습니다. 나의 노력도 헛일이 되었고, 몇 년에 걸친 일도 허사가
되었으며, 나의 모든 사업도 그 의미와 용도를 잃어버렸습니다.
이 모든 것이 폐기되었습니다. 나 자신도, 예전의 나 자신도 어
제 이후로 죽어서 매장되었습니다. 나는 이것을 분명히 느끼고,
보고, 알고 있습니다…… 하지만 나는 이것이 조금도 아깝지 않
습니다. 당신에게 이런 말을 하는 것은 불평하기 위해서가 아니
오…… 당신이 나를 사랑하는데 내가 어찌 불평할 수 있겠소, 이
리나! 이 사멸한 모든 과거에서, 연기와 먼지로 변한 이 모든 시
도와 희망에서 오직 하나, 생명을 지닌 견고한 것이 남았으니, 그
건 바로 당신을 향한 나의 사랑입니다. 이 사랑 외에 나에게 남
은 것은 아무것도 없습니다. 이 사랑을 나의 유일한 보물이라고
부른다면 충분하지 않을 겁니다. 나의 모든 것은 이 사랑 속에
있고, 이 사랑이 나의 전부입니다. 이 사랑 속에 나의 미래, 나의
사명, 나의 보물, 나의 조국이 있습니다! 당신은 나를 알고 있어
요, 이리나. 당신은 내가 온갖 미사여구에 낯설고 그걸 싫어한다
는 것을 알고 있어요. 나의 감정을 표현하는 말이 아무리 강하다

고 해도, 당신은 그 말의 진실성을 의심하거나 그 말이 과장이라고 생각하지는 않겠지요. 나는 일시적인 열광에 젖어 당신 앞에서 무분별한 맹세를 주절대던 소년이 아닙니다. 이미 수년 동안 시련을 겪은 한 남자가 명백한 진리라고 인정한 것을 단순하고 솔직하게, 거의 두려움을 느끼면서 말하고 있는 겁니다. 그래요, 당신의 사랑은 날 위한 모든 것을 대신하게 되었소! 모든 것을, 모든 것을! 스스로 판단해보세요. 내가 이 모든 것을 다른 남자의 손에 맡길 수 있을까요? 다른 남자가 당신을 마음대로 다루는 것을 내가 용납할 수 있을까요? 당신은, 당신은 다른 남자의 것이 될 테고, 나의 전 존재, 내 심장의 피는 다른 남자의 것이 되겠죠. 그럼 나 자신…… 나는 어디에 있어야 하죠? 나는 무엇이 되어야 하죠? 옆으로 물러나 방관자가 돼라…… 내 인생의 방관자가 되라는 겁니까! 아뇨, 그건 불가능해요, 불가능합니다! 그것 없이는 숨 쉴 이유도 없고, 숨 쉴 수도 없는 것에 관여하는 것, 그것도 은밀히 관여하는 것은 거짓이고 죽음입니다. 내가 아무런 권리도 없이 당신에게 엄청난 희생을 요구하고 있다는 것을 알아요. 그런데 무엇이 희생할 권리를 줄 수 있죠? 내가 이렇게 행동하는 것은 이기주의 때문이 아닙니다. 내가 이기주의자였다면 이런 문제를 전혀 제기하지 않았을 겁니다. 그래야 마음이 훨씬 가볍고 편안했을 테니까요. 그래요, 내 요구는 무거운 것이고, 내 요구에 당신이 놀란다 해도 나는 놀라지 않아요. 당신은 함께 살아야만 하는 사람들을 싫어하고, 사교계를 부담스러워하고 있어요. 하지만 당신은 사교계를 포기할 수 있고, 사교계가 당신에게 씌워준 왕관을 짓밟을 수 있고, 당신이 싫어하는 사람들의 여론과 견해에 대항할 수 있지 않나요? 자문해보세요, 이리나, 힘에 부치는 짐을 지지 마세요. 당신을 비난하고 싶지 않지만, 당신은 이미 한 번 유혹에 빠진 적이 있다는 것을 기억하세요. 그러나 나는 당신이 잃을 것에 대한 보상으로 아주 조금밖에 줄 수 없소! 나의 마지막 말을 잘 들어봐요. 만일 당신이 내일, 아니 오늘 즉시 모든 것을 버리고 나를 따라 떠날 수 없다고 느낀다면—내가 매우 과감하게 말하고 있고, 나 자신을 전혀 연민하고 있지 않다는 것을 당신은 알 거요—만일 당신이 불확실한 미래, 소외, 고독, 사람들의 비난을 두려워한다면, 한마디로 말해 만일 당신이 자신을 믿지 못한다면, 즉시 솔직하게 내게 말해줘요. 그러면 나는 떠나겠소. 나는 영혼이 갈기갈기 찢긴 채 떠나겠지만, 당신의 정직함에 대해 당신을 축복할 거요. 만일 나의 아름답고 빛나는 여왕인 당신이 보잘것없고 하찮은 인간인 나를 정말로 사랑하고, 정말로 나의 운명과 함께할 준비가 되어 있다면, 우리 함께 손을 잡고 고난의 여정을 떠납시다! 분명히 알아두오, 내 결심은 확고하다는 것을. 전부가 아니면 전무요! 이건 미친 짓이지만…… 나는 달리 어쩔 수가 없소, 어쩔 수가 없소, 이리나! 나는 너무나 당신을 사랑하오.

당신의 G.L.

이 편지는 그다지 리트비노프의 마음에 들지 않았다. 그가 하고 싶은 말을 아주 적절하고 정확하게 표현하지 못했기 때문이다. 때론 과장되고 때론 문어적인, 어색한 표현이 눈에 띄었다. 물론, 이 편지가 그가 찢어버린 몇 통의 다른 편지보다 낫지도 않았다. 하지만 이 편지는 그가 쓴 마지막 편지가 되었고, 어쨌든 중요한 내용이 들어 있었다. 피곤하고 몹시 지친 리트비노프는 자기 머리에서 무언가 다른 것을 짜낼 수 없다고 느꼈다. 게다가 그는 쓰는 것에 익숙지 않은 사람들처럼 자기 생각을 문학적으로 표현하는 능력이 없어서 문체에 신경을 썼다. 아마 그가 쓴 첫번째 편지가 가장 나았을 것이다. 그 편지는 마음속에서 더 뜨겁게 흘러나왔기 때문이다. 어쨌든 리트비노프는 자신의 편지를 이리나에게 보냈다.

그녀는 그에게 짤막한 쪽지로 답장을 했다. 그녀는 이렇게 썼다.

오늘 제게 와주세요. 그이는 온종일 집에 없어요. 당신의 편지를 읽고 나는 몹시 흥분되어 있어요. 나는 내내 생각하고 또 생각하고 있어요…… 이런저런 생각으로 머리가 어지러워요. 무척 괴롭지만 당신이 나를 사랑한다니 행복해요. 오세요.

당신의 I.

리트비노프가 안으로 들어갔을 때 그녀는 내실에 앉아 있었다. 전날 계단에서 그를 지켜보았던 열세 살짜리 소녀가 안으로 안내했다. 이리나 앞의 테이블 위에는 레이스가 담긴 반원형 판지板紙 상자가 열린 채로 놓여 있었다. 그녀는 멍하니 한 손으로 레이스를 고르고 있었고, 다른 손으로는 리트비노프의 편지를 들고 있었다. 방금 울음을 그쳤는지 눈썹은 촉촉하고 눈꺼풀은 부어 있었다. 뺨에는 훔치지 않은 눈물 자국이 보였다. 리트비노프는 문지방에 멈춰 섰다. 그녀는 그가 방에 들어오는 것도 알아채지 못했다.

"울고 있소?" 그가 깜짝 놀라며 물었다.

그녀는 부르르 몸을 떨고 나서 한 손으로 머리를 매만지더니 미소를 지었다.

"왜 울고 있소?" 리트비노프가 되뇌었다. 그녀는 말없이 편지를 가리켰다. "이 편지 때문에……" 그가 띄엄띄엄 말했다.

"이리로 와서 앉아요." 그녀가 말했다. "자, 손을 주세요. 그래요, 나는 울고 있었어요…… 왜 그렇게 놀라세요? 정말로 이게 쉬운 일인가요?" 그녀는 다시 편지를 가리켰다.

리트비노프가 자리에 앉았다.

"나도 그게 쉽지 않다는 걸 알아요, 이리나, 편지에서 당신에게 말하고 있는 게 바로 그거요…… 나도 당신의 입장을 이해해요. 그러나 만일 당신의 사랑이 내게 어떤 의미인지 당신이 아신다면, 만일 내 말이 당신에게 확신을 주었다면, 당신의 눈물을 보고 지금 내가 어떤 기분일지 당신도 알 거요. 나는 피고의 심정으로 여기에 와서 내게 무슨 선고가 내려질지 기다리고 있소. 죽음이냐 삶이냐? 당신의 대답이 모든 것을 결정할 거요. 그런 눈으로 나를 바라보지 말아요…… 그 눈은 옛날 모스크바 시절의 눈을 떠올리게 해요."

이리나는 별안간 얼굴을 붉히더니 자신의 시선 속에서 뭔가 이상한 것을 느낀 것처럼 얼굴을 돌렸다. "무슨 말씀이에요, 그리고리. 부끄럽지도 않으세요! 내 대답을 알고 싶다고요……정말 내 대답을 의심하고 있군요! 내 눈물을 보고 당황하고 계신

데…… 하지만 당신은 내 눈물을 잘못 이해했어요. 저는 당신의 편지를 읽고 깊이 생각했어요. 나의 사랑이 당신의 모든 것을 대신하게 되었고, 심지어 지금까지 당신이 해온 모든 연구도 무용지물이 되었다고 편지에 쓰셨더군요. 하지만 저는, 남자가 사랑만으로 살 수 있을지 자문하곤 해요. 결국 남자는 사랑에 싫증이 나서 활동하고 싶어질 테고, 자신의 활동을 방해했던 것을 비난하겠죠? 바로 이런 생각을 하면 무서워지고, 바로 이 점이 걱정돼요. 당신이 생각하는 것과는 달라요."

리트비노프는 이리나를 유심히 바라보았고, 이리나도 그를 유심히 바라보았다. 두 사람은 각자 말이 표현하고 도달할 수 있는 것보다 더 깊이, 더 멀리 상대방의 마음을 꿰뚫어 보려는 것 같았다.

"그건 괜한 걱정이오." 리트비노프가 입을 열었다. "내 생각을 서툴게 표현한 것 같소. 싫증이라뇨? 활동하지 않다니요? 당신의 사랑이 내게 줄 그 신선한 힘이 있는데요? 오, 이리나, 나를 믿어요. 나에게 당신의 사랑은 전 세계요. 그 세계에서 무엇이 발생할지 나는 아직은 예견할 수 없어요!"

이리나는 생각에 잠겼다.

"우린 어디로 갈 거죠?" 그녀가 속삭였다.

"어디로? 그건 좀더 얘기하도록 해요. 그렇다면…… 그렇다면 당신은 동의하는 거죠? 동의하는 거죠, 이리나?"

그녀는 그를 바라보았다.

"당신도 행복할까요?"

"오, 이리나!"

"당신은 후회하지 않을까요? 결코?"

그녀는 레이스를 담은 판지 상자 쪽으로 몸을 굽히고서 다시 레이스를 고르기 시작했다.

"내게 화내지 마세요, 그리고리, 이런 순간에 헛소리를 하다니…… 저는 어느 부인의 무도회에 가야 해요. 내게 이런 레이스 상자를 보내왔으니 오늘 중으로 골라야만 해요. 아, 나는 너무나 괴로워요!" 그녀는 갑자기 이렇게 외치더니, 얼굴을 판지 상자 끝에 갖다 댔다. 눈물이 다시 그녀의 두 눈에서 떨어졌다…… 눈물이 레이스 위로 떨어질까 봐 그녀는 얼굴을 돌렸다.

"이리나, 당신 또 우는군……" 리트비노프가 걱정스러운 듯이 입을 열었다.

"네, 또요." 이리나가 그의 말을 받았다. "아, 그리고리, 나를 괴롭히지 말아요, 당신 자신도 괴롭히지 말아요!…… 우리, 자유로운 사람이 돼요! 도대체 내가 왜 울고 있죠! 왜 이렇게 눈물이 쏟아지는지 나 자신도 모르겠어요. 당신은 내 결심을 알고 있고, 내 결심을 들었어요. 그리고 내 결심이 변하지 않으리라는 것도, 내가…… 뭐라고 말씀하셨죠?…… 전부 아니면 전무에 동의한다는 것도 믿고 계세요…… 그런데 무엇을 더 원하세요? 우리, 자유로운 사람이 돼요! 왜 서로를 구속해요? 지금 당신과 나 둘뿐이에요. 당신이 날 사랑하고, 내가 당신을 사랑하고 있어요. 정말로 우리는 서로의 생각을 캐묻는 것밖에는 달리 할 일이 없나요? 날 바라봐요. 나는 당신 앞에서 우쭐대고 싶지 않았고, 아내의 의무를 저버리는 일이 결코 쉽지 않다고 한마디도 한 적이 없어요…… 나는 자신을 기만하지 않아요. 나도 내가 죄인이고, 그이가 나를 죽일 권리가 있다는 것도 알아요. 하지만 어쩌겠어요! 내 말은, 자유로운 사람이 되자는 거예요. 우리의 하루는 우리의 일생이에요."

그녀는 안락의자에서 일어나 보일락 말락 한 미소를 짓고 눈을 가늘게 뜬 채 팔꿈치까지 훤히 드러나 보이는 한쪽 손으로 눈물방울 두서너 개가 반짝이는 긴 머리 타래를 얼굴에서 밀어 젖히며 리트비노프를 위에서 아래로 내려다보았다. 레이스가 달린 화려한 삼각형 숄이 테이블에서 미끄러져 이리나의 발밑 방바닥 위로 떨어졌다. 그녀는 경멸적으로 그것을 짓밟았다.

"혹시 오늘 제가 마음에 안 들어요? 어제부터 내가 매력이 없어졌나요? 말해보세요, 더 예쁜 손을 자주 보셨나요? 이 머리칼은요? 말해보세요, 당신은 날 사랑하나요?"

그녀는 두 팔로 그를 껴안고 그의 머리를 자기 가슴에 꼭 눌렀다. 그녀의 빗 모양 머리 장식이 낭랑한 소리를 내며 굴러떨어졌고, 풀어진 머리칼이 향기롭고 부드러운 물결처럼 그를 덮쳤다.

24

리트비노프는 생각에 잠겨 고개를 숙이고 호텔 방 안을 서성거렸다. 이제 그는 이론을 실천으로 옮기고 도망치기 위해, 낯선 고장으로 이주하기 위해 자금과 방법을 찾아야만 했다……

그러나 이상하게도 그는 자금과 방법에 대해 생각하기보다 자기가 그토록 집요하게 주장했던 결정이 실제적이고 확실한 것인지 생각하고 있었다. 돌이킬 수 없는 결정적인 말을 했던가? 하지만 이리나는 헤어지면서 이렇게 말하지 않았는가? "준비하세요, 그리고 준비되면 알려만 주세요." 끝났다! 전혀 의심할 여지가 없다⋯⋯ 일을 착수해야만 한다. 리트비노프는 잠시 생각해보았다. 우선은 돈이다. 리트비노프에겐 1,328굴덴이 있었는데, 프랑스 돈으로 환산하면 2,855프랑이다. 많은 돈은 아니지만 당분간 쓰기에는 충분하다. 가능한 한 돈을 보내달라고 아버지에게 즉시 편지를 써야 한다. 산림이나 땅의 일부를 팔아야 하리라⋯⋯ 그러나 무슨 구실로?⋯⋯ 그래, 구실이야 찾을 수 있다. 이리나는 자신의 **보석**에 대해 말했지만 절대로 그런 걸 고려해서는 안 된다. 그건 부득이한 경우에만 사용할 수 있다. 게다가 준準크로노미터인 제네바제 고급 시계도 있다. 그걸 팔면⋯⋯ 최소한 4백 프랑은 받을 수 있다. 리트비노프는 은행업자에게 가서 필요할 경우 돈을 빌릴 수 있는지 넌지시 떠보았다. 그러나 바덴의 은행업자들은 노련하고 조심스러운 자들이라서 그런 암시만 듣고도 즉시 힘없고 피곤한 표정을 지었는데, 그 모습이 낫으로 줄기가 베인 들꽃과 똑같았다. 그들 중 몇몇은 당신의 순진한 농담에 공감하듯이 당신의 얼굴에 대고 호탕하고 대담하게 웃기까지 한다. 부끄럽게도 리트비노프는 정말이지 룰렛 운수를 시험해보기까지 했다. 말하기도 창피하지만, 그는 자기 나이에 해당하는 30번에 1탈러를 놓았다. 그는 자금을 늘리고 끝수를 잘라버리려고 그렇게 했다. 실제로 그는 자금을 늘리지는 못했지만 끝수인 28굴덴을 잃고 끝수가 없는 액수로 만들었다. 두번째 문제도 중요한데, 여권 문제다. 하지만 여자의 경우 여권이 꼭 필요한 것은 아니며, 여권이 전혀 필요 없는 나라도 있다. 예컨대 벨기에와 영국이 그렇다. 결국 러시아의 여권이 아닌 다른 여권을 얻을 수 있다. 리트비노프는 이 모든 것에 대해 매우 진지하게 생각했다. 그의 결심은 확고했고 조금도 흔들리지 않았다. 하지만 그의 의지에 반해, 그의 의지에 상관없이 가볍고 거의 희극적인 뭔가가 일어나 그의 생각 속으로 스며들었다. 마치 그의 계획 자체가 농담처럼 보였고, 현실 속에서는 그 누구도 어떤 사람과 도망갈 수 없을 것 같았다. 이런 일은 단지 희극이나 소설, 기껏해야 시골에서, 예컨대 추흘로마군郡이나 시즈란군에서나 일어날 수 있을 것 같았다. 어떤 여행자의 증언에 따르면, 그런 시골에서는 단지 권태로워서 사람들이 가끔 구토까지 한다고 한다. 이때 리트비노프의 머릿속에, 그의 친구 중 하나인 바초프라는 퇴역 기병 소위가 세 마리의 역마驛馬가 끄는 방울 달린 트로이카로 상인의 딸을 납치했던 일이 떠올랐다. 그 친구는 처녀의 부모는 물론 처녀에게도 미리 술을 먹인 뒤에 그런 일을 벌였다. 나중에 밝혀졌지만, 속은 사람은 바로 그 친구였고, 게다가 그는 매만 실컷 맞았다고 한다. 리트비노프는 이런 부적절한 회상을 하는 자신에게 몹시 화를 냈다. 그리고 타티야나와 그녀의 갑작스러운 출발, 이 모든 슬픔과 고통, 수치를 떠올리고 나서 그가 계획한 일이 농담이 아니라는 것을 아주 뼈저리게 느꼈다. 자신의 명예를 위해서도 다른 출구가 없다고 이리나에게 말한 것은

정말 옳았다…… 다시 그녀의 이름만 떠올려도 달콤한 고통을
수반한 뜨거운 뭔가가 금세 그의 심장 주변에 휘감겨 얼어붙는
것 같았다.

말발굽 소리가 뒤에서 들려왔다…… 그는 옆으로 몸을 피
했다. 말을 탄 이리나가 그를 앞질러 갔다. 뚱뚱한 장군이 그
녀 옆에서 말을 타고 갔다. 그녀는 리트비노프를 알아보고 그
에게 고개를 끄덕였다. 그리고 채찍으로 말 옆구리를 후려치더
니 말을 전속력으로 몰았다. 그녀의 검은 베일이 바람에 흩날
렸다……

**"그렇게 빨리 달리지 말아요! 제발! 그렇게 빨리 달리지 말아
요!"** 장군이 소리치며 그녀를 뒤쫓아 전속력으로 달렸다.

25

다음 날 아침, 리트비노프는 은행업자를 찾아가 우리나라 환
율의 가벼운 변동성과 외국으로 송금하는 가장 좋은 방법에 대
해 다시 한번 이야기하고 호텔로 막 돌아왔다. 그때 수위가 그
에게 한 통의 편지를 건네주었다. 이리나의 필체였다. 그는 봉
인을―왜 그의 마음속에 불길한 예감이 들었는지 아무도 모른
다―뜯지 않고 자기 방으로 갔다. 그는 이리나의 편지를 읽었
다(편지는 프랑스어로 씌어 있었다).

그리운 이여! 저는 밤새 당신의 제안에 대해 생각했습니다……

이제 당신을 기만하지 않을 거예요. 당신이 솔직하게 대해주셨으니 저도 솔직할게요. 나는 당신과 함께 도망갈 수 없습니다. 이런 일을 감행할 힘이 없어요. 나는 당신에게 너무나 많은 죄를 짓고 있다고 느껴요. 나의 두번째 죄는 첫번째 죄보다 훨씬 큽니다. 나 자신과 비겁함을 경멸하고 나 자신을 비난하고 있지만 자신을 바꿀 수가 없어요. 내가 당신의 행복을 파괴했고, 이제 당신은 저를 경박한 요부라고 간주할 권리가 있으며, 내가 자진해서 당신에게 엄중한 약속을 했다고 스스로에게 말해봤자 다 소용없는 일입니다…… 나는 몹시 두렵고 자신이 혐오스럽지만 달리 행동할 수가 없어요. 정말 달리 행동할 수가 없습니다. 변명하고 싶지도 않고, 제 자신이 당신에게 마음이 빼앗겼다고 말하지도 않겠어요…… 이 모든 건 아무 의미가 없으니까요. 하지만 이것만은 당신에게 말하고 싶고, 반복하고 또 반복해서 말하고 싶어요. 나는 당신 것이에요, 영원히 당신 것이니, 당신이 원하실 때 어떤 의무나 조건도 없이 나를 마음대로 처분하세요. 나는 당신 것이에요…… 하지만 도망가는 것, 모든 것을 버리는 것은…… 안 돼요! 안 돼요! 안 돼요! 날 구해달라고 당신에게 간청했고, 모든 것을 지우고 불태워버리자고 생각했어요…… 그러나 내게 구원은 없는 것 같고, 독이 아주 깊숙이 내 몸속에 스며든 것 같아요. 수년 동안 이쪽 공기를 마셨으니 무사할 수 없겠죠! 나는 당신에게 이 편지를 쓸까 말까 오랫동안 망설였어요. 당신이 어떤 결정을 내릴지 생각만 해도 두렵지만 나를 향한 당신의 사랑만을 기대하고 있어요. 하지만 당신에게 진실을 말하지 않는다면 수치스러운 일이라고 생각했어요. 게다가, 아마 당신은 우리의 계획을 실행하기 위해 첫 조치를 취했겠지요. 아아! 그 계획은 아름답지만 실현 불가능해요. 오, 나의 친구여, 나를 경박하고 연약한 여자라고 생각하고 경멸하세요. 하지만 나를 버리지는 마세요, 당신의 이리나를 버리지 마세요!…… 나는 이 사교계를 버릴 수 없지만 당신 없이 이 사교계에서 살아갈 수도 없어요. 우리는 곧 페테르부르크로 돌아가요, 당신도 거기로 오세요, 거기에서 살아요. 우리가 당신의 일자리를 찾아볼게요. 당신이 지금까지 한 연구는 헛되지 않을 거고, 그 연구를 유익하게 응용할 수 있을 거예요…… 다만 내 가까이에 살면서 지금 이대로의 나를, 온갖 약점과 결점을 가지고 있는 나를 그저 사랑해주세요. 그리고 알아주세요, 그 누구의 심장도 당신의 이리나의 심장만큼 이토록 부드럽게 당신에게 헌신적이지 않으리라는 것을요. 가능하면 빨리 내게 와주세요. 당신을 볼 때까지 나는 단 일 분도 마음이 평온하지 않을 거예요.

당신의, 당신의, 당신의 I.

피가 망치처럼 리트비노프의 머리를 때렸지만 점차 천천히, 무겁게 심장으로 내려가서 돌처럼 굳어버렸다. 그는 편지를 다시 읽었고, 모스크바에서의 그때처럼 힘이 쏙 빠져서 소파에 쓰러진 채 꼼짝하지 않았다. 끝없이 깊은 어둠이 사방에서 그를 에워쌌고, 그는 얼이 빠져서 절망적으로 이 어둠을 바라보았다. 이렇게, 또, 또 기만인가, 아니 이건 기만보다 더 나쁜 거짓과 속물성이다…… 삶은 망가졌고, 모든 것이 뿌리째 완전히 뽑혀버렸다. 그리고 아직 붙잡을 수 있는 유일한 것, 즉 마지막

지주支柱도 역시 산산이 깨져버렸다! '우리들 뒤를 따라 페테르부르크로 오라고.' 그는 속으로 쓴웃음을 지었다. '우리가 거기에서 당신의 일자리를 찾아보겠다……' '나를 계장 자리에 앉힐 건가? 그런데 우리란 대체 누구지? 바로 이럴 때 그녀의 과거가 수면 위로 떠오르는군! 나는 모르지만 그녀가 지워버리고 불태워버리려고 했던 그 비밀스럽고 추한 과거 말이야! 음모와 은밀한 관계의 세계, 벨스카야들과 돌스카야들의 추문으로 가득 찬 바로 그 세계…… 과연 어떤 미래가, 어떤 멋진 역할이 나를 기다리고 있을까! 그 여자와 가까이 살면서 그녀를 방문하고, 사교계 생활에 괴로워하고 염증을 느끼지만 사교계 없이는 존재할 수 없는 유한마담의 방탕한 우울증을 함께 나누고, 그녀 가족의 친구가 되고…… 물론 그 각하의 친구가 된다…… 그것도 잠시…… 그 여자의 변덕이 끝날 때까지만. 그리고 자신의 평민 친구가 얼얼한 맛을 잃어버리면 그 뚱뚱한 장군이나 피니코프 씨가 그의 자리를 대신하겠지. 이건 가능하고 유쾌하고 어쩌면 유익하기까지 하다…… 그 여자도 나의 재능을 유익하게 응용하는 것에 대해 말하고 있다! 반면에 우리의 계획은 실현 불가능하다고! 실현 불가능하다……' 리트비노프의 마음속에 뇌우 직전의 돌풍처럼 돌연 광기 어린 충동이 일어났다…… 이리나의 편지 속의 표현 하나하나가 그의 분노를 불러일으켰고, 자신의 사랑은 영원하다는 그 여자의 고백에 그는 모욕을 느꼈다. '이대로 내버려둘 수는 없어.' 그는 마침내 외쳤다. '그 여자가 내 인생을 이토록 무자비하게 희롱하는 것을 허락하지 않을 거야……'

리트비노프는 벌떡 일어나서 모자를 집어 들었다. 그러나 무엇을 하겠다는 것인가? 그 여자에게 달려간다? 그녀의 편지에 답장을 쓴다? 그는 멈춰 서서 두 손을 떨어뜨렸다.

그렇다, 무엇을 해야만 했는가?

그녀에게 숙명적인 선택을 제안한 사람은 바로 자신이 아니었던가? 선택은 그가 바라는 대로 되지 않았다…… 모든 선택은 이런 불행에 빠져든다. 그녀는 자신의 결심을 바꾸었다. 이건 사실이다. 그녀가 먼저 모든 것을 버리고 그를 따르겠다고 선언했다. 이것도 사실이다. 하지만 그녀는 자신의 죄를 부정하지 않고, 자신을 연약한 여자라고 솔직하게 말하고 있다. 그녀는 그를 속이려고 했던 것이 아니라 그녀 자신이 스스로에게 배신당했다…… 이것을 어떻게 반박할 수 있는가? 적어도 그녀는 위선을 떨거나 교활하게 굴지는 않고 있다…… 그녀는 그에게 솔직하고, 무자비할 정도로 솔직하다. 그녀는 이렇게 빨리 솔직하게 말할 필요가 없었다. 이런저런 약속으로 그를 안심시키고, 출발 직전까지…… 남편과 이탈리아로 떠나기 직전까지 모든 것을 미루고 모호하게 할 수도 있었다! 하지만 그녀는 그의 삶을 파멸시켰고, 두 인생을 파멸시켰다!…… 앞으로 또 다른 일이 일어날 수도 있다!

그러나 타티야나에게 죄를 지은 사람은 그녀가 아니라 그 자신, 리트비노프다. 그는 자신에게 철제 멍에처럼 얹혀 있는 죄의 책임을 털어버릴 권리가 없다…… 모든 게 사실이다. 그런데 이제 와서 무엇을 해야 한단 말인가?

그는 다시 소파에 몸을 던졌다. 다시 순간순간이 엄청 빠르게 어렴풋이, 무의미하고 흔적도 없이 지나갔다……

'아니면, 그 여자의 말을 따를까?' 이런 생각이 그의 머릿속에 언뜻 떠올랐다. '그녀는 나를 사랑하고 있고, 그녀는 나의 것이다. 우리가 서로에게 이끌리는 이 감정과 몇 년이 지났어도 이토록 강하게 겉으로 터져 나오는 이 열정 속에는 자연의 법칙처럼 필연적이고 저항할 수 없는 뭔가가 있는 게 아닐까? 페테르부르크에 산다는 것도…… 이런 입장에 처한 사람이 내가 처음은 아닐 거야. 그리고 우리가 달리 어디에서 살 수 있겠어……'

그는 생각에 잠겼다. 최근 며칠 동안 그의 기억 속에 영원히 각인된 이리나의 형상이 그 앞에 조용히 나타났다……

그러나 잠시 동안이었다…… 그는 정신을 차렸고, 다시 분노가 치밀어 그 기억과 매혹적인 형상을 머릿속에서 몰아냈다.

'너는 내게 황금 술잔을 주면서 술을 마시게 한다.' 그는 외쳤다. '그러나 술에는 독이 들었다. 너의 하얀 날개는 진흙으로 더럽혀져 있다…… 썩 꺼져라! 내가…… 내 약혼녀를 쫓아내고 너와 함께 이곳에 남아 있는 것은…… 파렴치하고, 수치스러운 일이다!' 그는 슬픔에 젖어 두 손을 꽉 쥐었다. 그러자 조용한 용모에 고통의 빛을 띠고 이별의 눈길에 말 없는 비난을 품은 다른 얼굴이 마음속 깊은 곳에서 떠올랐다……

리트비노프는 이렇게 오랫동안 괴로워했다. 갈가리 찢긴 그의 생각은 마치 중증 환자처럼 오랫동안 엎치락뒤치락했다…… 마침내 그는 마음이 진정되었다. 그리고 마침내 결심했다. 애초부터 그는 이 결심을 예감하고 있었다…… 처음에 그것은 내적 투쟁의 어두운 소용돌이 속에서 보일락 말락 한 먼 곳의 점으로 나타났다가 점점 더 가까이 움직이더니 끝내 차가운 칼날처럼 그의 심장 속으로 파고들었다.

리트비노프는 다시 방구석에서 트렁크를 질질 끌어내어 천천히, 심지어 아둔할 정도로 꼼꼼하게 자기 물건을 모두 다시 챙겨 넣고는 호텔 보이를 불러 계산을 마쳤다. 그리고 러시아어로 쓴 다음과 같은 내용의 쪽지를 이리나에게 보냈다.

당신이 이번에 내게 지은 죄가 그때보다 더 큰지 어떤지 모르겠지만, 이번의 타격이 훨씬 더 크다는 것을 나는 알고 있소…… 이제 끝났소. 당신은 내가 원하는 것을 '할 수 없다'고 말하고 있는데, 나 역시 '당신이 원하는 것을…… 할 수 없다'고 되뇌고 있소. 내게 답장하지 마시오. 당신은 내가 받아들일 수 있는 유일한 답장을 할 수가 없소. 나는 내일 일찍 첫 기차로 떠날 거요. 안녕히 계시오, 행복하시오…… 아마 우리는 더 이상 보지 못할 거요.

리트비노프는 해가 질 때까지 자기 방에서 나오지 않았다. 그가 무엇을 기다렸는지는 신만이 안다! 저녁 7시쯤 검은 망토를 걸치고 얼굴에 베일을 쓴 부인이 두 번이나 그가 묵고 있는 호텔 현관 계단 쪽으로 다가가곤 했다. 그녀는 몇 걸음 옆으로 물러났다가 어딘지 먼 곳을 바라보다가 갑자기 한 손을 단호하게 움직이더니 세번째로 현관 계단을 향해 걸어갔다……

"어딜 가세요, 이리나 파블로브나?" 그녀의 뒤에서 누군가의 긴장된 목소리가 울렸다.

그녀는 몸을 떨며 재빨리 뒤돌아보았다…… 포투긴이 그녀에게 달려오고 있었다.

그녀는 멈춰 서서 잠시 생각하다가 돌연 그를 향해 달려가서 그의 팔을 잡고 옆으로 끌고 갔다.

"데려가줘요, 날 데려가줘요." 그녀는 숨을 헐떡이며 되뇌었다.

"무슨 일이죠, 이리나 파블로브나?" 무척 놀란 그가 웅얼거렸다.

"날 데려가줘요." 그녀가 훨씬 강하게 되뇌었다. "만약 내가 영원히…… 저기에 남는 것을 당신이 원하지 않는다면!"

포투긴은 공손히 고개를 숙였고, 두 사람은 서둘러 그곳을 떠났다.

다음 날 아침 일찍 리트비노프가 길 떠날 채비를 완전히 끝냈을 때 포투긴이 그의 방으로 들어왔다……

포투긴은 말없이 리트비노프에게 다가와 조용히 그의 손을 꽉 쥐었다. 리트비노프는 아무 말도 하지 않았다. 얼굴이 길쭉한 두 사람은 미소를 지으려고 괜히 애썼다.

"즐거운 여행을 축원하려고 왔습니다." 마침내 포투긴이 말했다.

"내가 오늘 떠난다는 걸 어떻게 아셨죠?" 리트비노프가 물었다.

포투긴은 자기 주위의 방바닥을 바라보았다……

"알게 되었어요…… 보시다시피. 우리의 마지막 대화가 마침내 아주 이상하게 되었군요. 당신에게 진심 어린 연민을 표하지 않은 채 당신과 헤어지고 싶지 않았소."

"당신은 이제야 나를 동정하는군요…… 내가 떠날 때에?"

포투긴은 슬프게 리트비노프를 바라보았다.

"아아, 그리고리 미하일리치, 그리고리 미하일리치." 그는 짧게 한숨을 내쉬며 입을 열었다. "우리는 지금 이렇게 사소한 문제나 논쟁에 신경 쓸 겨를이 없어요. 내가 보건대, 당신은 조국의 문학에 아주 무관심한데, 그렇다면 바시카 부슬라예프를 모르겠죠?"

"누구요?"

"바시카 부슬라예프, 노브고로드*의 용사지요…… 키르샤 다닐로프가 엮은 이야기 선집에 들어 있습니다."

"어떤 부슬라예프죠?" 화제가 돌연 다른 방향으로 흐르자 약간 당황한 리트비노프가 말했다. "모릅니다."

"그래요, 상관없어요. 다만 당신이 바로 이 점에 관심을 갖길 바랍니다. 바시카 부슬라예프는 노브고로드 사람들을 이끌고 예루살렘으로 순례를 갔는데, 동향인들의 눈에는 끔찍하게도, 벌거벗은 몸으로 성스러운 요단강에서 목욕을 했어요. 그가 '재채기도 꿈도 새의 울음소리도' 믿지 않았기 때문이죠. 이 논리적인 바시카 부슬라예프가 타보르산에 올라갔는데, 그 산 정상에 돌이 있었어요. 온갖 부류의 사람들이 그 돌을 뛰어넘으려고 했지만 모두 실패했지요…… 바시카도 자신의 운을 시험해보고 싶었죠. 도중에 그는 해골과 사람의 뼈를 만났는데,

---

* 러시아 노브고로드주의 주도. 러시아에서 가장 오래된 도시들 중 하나.

그것들을 발로 걷어찼어요. 그러자 해골이 '왜 걷어차는 거야? 나는 살 수도 있고, 먼지 구덩이에 처박혀 있을 수도 있어. 똑같은 일이 너에게도 일어날 거야'라고 말하는 겁니다. 정말로 바시카가 그 돌 위로 뛰어올라 거의 뛰어넘으려는 순간, 발꿈치가 돌에 걸려 머리가 깨져버렸어요. 여기서 내가 지적하고 싶은 것은, 내 친구들인 슬라브주의자들은 온갖 해골과 부패한 민족을 발로 걷어차는 것을 몹시 좋아하는데, 이런 영웅서사시를 곰곰이 생각해보는 것도 나쁘지 않을 겁니다."

"왜 이런 얘기를 하는 거죠?" 마침내 리트비노프가 참지 못하고 말을 잘랐다. "이제 떠날 시간입니다, 실례하오……"

"그건 말입니다." 포투긴이 대답했다. 그의 눈은 깊은 우정으로 빛나고 있었다. 리트비노프는 그에게서 이런 눈빛을 전혀 기대하지 않았다. "그건 말이죠, 선량한 당신은 죽은 사람의 머리를 걷어차지 않고, 어쩌면 그 운명의 돌을 뛰어넘을 겁니다. 이제 더 이상 당신을 붙잡지 않겠소. 다만 헤어지기 전에 당신을 포옹하게 해주시오."

"나는 뛰어넘으려고 하지 않을 겁니다." 리트비노프는 포투긴과 세 번 입맞춤을 하면서 말했다. 그의 가슴에 가득했던 비애감은 일순간 이 고독하고 불행한 남자에 대한 연민과 뒤섞여버렸다. '그러나 가야만 해, 가야만 해.' 그는 방 안에서 부산을 떨기 시작했다.

"뭐 좀 날라 드릴까요?" 포투긴이 도와주겠다고 제안했다.

"아뇨, 고맙습니다. 걱정하지 마세요. 나 혼자……" 리트비노프는 모자를 쓰고 손에 가방을 들었다. "그런데 말이오," 그가 문지방에 서서 물었다. "당신은 그녀를 만났습니까?"

"네, 만났어요."

"그래…… 그녀는 어떤가요?"

포투긴은 잠시 말이 없었다. "그녀는 어제 당신을 기다렸고…… 오늘도 당신을 기다릴 겁니다."

"아! 그럼 그녀에게 이렇게 말해주시오…… 아뇨, 필요 없어요, 아무것도 필요 없어요. 안녕히 계시오…… 안녕히!"

"안녕히 가시오, 그리고리 미하일리치…… 한마디만 더 할게요. 당신은 아직 내 말을 들을 수 있는 시간이 있어요. 기차가 출발하기까지 반 시간 이상 남았소. 당신은 러시아로 돌아가니까…… 때가 되면…… 활동하겠지요…… 이 늙은 수다쟁이가─오오, 나는 그저 수다쟁이에 불과해요─작별하면서 당신에게 충고 하나 하겠소. 당신이 일을 착수할 때마다 '나는 문명─정확하고 엄밀한 의미에서─에 복무하고 있는가? 나는 문명의 이념들 중 하나를 실행하고 있는가? 나의 노동은 우리 시대에, 우리나라에서 전적으로 유익하고 유용하며, 교육적이고 유럽적인 특성을 가지고 있는가?'라고 자문해보시오. 만일 그렇다면, 과감하게 앞으로 나아가시오. 당신은 올바른 길 위에 있는 것이고 당신의 일은 축복받을 겁니다! 다행히 지금 당신은 혼자가 아닙니다. 당신은 '광야에 씨 뿌리는 자'가 아닐 거요. 우리나라에도 이미 근로자들이…… 개척자들이 나타나고 있으니까요…… 하지만 당신은 지금 이런 것에 신경 쓸 겨를이 없지요. 안녕히 가시오, 날 잊지 마시오!"

리트비노프는 계단을 뛰어 내려가 마차에 올라타고는 자신의 삶의 흔적이 많이 남아 있는 시내를 한 번도 돌아보지 않고 기차역까지 갔다…… 그는 마치 파도에 몸을 맡긴 사람 같았다. 파도에 실려 갔지만 결코 파도에 저항하려고 하지 않았다…… 그는 다른 모든 의지의 표현을 거부했다.

그는 이미 객차에 오르고 있었다.

"그리고리 미하일리치…… 그리고리……" 그의 등 뒤에서 애원하는 듯한 속삭임이 들렸다.

그는 몸을 떨었다…… 설마 이리나? 정말로 그녀였다. 하녀의 숄로 몸을 감싸고 헝클어진 머리칼에 여행 모자를 쓴 그녀가 플랫폼에 서서 생기 없는 눈으로 그를 바라보고 있었다. '돌아와요, 돌아와요, 나는 당신을 데리러 왔어요'라고 그녀의 눈이 말하고 있었다. 그 눈은 모든 것을 약속하고 있었다! 그녀는 움직이지 않았고, 덧붙여 말할 힘도 없었다. 그녀의 모든 것이, 단정치 못한 옷매무새까지도 마치 용서를 빌고 있는 것 같았다.

리트비노프는 간신히 두 발로 버티고 서 있다가 하마터면 그녀에게로 달려갈 뻔했다…… 그러나 그가 몸을 맡겼던 파도가 이겼다…… 그는 객차에 뛰어올라 돌아서서 이리나에게 자기 옆자리를 가리켰다. 그녀는 그의 동작을 이해했다. 아직 시간이 있었다. 단 한 걸음만 떼거나 움직이기만 했어도 영원히 결합된 두 인생은 미지의 먼 곳으로 질주했을 것이다…… 그녀가 망설이고 있는 동안 기적이 우렁차게 울렸고 기차가 출발했다. 리트비노프는 몸을 뒤로 젖혔다. 이리나는 비틀거리며 기차역 벤치로 다가가서 그 위에 쓰러졌다. 우연히 기차역에 나왔던 촉탁 외교관은 깜짝 놀랐다. 이리나를 잘 몰랐지만 그녀에게 무척 관심이 있었던 그는 실신한 듯이 벤치에 누워 있는 그녀를 보고는 신경 발작이 일어났다고 생각했고, 그녀를 도와주러 가는 것이 자신의 의무, 즉 용감한 기사의 의무라고 생각했다. 그러나 더욱더 놀란 것은, 그녀에게 말을 건네자마자 그녀가 벌떡 일어나서 그가 내민 손을 뿌리치고 거리로 달려 나가더니 슈바르츠발트의 초가을 날씨 특유의 우윳빛 안개 속으로 금세 사라져버렸다는 것이다.

26

언젠가 우리는, 방금 끔찍이 사랑하는 외아들을 잃은 농부農婦의 오두막에 우연히 들어간 적이 있었다. 그때 그 여자의 침착하고 거의 명랑한 듯한 태도를 보고 적잖이 놀랐다. "내버려둬유." 아마 우리가 놀라는 것을 알아차렸는지 그녀의 남편이 이렇게 말했다. "지금 마누라는 감각이 마비되었슈." 리트비노프도 역시 '감각이 마비되었다'. 이런 평온함이 여행을 시작한 처음 몇 시간 동안 그에게 찾아왔다. 완전히 망가지고 절망적일 정도로 불행한 리트비노프는 최근 일주일 동안 불안과 고통을 겪고 나서, 연이어 그의 머리에 가해진 모든 타격을 당하고 나서 휴식을 취하고 있었다. 그는 이런 풍파에 잘 어울리는 사람이 아니라서 이 타격에 더욱 심하게 흔들렸다. 이제 그는 정말이지 아무것도 바라지 않았고, 지난 일을, 무엇보다 지난 일을

상기하지 않으려고 애썼다. 그는 러시아로 가고 있었다…… 일
단 어딘가로 가야만 했다! 그는 더 이상 자신의 삶에 대해 어
떤 계획도 세우지 않았다. 그는 자신을 알아보지 못했다. 즉,
자신의 행동을 이해하지 못했다. 진짜 '자아'를 잃어버린 것 같
았다. 대체로 그는 이 '자아'에 별로 관심이 없었다. 이따금 그
는 자신의 주검을 운반하고 있다는 느낌이 들었다. 다만 치유
할 수 없는 마음의 고통이 가끔씩 찌릿찌릿 일어날 때마다 자
기가 아직 살아 있다는 생각을 하곤 했다. 어떻게 남자가—정
말로 남자가!—여자의 영향, 사랑의 영향을 이토록 강하게 받
을 수 있는지 그는 이해할 수 없었다…… '수치스러운 연약함!'
하고 그는 속삭이며 외투의 먼지를 털어내고 더욱 똑바로 앉
았다. 과거는 끝났고 새롭게 시작해야 해…… 잠시 후 그는 그
저 씁쓸한 미소를 지었고, 이런 자기 자신에게 놀랐다. 그는 창
밖을 내다보기 시작했다. 흐리고 습한 날이었다. 비는 내리지
않았으나 여전히 안개가 끼었고, 낮게 깔린 구름이 하늘을 온
통 뒤덮고 있었다. 바람이 기차를 향해 불고 있었다. 희끄무레
한 수증기 덩어리가 때론 홀로, 때론 더 거무스름한 연기 덩어
리와 뒤섞여 리트비노프의 옆 차창을 끝없는 행렬을 지어 스쳐
지나갔다. 그는 수증기와 연기를 지켜보았다. 잇달아 휘말려
솟아올랐다가 밑으로 떨어지고, 빙빙 돌며 풀이나 관목에 달라
붙으면서, 마치 휘어졌다 펴졌다 사라지는 것처럼 수증기 덩어
리는 꼬리에 꼬리를 물고 질주하고 있었다. 그것은 끊임없이
변했지만 그대로였다…… 단조롭고 성급하고 지루한 유희였
다! 이따금 풍향이 바뀌고 선로가 구부러지면 수증기 덩어리

는 돌연 사라졌다가 금세 반대쪽 창문에 나타났다. 이윽고 다시 거대한 꼬리 부분이 바뀌었고, 다시 라인강 변의 광활한 평원 풍경이 리트비노프의 눈에 들어왔다. 그는 바라보고 또 바라보다가 돌연 이상한 생각에 사로잡혔다…… 그는 객차의 칸막이 방에 혼자 앉아 있었고, 아무도 그를 방해하지 않았다. "연기다, 연기." 그는 여러 번 되뇌었다. 갑자기 그에게 모든 것이 연기처럼 보였다. 그 자신의 삶도, 러시아의 삶도, 인간의 모든 것도, 특히 러시아의 모든 것이 연기처럼 보였다. '모든 것이 연기고 수증기'라고 그는 생각했다. 마치 모든 것이 끊임없이 변하는 것 같고, 도처에 새로운 형상들이 나타나고 사건이 꼬리에 꼬리를 물고 일어나지만 본질적으로 모든 것이 똑같다. 모든 것이 급히 어딘가로 서둘러 가고 있지만, 모든 것은 아무것도 얻지 못하고 흔적도 없이 사라진다. 풍향이 바뀌면 모든 것은 반대쪽으로 몰려간다. 그리고 거기에서 똑같이 지칠 줄 모르는, 요란하고 불필요한 유희가 다시 시작된다. 최근 몇 년 동안 자기 눈앞에서 시끄럽고 떠들썩하게 일어났던 많은 일들이 떠올랐다…… "연기다." 그는 속삭였다. 구바료프를 비롯해 높고 낮은 지위에 있는 다른 여러 사람들, 진보적인 사람들과 시대에 뒤진 사람들, 노인들과 젊은이들의 뜨거운 논쟁과 설명과 외침도 생각났다…… "연기다." 그는 되뇌었다. "연기다, 수증기다." 마침내 그 유명한 피크닉도 생각났고, 다른 정치인들의 의견과 연설도 생각났다. 심지어 포투긴이 설교한 것도 모두 떠올랐다…… 이 모든 것이 연기다, 연기다, 그 이상 아무것도 아니다. 그럼 자신의 갈망과 감정, 시도와 꿈은? 그는 그저 한 손을 내저었다.

한편 기차는 계속 달렸다. 라슈타트도, 카를스루에도, 브루흐잘도 이미 오래전에 지나갔다. 선로의 오른쪽 산들은 처음엔 한쪽으로 기울어지고 멀어졌다가 잠시 후 다시 가까이 다가왔지만, 이제 산들은 그다지 높지 않았고 숲도 듬성듬성했다…… 기차가 급격하게 옆으로 방향을 틀었고…… 바로 하이델베르크였다. 차량이 기차역 지붕 아래로 굴러 들어갔다. 러시아 잡지를 비롯해 온갖 잡지를 파는 신문팔이들의 외침 소리가 들렸다. 여행객들은 자기 자리에서 부산을 떨다가 플랫폼으로 나갔다. 하지만 리트비노프는 자기 자리를 떠나지 않고 머리를 수그린 채 계속 앉아 있었다. 갑자기 누군가가 그의 이름을 불렀다. 그는 눈을 들어 올렸다. 빈다소프가 창문으로 낯짝을 들이밀었고, 그 뒤로—단지 그의 생각이었을까?—아니, 정말로 바덴의 낯익은 얼굴들이 있었다. 수한치코바와 밤바예프도 있었다. 그들 모두가 그에게 다가오고 있었고, 빈다소프가 외쳤다.

"그런데 피시찰킨은 어디 있나? 우린 그를 기다리고 있었네. 뭐, 상관없지. 어서 내려, 겁쟁이, 우리는 모두 구바료프에게 갈 거야."

"그래, 그래, 이보게, 구바료프가 우리를 기다리고 있어." 밤바예프가 앞으로 걸어 나오면서 같은 말을 되뇌었다.

리트비노프는 심장에 얹혀 있는 무거운 짐만 아니었다면 버럭 화를 냈을 것이다. 그는 빈다소프를 힐끗 쳐다보고 말없이 고개를 돌렸다.

"여기에 구바료프가 있다고 하잖아요!" 수한치코바가 외쳤다. 그녀의 눈알이 거의 튀어나올 것 같았다.

리트비노프는 꼼짝도 하지 않았다.

"잘 들어, 리트비노프." 마침내 밤바예프가 입을 열었다. "여기에는 구바료프뿐만 아니라 가장 탁월하고 가장 똑똑한 일단의 러시아 젊은이들이 와 있어. 그들은 모두 자연과학을 공부하고, 고결한 신념을 가지고 있어! 그들을 위해서라도 자넨 여기에 있어야 돼. 여기에는 또 그 누구냐…… 에이, 성을 잊어버렸군! 어쨌든 그 사람도 정말 천재야!"

"그를 내버려둬요, 내버려둬, 로스티슬라프 아르달리오니치." 수한치코바가 끼어들었다. "내버려둬요! 그가 어떤 사람인지 보고 있잖아요. 그의 친척 모두가 그래요. 저 사람에게 처고모 될 사람이 있는데, 처음엔 센스가 있어 보였어요. 그저께 나는 그녀와 함께 기차를 타고 여기에 왔는데―그녀는 얼마 전에 바덴에 왔다가 급히 돌아가고 있었어요―어쨌든 함께 타고 오면서 그녀에게 이것저것 물었지만…… 그 거만한 여자한테서 한마디도 듣지 못했어요. 정말 역겨운 귀족이에요!"

가련한 카피톨리나 마르코브나가 귀족이라니! 그녀는 이런 모욕을 예상이나 했을까?!

그러나 리트비노프는 내내 잠자코 있다가 얼굴을 돌리고 챙달린 모자를 푹 눌러썼다. 마침내 기차가 움직였다.

"뭔가 작별 인사라도 해야지. 무정한 사람!" 밤바예프가 소리쳤다. "이럴 수는 없어!"

"건달! 멍청이!" 빈다소프가 외치기 시작했다. 객차는 점점 빠르게 움직였고, 그는 제멋대로 욕설을 퍼부을 수 있었다. "구두쇠! 무골충! 똥벌레!"

이 마지막 욕설을 빈다소프가 즉석에서 만들어냈는지, 아니면 다른 사람에게서 빌려 왔는지 모르지만, 마침 그 자리에 있던 자연과학을 공부하는 고상한 두 젊은이는 이 욕설이 무척 마음에 들었던 모양이다. 며칠 후, 당시 하이델베르크에서 발행된 「**나는 모든 것을 배격한다!**」 혹은 「신은 배신하지 않고 돼지는 먹지 않는다」라는 제목의 러시아 정기 리플릿에 그 욕설이 나타났기 때문이다.*

리트비노프는 앞서 한 말을 다시 되뇌기 시작했다. "연기, 연기, 연기!" 그리고 그는 이런 생각을 했다. '지금 하이델베르크에는 백 명이 넘는 러시아 대학생들이 있다. 그들 모두 화학, 물리학, 생리학을 공부하면서 다른 것은 들으려고도 하지 않는다…… 그러나 5, 6년 후에는 전과 동일한 유명 교수들의 강의를 듣는 학생이 열다섯 명도 안 될 것이다……** 풍향이 바뀌면 연기는 다른 방향으로 밀려들 것이다…… 연기…… 연기…… 연기!'

해 질 녘에 그는 카셀을 지났다. 어두워지면서 견딜 수 없는 우수가 매처럼 그를 덮쳤다. 그는 찻간 한구석에 웅크리고 앉아 울기 시작했다. 눈물이 오랫동안 흘러내렸지만 마음이 가벼워지기는커녕 왠지 마음이 쓰리고 고통스러웠다. 이때 카셀의

---

* 이것은 역사적 사실이다. (원주)

** 리트비노프의 예감은 적중했다. 1866년 여름 학기에 하이델베르크에서 공부한 러시아 대학생들은 열세 명이었고, 겨울 학기에는 열두 명이었다. (원주)

한 호텔에는 열병에 걸린 타티야나가 침대에 누워 있었고, 카피톨리나 마르코브나는 그녀 곁에 앉아 있었다.

"타냐," 카피톨리나 마르코브나가 말했다. "제발, 그리고리 미하일리치에게 전보를 치게 해줘. 제발, 타냐."

"안 돼요, 고모님." 타냐가 말했다. "그럴 필요 없어요. 걱정 마시고, 물 좀 주세요. 곧 나을 거예요."

정말로 일주일이 지나자 타냐의 건강은 회복되었고, 조카딸과 고모는 여행을 계속했다.

27

리트비노프는 페테르부르크에도 모스크바에도 머물지 않고 자기 영지로 돌아왔다. 그는 아버지를 보고 깜짝 놀랐다. 아버지가 너무나 허약하고 쇠약해졌기 때문이다. 노인은 이미 삶을 마감한 사람이 기뻐할 수 있는 만큼 아들을 보고 한껏 기뻐했다. 그리고 엉망진창이 된 모든 영지 관리를 즉시 아들에게 넘기고 몇 주 더 살다가 숨을 거두었다. 지주의 낡은 별채에 홀로 남은 리트비노프는 무거운 마음으로 희망도 열의도 돈도 없이 영지를 관리하기 시작했다. 러시아에서 영지 관리가 얼마나 따분한 일인지는 누구나 잘 알고 있다. 리트비노프에게 영지 관리가 얼마나 괴로웠을지 장황하게 늘어놓지 않겠다. 개혁이나 혁신에 관해서는 말할 필요도 없었다. 외국에서 습득한 지식을 실제 적용하는 것은 무기한 연기되었다. 그는 돈이 없어

263

하루하루를 근근이 살아갔고, 물질적으로나 정신적으로 온갖 양보를 할 수밖에 없었다. 새로운 것은 뿌리내리지 못했고 낡은 것은 모든 힘을 잃었다. 무능한 사람과 비양심적인 사람이 충돌하곤 했다. 뿌리까지 뒤흔들린 생활양식은 마치 진펄처럼 끊임없이 흔들렸다. 오직 '자유'라는 위대한 말만이 마치 성령처럼 물 위를 떠다니고 있었다. 무엇보다 인내가 필요했다. 그것도 수동적이 아닌 능동적이고 완강한 인내, 다소 수완도 있고 이따금 교활하기까지 한 인내가 필요했다…… 리트비노프는 현재의 무거운 기분 때문에 두 배나 더 고통스러웠다. 살고 싶은 의욕이 별로 남아 있지 않았다…… 하물며 부산 떨며 일할 의욕이 어디서 생길 수 있겠는가?

그러나 1년이 지나고 2년이 지나 3년째가 시작되었다. 농노해방의 위대한 사상은 조금씩 실현되거나 구현되고 있었다. 뿌린 씨앗에서 새싹이 났고, 드러난 적이든 숨은 적이든 그 싹을 더 이상 짓밟을 수 없었다. 리트비노프는 수확한 것을 농민과 절반씩 나누기로 했고, 결국 대부분의 토지를 농민들에게 빌려주었다. 그는 어설프고 원시적인 경영 방식으로 되돌아갔지만 몇 가지 성공한 것도 있었다. 공장을 다시 열었고, 자유 계약으로 일꾼 다섯 명—한때 마흔 명이 된 적도 있었다—을 고용하여 조그만 농장을 경영하기도 했다. 주요한 개인 빚도 다 갚았다…… 정신도 강해졌다. 그는 다시 예전의 리트비노프와 비슷해졌다. 사실, 마음속 깊이 숨긴 슬픈 감정은 전혀 그를 떠나지 않았다. 그는 나이에 걸맞지 않게 조용했고, 자신의 협소한 삶의 반경 속에 틀어박혀 이전의 모든 관계를 끊어버렸다……

하지만 죽음 같은 무관심은 사라졌고, 그는 다시 산 사람들 사이에서 살아 있는 사람처럼 움직이고 활동했다. 그를 사로잡았던 그 매혹의 마지막 흔적도 사라졌다. 바덴에서 일어났던 모든 것이 그에겐 꿈같았다…… 그럼 이리나는?…… 그녀의 모습도 희미해졌고 사라져버렸다. 리트비노프는 그녀의 모습을 점점 에워싸는 안개 속에서 뭔가 위험한 것을 어렴풋이 느꼈을 뿐이다. 타티야나의 소식은 이따금 들려왔다. 그녀는 리트비노프가 사는 곳에서 2백 베르스타쯤 떨어진 조그만 자기 영지에서 고모와 함께 정착해 조용히 살면서 별로 외출도 안 하고 거의 손님도 들이지 않지만 평온하고 건강하게 지내고 있다는 걸 그는 알고 있었다. 5월의 화창한 어느 날, 리트비노프는 서재에 앉아서 페테르부르크의 잡지 최근 호를 무심히 뒤적이고 있었다. 그때 하인이 들어와 늙은 아저씨 한 분이 찾아왔다고 보고했다. 카피톨리나 마르코브나의 사촌 오빠뻘 되는 사람으로 최근에 그녀를 방문했었다. 그는 리트비노프의 영지 근처에 구입한 영지로 가는 중이었다. 조카딸 집에 꼬박 하루를 머물렀던 그는 타티야나의 생활에 대해 많은 이야기를 했다. 다음 날, 그가 떠난 후 리트비노프는 헤어진 뒤 처음으로 타티야나에게 편지를 보냈다. 그는 편지로나마 친분을 회복하길 간청했고, 그녀를 다시 만날 생각을 영원히 버려야 하는지 알고 싶어 했다. 그는 다소 흥분한 채 답장을 기다렸다…… 마침내 답장이 왔다. 타티야나는 그의 물음에 따뜻한 반응을 보였다. "만일 우리를 방문하실 생각이 있으면, 언제든지 오세요. 환자들도 서로 떨어져 있기보다는 같이 있는 게 더 좋다고 합니다."

그녀는 편지를 이렇게 끝맺었다. 카피톨리나 마르코브나도 안부를 전했다. 리트비노프는 아이처럼 기뻐했다. 무슨 일로 심장이 세차게 뛴 것이 실로 오랜만이었다. 그는 갑자기 마음이 가볍고 밝아졌다…… 태양이 솟아 밤의 어둠을 몰아내고, 산들바람이 햇살과 함께 깨어난 대지 위를 내달릴 때와 똑같은 기분이었다. 리트비노프는 이날 온종일 계속 웃었고, 심지어 농장을 돌아보고 지시를 내릴 때도 웃었다. 그는 곧 길 떠날 채비를 시작했고, 2주 후 이미 타티야나에게 가고 있었다.

28

그는 마차를 타고 샛길을 따라 아주 천천히 나아갔다. 어떤 특별한 일도 일어나지 않았다. 딱 한 번 뒷바퀴의 쇠타이어가 끊어졌다. 대장장이가 끊어진 쇠타이어를 용접하다가 욕설을 퍼붓고 결국 포기했다. 다행히 이곳에서는 유난히 '부드러운 땅', 즉 '진흙길'은 끊어진 쇠타이어로도 멋지게 여행할 수 있었다. 그 대신 리트비노프에게 꽤 흥미로운 만남이 두세 번 있었다. 어떤 역참에서 농지 조정관들의 모임이 있었는데, 그들 가운데 리트비노프에게 솔론*이나 솔로몬의 인상을 주었던 피시찰킨도 있었다. 피시찰킨의 말은 고결한 지혜로 가득 차 있었고, 지주들과 농민들도 무한한 존경심을 가지고 그를 대했

---

* 고대 그리스의 정치가이자 입법자로 민주정치의 기초를 세웠다.

다…… 그의 외모도 고대의 현자와 비슷했다. 정수리 머리칼은 홀랑 빠져 있었고, 통통한 얼굴은 전혀 억제되지 않은 미덕으로 만들어진 묵직한 젤리처럼 굳어 있었다. 그는 리트비노프의 도착을 환영하며 "감히 화려한 어구를 사용하자면, 내가 사는 군에 잘 오셨습니다"라고 말했지만 호의가 지나쳤다고 느꼈는지 금방 입을 다물었다. 그래도 그는 보로실로프에 대한 소식 하나를 전해주었다. 우등생 출신인 이 용사는 다시 입대하여 자기 연대의 장교들 앞에서 '불교에 대하여'나 '물력론' 등에 대해 강의를 했다는 것이다…… 그러나 피시찰킨도 강의 제목을 잘 기억하지는 못했다. 다음 역참에서 리트비노프는 말에 마구를 채우기 위해 오랫동안 기다려야만 했다. 마침 이른 아침이라 그는 마차에 앉아서 꾸벅꾸벅 졸다가 낯익은 목소리에 잠에서 깨어 눈을 떴다……

맙소사! 구바료프 씨가 회색 재킷에 축 늘어진 잠옷 바지를 입고 역참 현관 계단에 서서 욕설을 퍼붓고 있는 것이 아닌가?…… 아니다, 저 사람은 구바료프 씨가 아니다…… 하지만 놀랄 만큼 닮았다!…… 다만 이 지주는 입이 더 크고, 이가 더 날카롭고, 내리뜬 눈초리도 훨씬 더 사나웠으며, 코도 더 크고 턱수염도 더 짙어서 외모 전체가 더 둔중하고 더 혐오스러웠다.

"비열한 놈들, 비열한 놈들!" 그는 탐욕스러운 입을 크게 벌리고 천천히 표독스럽게 되뇌었다. "더러운 농부 놈들…… 이게 바로 그…… 자랑스러운 자유라는 거냐…… 말들이 없다고…… 비열한 놈들!"

"비열한 놈들, 비열한 놈들!" 이때 문 뒤에서 다른 목소리가 들렸다. 역시 회색 재킷에 축 늘어진 잠옷 바지를 입은 사람이 현관 계단에 나타났다. 이번에 나타난 사람은 정말로 진짜 구바료프, 스테판 니콜라예비치 구바료프였다! "더러운 농부 놈들!" 그는 형을 흉내 내어 말을 이었다(먼저 나온 사람이 그의 형이었다. 구식 '폭군'인 그는 동생의 영지를 관리하고 있었다). "놈들은 때려야 해, 내가 말했잖아, 낯짝을 갈겨야 한다고. 바로 이게 놈들에게 어울리는 자유야. 이빨을 갈겨야 해…… 저 놈들 말이…… 읍장이라!…… 내가 저놈들을 그냥!…… 그런데 무슈 로스톤은 어디에 있는 거야? 그자는 뭘 보고 있지? 이건 그 밥벌레의 일인데…… 이런 골치 아픈 일이 일어나지 않게 해야지……"

"이봐, 그러니까 내가 말했잖아." 형 구바료프가 입을 열었다. "그자는 아무 쓸모가 없다고. 그냥 밥벌레야! 다만 네가 옛날 기억 때문에…… 무슈 로스톤, 무슈 로스톤…… 어디로 사라진 거야?"

"로스톤, 로스톤!" 동생인 위대한 구바료프가 소리치기 시작했다. "그자를 똑바로 불러요, 도리메돈트 니콜라이치 형."

"스테판 니콜라이치, 나도 그자를 똑바로 부르고 있어. 무슈 로스톤!"

"여기 있어요, 여기 있어, 여기 있어요!" 다급한 목소리가 들렸다. 오두막 모퉁이에서 뛰어나온 사람은 바로 밤바예프였다.

리트비노프는 "앗" 하고 탄성을 질렀다. 이 불운한 열광자는 옷소매가 찢긴 헝가리풍의 다 해진 헐렁한 윗도리를 애처롭게 걸치고 있었다. 그의 얼굴 모습은 그다지 변하지 않았으나 찡

그리고 일그러져 있었다. 그의 불안이 깃든 작은 눈에는 비굴한 공포와 굶주림으로 인한 굴종이 어려 있었다. 그러나 물들인 콧수염은 여전히 두툼한 입술 위에 볼록 솟아 있었다. 구바료프 형제는 즉시 현관 계단 위에서 한목소리로 책망하기 시작했다. 밤바예프는 아래쪽 진창 속에 멈춰 서서 무테 모자를 붉은 손가락으로 구기고 종종걸음을 치면서 말이 곧 준비될 거라고 웅얼거렸다…… 그러나 형제들은, 동생이 리트비노프를 힐끗 쳐다볼 때까지 계속 밤바예프를 힐난했다. 리트비노프를 알아봤는지, 아니면 남의 앞이라 부끄러웠는지 동생 구바료프는 돌연 곰처럼 발뒤꿈치를 돌리더니 턱수염을 깨물고 어기적거리며 역참으로 들어갔다. 형 구바료프도 금세 입을 다물고 역시 곰처럼 돌아서더니 동생 뒤를 따라 들어갔다. 위대한 구바료프는 조국에서도 영향력을 잃지 않은 것 같았다.

밤바예프는 형제들의 뒤를 따라가려고 했다…… 리트비노프가 그의 이름을 불렀다. 그는 뒤돌아서서 유심히 바라보더니 리트비노프를 알아보고 두 손을 내밀며 곧장 달려왔다. 마차로 오자마자 그는 문을 붙잡고 그 문에 가슴을 기대고는 눈물을 펑펑 쏟으며 서럽게 울어댔다.

"그만하게, 그만해, 밤바예프!" 밤바예프 위로 몸을 굽히고 그의 어깨를 만지면서 리트비노프가 되뇌었다.

그러나 밤바예프는 계속 서럽게 울어댔다.

"보다시피…… 보다시피…… 이 꼴이 되었네……" 그는 흐느껴 울면서 웅얼거렸다.

"밤바예프!" 오두막 안에서 형제가 큰 소리로 외치기 시작했다.

밤바예프는 머리를 쳐들고 급히 눈물을 닦았다.

"잘 있었지, 친구." 그가 속삭였다. "잘 있었지, 잘 가게!……
들리지? 저들이 나를 부르고 있어."

"그런데 자넨 어떻게 여기로 오게 되었나?" 리트비노프가
물었다. "이게 어떻게 된 건가? 나는 저들이 프랑스인을 부르
고 있다고 생각했네……"

"나는 저들의…… 집 관리인, 즉 집사지." 밤바예프가 대답하
면서 손가락으로 오두막 쪽을 가리켰다. "나는 재미로 이렇게
프랑스인이 되었네. 어쩌겠나? 먹을 게 아무것도 없고 동전 한
닢 없으니 할 수 없이 올가미 속으로 기어들었지. 자존심을 내
세울 형편이 아니네."

"저 사람이 러시아에 온 지 오래되었나? 그리고 이전의 동료
들과는 어떻게 헤어졌나?"

"에이! 이보게! 지금은 모든 게 끝났어…… 풍향이 변했
어…… 저 사람은 마트료나 쿠즈미니시나 수한치코바를 거칠
게 쫓아버렸지. 홧김에 그녀는 포르투갈로 떠나버렸고."

"포르투갈로 갔다고? 이건 또 무슨 소리야?"

"그래, 포르투갈로 갔어. 마트료나주의자 두 사람과 함께."

"누구랑?"

"마트료나주의자. 그녀의 당원들을 그렇게 부르지."

"마트료나 쿠즈미니시나가 당을 가지고 있나? 당원은 많
은가?"

"포르투갈로 같이 간 그 두 사람이 바로 당원이지. 저자가

270

여기로 돌아온 지 곧 반년이 되네. 다른 사람들은 모두 체포되었는데 저 사람은 멀쩡해. 지금은 형과 함께 시골에서 살고 있지. 지금 저 사람이 뭐라고 말하는지 들어보게……"

"밤바예프!"

"갑니다, 스테판 니콜라예비치, 지금 가요. 친구, 자넨 좋아 보이는군. 인생을 즐기고 있군! 감사한 일이야! 지금 어디로 가는 길인가?…… 이거 참 뜻밖이야…… 바덴을 기억하나? 아, 좋은 시절이었어! 그런데 빈다소프를 기억하나? 자네가 믿을지 모르겠지만 그가 죽었네. 세무서원이 되었는데 선술집에서 싸우다가 당구 채로 얻어맞아 머리가 깨졌어. 그래, 그래 우리는 고난의 시절을 맞이했어! 마저 말하겠네, 러시아…… 러시아는 정말 놀라운 나라야! 저 한 쌍의 거위를 보게나. 유럽 전체를 뒤져도 저런 거위는 없어. 진짜 아르자마스산産 거위야!"

밤바예프는 근절하기 어려운 경탄의 욕구에 마지막 경의를 표하고는 역참 오두막으로 달려갔다. 그곳에서 다시 그의 이름을 부르는 목소리가 들려왔는데, 그 목소리에는 가시가 돋쳐 있었다.

그날 저녁 무렵 리트비노프는 타티야나가 사는 마을로 다가가고 있었다. 그의 옛 약혼녀가 살고 있는 집은 작은 개천가 언덕 위에, 최근 심은 나무들로 둘러싸여 있었다. 최근에 지어진 작은 집은 멀리 떨어진 맞은편 개천과 들판에서도 보였다. 리트비노프는 2베르스타나 떨어진 곳에서도 뾰족한 다락방과 저녁놀에 붉게 타오른 많은 창문들이 달린 작은 집을 볼 수 있었다. 그는 이미 마지막 역참을 떠난 뒤부터 남몰래 불안해했다. 그런데 지금은 그저 당혹감, 유쾌한 당혹감에 사로잡혔고, 약간 두렵기도 했다. '나를 어떻게 맞아줄까?' 그는 생각했다. '나는 그녀 앞에 어떻게 나타나야 하지?……'

어떻게든 기분 전환을 하려고 그는 마부에게 말을 걸었다. 마부는 잿빛 턱수염을 기른 착실한 농부였지만, 25베르스타도 채 안 되는 길을 가면서 30베르스타 가는 삯을 리트비노프에게 받아냈다. 리트비노프는 여지주 셰스토바 일가를 아느냐고 마부에게 물었다.

"셰스토바 일가유? 알다 마다유! 선량한 마님들이쥬, 말할 필요도 없슈! 우리 형제들의 병도 고쳐주셨슈, 참말유. 훌륭한 의사들이쥬! 사방에서 그분들을 찾아와유. 정말로 많이들 찾아와유. 요컨대 병에 걸리거나 상처를 입은 자들은 곧장 그분들께 가쥬. 그러면 그분들은 즉시 물약이나 가루약이나 고약을 줘유. 그럼 괜찮아져유, 약효가 있슈. 약값도 안 받구유. 돈을 위해 하는 일이 아니라는 거유. 그리고 학교도 세웠슈. 그건 헛일이지만유!"

마부가 이야기하는 중에도 리트비노프는 그 작은 집에서 눈을 떼지 않았다…… 하얀 옷을 입은 여자가 발코니로 나와 잠시 서 있다가 사라졌다…… '그녀가 아니었을까?' 심장이 더 빠르게 고동쳤다. "더 빨리! 더 빨리!" 그가 마부에게 소리쳤고, 마부도 더 빨리 말을 몰아댔다. 몇 분이 더 지나서…… 마차는 열린 대문 안으로 들어섰다…… 현관 계단 위에 이미 카피톨리나 마르코브나가 서 있었다. 그녀는 어쩔 줄 모르고 손뼉을 치며 소리쳤다. "난 알아봤어, 먼저 알아봤어! 그 사람이야! 그 사람이야!…… 난 알아봤어!"

　리트비노프는 달려 나온 카자크 복장을 한 시동이 마차 문을 열어줄 틈도 주지 않고 마차에서 펄쩍 뛰어내려 급히 카피톨리나 마르코브나를 포옹하고 나서 집 안으로 달려가 현관을 거쳐 홀로 갔다…… 그 앞에 귓불까지 빨개진 타티야나가 당황한 채 서 있었다. 그녀는 선량하고 다정한 눈으로 그를 바라보고는(그녀는 약간 말랐지만, 그녀에게 더 어울렸다) 그에게 한 손을 내밀었다. 그는 그 손을 잡지 않고 그녀 앞에 무릎을 꿇었다. 그녀는 이런 상황을 전혀 예상하지 못했기에 무슨 말을 하고 어떻게 해야 할지 몰랐다…… 그녀의 눈에 눈물이 맺혔다. 그녀는 깜짝 놀랐지만 얼굴은 온통 기쁨으로 빛났다…… "그리고리 미하일리치, 뭐 하시는 거예요, 그리고리 미하일리치." 그녀가 말했다. 그러나 그는 계속 그녀의 치맛자락에 입을 맞추고 있었다…… 그는 바덴에서 그녀 앞에 무릎을 꿇었던 일을 감격하며 떠올렸다…… 그러나 그때와 지금은 얼마나 다른가!

　"타냐," 그는 되뇌었다. "타냐, 나를 용서해주겠소, 타냐?"

　"고모님, 고모님, 이걸 어쩌죠?" 타냐는 방 안으로 들어온 카피톨리나 마르코브나에게 말했다.

　"그를 방해하지 말고, 그냥 둬, 타냐." 선량한 여인이 말했다. "보다시피 참회하러 왔으니까."

————

　아쉽게도 이제 이야기를 끝낼 때다. 사실 덧붙일 말이 아무것도 없다. 독자 스스로 추측해보시길…… 그런데 이리나는 어떻게 되었을까?

그녀는 서른 살이 되었는데도 여전히 매혹적이다. 그녀를 사랑하는 젊은이들이 셀 수 없이 많은데, 만약…… 만약…… 그녀를 사랑하는 젊은이들은 더 많아질 것이다.

독자여, 우리와 함께 잠시 페테르부르크의 일류 건물들 중 한 건물로 가보지 않겠는가? 보시라, 여러분 앞에는 잘 정돈된 넓은 방이 있다. 화려하다고는 말하지 않겠다. 이 표현은 너무나 저급하니까. 그 방은 위풍당당하고 인상 깊게 정돈되어 있다. 여러분은 굴욕감으로 어떤 전율을 느끼지 않는가? 여러분도 알아야 한다. 여러분은 사원에, 즉 최고의 예절과 사랑이 충만한 미덕, 한마디로 천상의 것에 바쳐진 사원에 들어온 것이다. 어떤 신비한, 정말로 신비한* 고요가 당신을 감싼다. 문과 창문에는 벨벳 커튼이 쳐져 있고, 마룻바닥에는 폭신폭신하고 보드라운 양탄자가 깔려 있는데, 이 모든 것은 마치 거친 소리와 강한 감각을 완화하고 부드럽게 하기 위해 디자인되고 적용된 것 같다. 정성 들여 걸어놓은 램프는 진중한 느낌을 불러일으킨다. 은은한 향기가 탁한 공기에 스며들고, 테이블 위의 사모바르도 절도 있고 얌전하게 쉬쉬 소리를 내고 있다. 페테르부르크 사교계에서 위엄 있는 귀부인인 이 집 여주인은 지금 들릴락 말락 한 목소리로 말하고 있다. 그녀는 마치 방 안에

---

* 제정 러시아의 2등문관과 3등문관의 호칭(тайный советник)에 '신비한'이란 단어가 들어간다. 여기서 이 단어는 이 집이 고관대작의 집임을 암시하고 있다.

거의 죽어가는 중환자가 있는 것처럼 늘 그렇게 말한다. 다른 부인들도 이 여주인을 흉내 내어 들릴락 말락 한 목소리로 속삭인다. 차를 따르는 여주인의 여동생도 전혀 소리를 내지 않고 입술을 움직인다. 그래서 예절이 가득한 사원에 우연히 들어와 그 여동생 앞에 앉아 있는 젊은이는 그녀가 자기에게 원하는 게 뭔지 몰라 의아해한다. 그녀는 여섯 번이나 **"차 한 잔 드시겠어요?"**라고 그에게 속삭인다. 구석에는 외모가 단정한 젊은 남자들이 보인다. 그들의 시선은 은근한 아첨으로 빛나고, 표정은 간드러지지만 부드럽고 온화하다. 수많은 훈장이 그들의 가슴 위에서 부드럽게 반짝인다. 대화도 조용히 진행된다. 그들은 종교와 애국, F.N. 글린카의 「신비한 물방울」, 동방에서의 사명, 백러시아의 수도원과 교단의 문제 등에 대해 이야기를 나눈다. 이따금 제복을 착용한 하인들이 보드라운 양탄자를 소리 없이 밟으며 지나간다. 꼭 끼는 비단 양말을 신은 하인들의 장딴지가 걸음을 옮길 때마다 가만히 떨린다. 튼튼하고 건장한 근육이 정중히 떨릴 때마다 장엄함, 온건함, 경건함이 자아내는 전체적인 인상은 배가된다…… 여기는 사원이다! 여기는 사원이다!

"오늘 라트미로바 부인을 보셨나요?" 어떤 부인이 상냥하게 묻는다.

"오늘 리즈의 집에서 그녀를 만났어요." 여주인은 아이올로스의 하프* 소리처럼 대답한다. "그녀가 불쌍해요…… 그녀의

---

* 아이올로스는 그리스 신화에 나오는 '바람의 신'. 아이올로스의 하프(에올리

마음은 악의에 차 있어요…… **그녀는 믿음도 없어요.**"

"네, 그래요." 부인이 되뇐다…… "표트르 이바니치가 그녀에 대해 그렇게 말한 걸로 기억하는데, 정말 맞는 말이에요. **그녀는…… 그녀의 마음은 악의에 차 있어요.**"

"**믿음도 없고요.**" 여주인의 목소리는 향로의 연기처럼 사라진다. "**길을 잃은 영혼이야.** 그녀의 마음은 악의로 가득 차 있어요."

"그녀의 마음은 악의로 가득 차 있어요." 여주인의 여동생이 입술만 움직여 되뇐다.

———————

이 때문에 모든 젊은이들이 이리나를 사랑하지 않은 것은 아니다…… 그들은 그녀를 두려워한다…… 그들은 그녀의 '악의에 찬 마음'을 두려워하고 있다. 이 표현은 그녀에 대한 관용구가 되었다. 모든 관용구가 그렇듯이 이 관용구에도 한 가닥 진실이 들어 있다. 젊은이들만 그녀를 두려워하는 것은 아니다. 나이가 지긋한 사람들이나 높은 자리에 있는 사람들도, 심지어 귀부인들도 그녀를 두려워한다. 그 누구도 우스꽝스럽고 저급한 성격의 일단을 이토록 확실하고 섬세하게 지적할 수는 없다. 그 누구도 잊을 수 없는 한마디 말로 이토록 무자비하게 그녀에게 낙인을 찍을 수는 없다…… 향기롭고 아름다운 입에

———————

언 하프)는 바람이 불면 저절로 소리가 나는 현악기이다.

서 나왔기에 이 말은 더욱더 자극적이다…… 이리나의 영혼에서 무슨 일이 일어나고 있는지 말하기는 어렵다. 그녀의 숭배자들 가운데 누구도 그녀의 선택을 받지 못했다는 소문이 나돌고 있다.

이리나의 남편은 프랑스인들이 말하는, 소위 출세 가도를 따라 빠르게 움직이고 있다. 뚱뚱한 장군이 그를 추월하려고 한다. 관대한 장군은 뒤처져 있다. 이리나가 살고 있는 도시에 우리의 친구인 소존트 포투긴도 살고 있다. 그는 그녀를 자주 보지 못한다. 그녀도 딱히 그와 관계를 유지할 필요가 없다…… 그가 맡아서 기르고 있던 그 여자아이는 얼마 전에 죽었다.

'연기' 속 새 길 찾기 혹은 비극적 러브스토리

1. 사냥꾼의 눈, 시인의 마음

전제주의, 농노제도, 러시아 정교는 19세기 러시아 사회를 강고하게 지탱하는 세 축이었다. 그러나 국내외 상황(1812년 조국전쟁, 1825년 데카브리스트 봉기, 1848년 프랑스 2월혁명, 크림전쟁, 농노해방)의 변화로 이 세 축이 흔들리면서 러시아의 사회-정치 지형도는 급변하게 된다. 이와 동시에 러시아 사회의 향후 개혁과 발전 방향에 대해 세대, 정파, 계층 사이에 첨예한 갈등과 논쟁이 벌어진다.

투르게네프는 6대 장편(『루딘』『귀족의 보금자리』『전날 밤』『아버지와 아들』『연기』『처녀지』)에서 1840~1870년대 러시아의 중요한 사회·정치적 문제들(잉여인간 논쟁, 서구파와 슬라브파의 논쟁, 농노해방, 니힐리즘, 인민주의 운동 등의 문제)과 이에 대한 논쟁을 지진계처럼 민감하고 정확하게 기록한 대표적인 사실주의 작가이자 '연대기 작가'로 평가된다. 특히『아버지와 아들』은 두 세대, 즉 귀족 출신의 이상주의적 자유주의자들

(1840년대인들)과 잡계급 출신의 급진적 민주주의자들(1860년대인들) 사이의 갈등과 논쟁을 다룬 투르게네프의 대표작이다.

투르게네프는 세계적인 명성과 인정을 받은 최초의 러시아 작가로 푸시킨, 고골, 레르몬토프, 톨스토이 등을 유럽에 번역·소개하고, 셰익스피어, 괴테, 플로베르 등을 러시아에 번역·소개하여 그 당시 세계문학의 변방에 위치했던 러시아문학을 세계문학의 중심에 우뚝 서게 했다. 비판적 사실주의 작가인 투르게네프의 작품에는 휴머니즘과 진실성, 진·선·미에 대한 믿음, 사랑과 자기희생, 불멸의 형상들이 가득하고, 낭만주의와 리얼리즘, 섬세한 시정과 현실에 대한 날카로운 인식 및 객관적 묘사가 융합되어 있다.

이반 세르게예비치 투르게네프(1818~1883)는 러시아의 아름다운 자연과 러시아인들의 우수 어린 삶을 서정적으로 묘사한 '시인의 마음'과 동시대의 사회·정치적 현실을 성실하고 객관적으로 기록한 '사냥꾼의 눈'을 지닌 19세기 러시아의 위대한 사실주의 작가이다. 러시아문학이 서구를 향해 말을 걸기 시작하고 세계문학의 중심에 우뚝 서게 된 것은 톨스토이나 도스토옙스키가 아닌 투르게네프의 펜 끝을 통해서였다.

투르게네프는 중부 러시아 오룔현의 스파스코예-루토비노보에서 부유한 지주귀족의 아들로 태어나 가혹한 농노제도의 현실을 지켜보면서 성장했다. 중부 러시아의 아름다운 자연에 대한 사랑과 농노제도에 대한 증오는 투르게네프 문학의 시원이라고 할 수 있다.

투르게네프는 모스크바 대학교를 거쳐 페테르부르크 대학교를 졸업하고 베를린 대학교에 유학하면서 서구주의자가 되었고, 당시 러시아의 대표적인 지성인이었던 게르첸, 바쿠닌, 벨린스키, 오가료프, 스탄케비치 등과 교류했다. 특히, 1843년 벨린스키와의 만남과 우정, 스페인 혈통의 프랑스 오페라 가수인 폴린 비아르도와의 만남과 사랑은 투르게네프의 삶과 문학에서 중요한 의미를 지닌다. 투르게네프는 문학의 민족적 특성(나로드노스티)을 강조했던 벨린스키를 통해 '독일 바다'의 철학적 낭만주의의 파도에서 헤엄쳐 나와 '러시아 바다'에 잠길수 있었다. 비아르도와의 만남과 사랑도 투르게네프의 삶과 예술에 큰 영향을 미쳤다. 투르게네프는 죽을 때까지 그녀의 주변을 맴돌면서 그녀와 이상한 사랑과 우정을 나누었다. 그녀를 향한 그의 사랑은 아름다움, 즉 예술에 대한 신앙과도 같은 것이었다. 그의 개인적인 연애 경험은 예술혼을 자극하여 주옥같은 작품(「아샤」「첫사랑」「클라라 밀리치」)을 낳게 했다.

1848년 이후 이른바 '암흑의 시기'(1848~1855)에, 특히 1861년 이후 가혹한 검열이 판을 치고 이념적 줄서기를 강요하는 러시아의 지적 풍토에 환멸을 느낀 투르게네프는 비아르도를 따라 프랑스로 건너간 뒤 여생을 거의 유럽에서 보냈으며, 가끔씩 러시아를 방문했다. 유럽에서 투르게네프는 '러시아의 문화 대사' '러시아 인텔리겐치아의 대사'로 불리면서 유럽의 많은 작가들(플로베르, 졸라, 모파상, 콩쿠르 형제, 상드)과 교류했다. 1879년 옥스퍼드 대학교에서 명예법학박사 학위를 받은 투르게네프는 고향 스파스코예를 향한 그리움을 가슴에 품고, 비아르도가 지켜보는 가운데 프랑스의 부지발에서 사망했

다. 친구이자 스승인 벨린스키가 묻혀 있는 페테르부르크의 볼
코프 공동묘지에 나란히 묻어달라는 투르게네프의 유언에 따
라 그의 주검은 페테르부르크로 운구되어 벨린스키의 묘지 옆
에 안치되었다.

2. 사회·정치적 연대기 혹은 예술적 주석

1840년대에 쓴 서정시와 서사시, 단편에 나타나는 짙은 낭만
주의의 색채, 1860년대 중반 이후에 쓴 중·단편의 환상적이고
신비적인 테마에도 불구하고 투르게네프의 예술세계를 전체적
으로 조감할 수 있게 하는 하나의 통일성이 존재하는데, 그것
은 바로 리얼리즘 정신이다. 『사냥꾼의 수기』(1852) 이후, 투르
게네프는 리얼리즘의 깃발을 내린 적이 한 번도 없다. 「장편소
설에 부친 서언」(1879)에서 투르게네프는 자신의 창작 과제를
이렇게 공식화했다.

1855년에 『루딘』을 쓴 작가와 1876년에 『처녀지』를 쓴 작가
는 동일인이다. 이 전 기간 동안에 나는 힘과 능력이 있는 한
셰익스피어가 말한 시대의 형상과 중압을, 그리고 무엇보다
나의 주요 관찰 대상인 급변하는 러시아 교양계층인들의 모
습을 적합한 유형 속에 성실하고 객관적으로 묘사하고 구현
하고자 했다.

시대의 형상과 중압, 러시아 교양계층인들(지주귀족 출신의 지식인과 잡계급 출신의 인텔리겐치아)의 모습을 적합한 유형 속에 성실하고 객관적으로 묘사하고 구현한 투르게네프의 6대 장편은 1840~1870년대 러시아 사회의 핵심적인 문제들을 예술적으로 형상화한 사회·정치적 연대기로 평가된다. 민감한 사회·정치적 문제를 다룬 투르게네프의 장편은 언제나 좌우 이념투쟁의 격전장이 되었다.

　투르게네프는 첫 장편『루딘』(1856)에서 높은 이상과 능력을 지녔지만 현실에서는 실천적인 삶을 살지 못했던, 1840년대 러시아의 자유주의적 이상주의자들(잉여인간들)의 사회·역사적 의미를 캐묻는다. 두번째 장편『귀족의 보금자리』(1859)에서는 슬라브주의적 이상주의자인 라브레츠키와 리자의 사랑과 좌절, 개인의 행복과 의무의 충돌, 서구주의자 판신과 라브레츠키의 논쟁을 통해 슬라브주의적 이상주의자의 역사적 역할과 의미를 묻는다. 세번째 장편『전날 밤』(1860)에는 우유부단한 루딘이나 라브레츠키와는 달리 튀르키예의 압제로부터 불가리아의 해방을 위해 투쟁하는 단호하고 적극적인 '새로운 유형'인 불가리아인 인사로프가 등장한다. 점진적 개혁주의자인 투르게네프는 인사로프와 옐레나의 삶과 사랑, 농노해방 전야의 러시아 사회의 분위기를 그리면서 농노제적 현실에 대한 개혁의 필연성을 암시한다. 러시아문학사에서 가장 뜨거운 논쟁을 불러일으킨 네번째 장편소설『아버지와 아들』(1862)은 세대와 계급 간의 갈등과 논쟁, 니힐리즘과 니힐리스트의 문제, 다양한 유형의 사랑 등을 폭넓게 다룬다. 러시아문학사가 미르스키가 말했듯이 『아버지와 아들』에는 당대 사회적 문제가 찌꺼기 없이 예술로 승화되어 있고, 저널리즘적 요소가 전혀 눈에 띄지 않는다. 『연기』(1867)에는 농노해방(1861년 2월) 이후 러시아 사회의 진로에 대한 해외 러시아 망명객들의 지리멸렬한 논쟁이, 마지막 장편소설 『처녀지』(1877)에는 1860~1870년대 러시아 사회의 변혁운동인 인민주의 운동('브나로드' 운동)의 실패와 인민주의자들의 비극이 묘사되고 있다.

이상에서 알 수 있듯이, 투르게네프는 당대 러시아의 사회·정치적 현실을 면밀히 관찰하고 그 미세한 변화를 예민하게 포착하여 성실하고 객관적으로 묘사했다. 그리고 대표적인 지식인 작가로서 사회·정치적 문제들을 회피하지 않고 예술적 형상화를 통해 자신의 견해를 피력했다. 이런 의미에서 그의 장편소설은 변혁기 러시아의 주요 사회 이슈에 대한 독특한 '예술적 주석'이자 1840~1870년대 러시아의 '사회·정치적 연대기'라고 할 수 있다.

3. 『연기』—연기 속의 논쟁과 새 길 찾기

투르게네프의 6대 장편 중 다섯번째 소설인 『연기』는 『아버지와 아들』 『처녀지』와 함께 개혁기 러시아의 혁명적 사건들에 대한 '예술적 주석'으로 평가된다. 러시아 농노제 폐지 이후, 러시아 사회의 발전 방향에 대해 1860년대 해외에서 활동한 러시아 혁명가들(특히 게르첸, 오가료프)과 투르게네프 사이에

벌어졌던 뜨거운 논쟁의 예술적 반영이자 기록이기도 한 『연기』는 투르게네프의 창작을 『연기』 이전과 이후로 나눌 정도로 소설 시학(소설의 시간과 공간, 슈제트 구조, 서사 방법과 구조, 심리 묘사, 인물의 성격 묘사 등)의 전면적 변화를 보여주는 작품으로 투르게네프 예술세계의 특징과 1860년대 이후 러시아 문학의 발전 과정을 이해하는 데 매우 중요한 의미를 지닌다.

독일 바덴을 배경으로 19세기 러시아 정치·사회에 대한 정교한 연구이자 리트비노프와 이리나의 비극적 사랑을 그린 『연기』의 슈제트는 투르게네프의 이전 소설들과는 달리 다소 복잡하고 역동적이다. 당시 독일에서 활동하던 러시아의 대표적인 두 그룹, 즉 농민사회주의를 표방한 진보적인 구바료프 진영과 농노해방을 비롯해 러시아의 모든 것을 농노해방 이전의 상태로 되돌려야 한다고 주장하는 반동적인 라트미로프 진영을 중심으로 한 사회·정치적 테마와 라트미로프의 아내인 이리나와 리트비노프의 비극적 사랑의 테마가 씨줄과 날줄로 얽혀 있다. 주인공 리트비노프의 시선을 통해 구바료프 진영의 모호한 사회·정치적 입장과 러시아 사교계의 위선과 탐욕, 그리고 라트미로프 진영의 반동성이 적나라하게 희화되고 풍자된다.

게르첸과 오가료프의 정치적 입장을 대변하는 구바료프 진영에서는 항상 공허한 토론과 논쟁만이 난무한다. 요설가 보로실로프는 자신도 이해하지 못하는 학자들의 이름과 이론만 늘어놓고, 특별한 이념적 지향점이 없는 아첨꾼 밤바예프는 결국 구바료프 형제의 하인으로 전락하고, 자칭 해방된 여자인 수한치코바는 온갖 거짓말을 일삼다가 구바료프에게 쫓겨나 두 명의 추종자와 함께 포르투갈로 떠난다. 이념적 지향점이 모호하고 독단적이며 권위적인 구바료프는 추종자들을 함부로 다루면서 그들에게 사회 문제에 대해 리포트를 쓰라고 지시한다. 소설의 말미에 구바료프는 농민사회주의자와 인민주의자의 가면을 벗고 열렬한 농노주의자로 나타난다. 구바료프 진영에 대한 주인공 리트비노프와 작가-화자의 시선은 대체로 부정적이고 비판적이다.

라트미로프 진영에 대한 비판과 풍자는 더욱 신랄하다. 특히 바덴에 모인 젊은 장군들과 귀부인들의 피크닉 장면 묘사는 풍자의 진면목을 보여준다. 라트미로프 그룹에 속한 장군들은 이름 대신 "뚱뚱한 장군" "근시에다 눈이 노르스름한 장군" "신경질적인 장군" 등으로 불리며 희화된다. 장군들의 반동적 본질은 7인 귀족정치 시대(1610~1611)로 되돌아가고, 농노제를 포함한 모든 것을 원상태로 되돌려놓아야 한다는 그들의 대화 속에 잘 나타난다. 그들의 언행은 1860년대 러시아 보수 진영의 이중성과 반동성을 생생하게 보여준다. 장군들과 함께 사교계 여자들도 "말벌들의 여왕" "보닛을 쓴 메두사" "바싹 마른 삿갓버섯" 등으로 희화된다. 사교계의 부인들 중 상대적으로 긍정적인 형상인 이리나 역시 리트비노프를 향한 진실한 사랑과 자유, 사교계의 풍요와 환락 사이에서 갈등하다가 결국 리트비노프를 버리고 사교계에 안주한다. 이 지점에서 그녀의 욕망, 이중성, 속물근성이 자연스럽게 폭로된다. 리트비노프와 타냐와 이리나의 삼각관계(특히 리트비노프와 이리나의 비극적 사랑), 그들의 말과 행동, 미세한 제스처, 눈빛 등을 통한 복잡하고 모순된 감정의 섬세한 심리 묘사는 '사랑의 가수'인 투르게네프의 기량을 잘 보여준다.

구바료프 진영과 라트미로프 진영에 대한 대안으로 제시되는 서구주의자 포투긴과 유럽식 교육을 받은 평범한 지식인이자 건실한 지주인 리트비노프는 서구주의자이자 점진적 개혁주의자였던 투르게네프의 사회·정치적 입장을 어느 정도 대변하고 있다. 그러나 포투긴과 리트비노프도 풍자의 화살을 피하진 못한다. 구바료프와 그의 추종자들의 공론을 맹렬히 비판하고 서구문화에 대립되는 러시아의 거의 모든 것을 비판하는 포투긴의 장광설 역시 그저 공허하게만 들린다. 리트비노프 역시 분명한 정치적 신념과 러시아 개혁에 대한 전망을 보여주지 못하고 회의주의와 염세주의에 젖어 있다. 바덴에서의 공허한 논쟁, 장군들의 위선과 허장성세, 포투긴의 장광설, 이리나와의 비극적 연애에 환멸을 느끼고, 농노제 폐지 이후 러시아의 모든 것이 뒤엎어졌지만 새로운 것이 아직 구체적으로 나타나지 않은 현실을 보면서 리트비노프는 귀국길 열차 안에서 혼자 이렇게 되뇐다.

"연기다, 연기." 그는 여러 번 되뇌었다. 갑자기 그에게 모든 것이 연기처럼 보였다. 그 자신의 삶도, 러시아의 삶도, 인간의 모든 것도, 특히 러시아의 모든 것이 연기처럼 보였다. '모든 것이 연기고 수증기'라고 그는 생각했다. 마치 모든 것이 끊임없이 변하는 것 같고, 도처에 새로운 형상들이 나타나고 사건이 꼬리에 꼬리를 물고 일어나지만 본질적으로 모든 것이 똑같다. 모든 것이 급히 어딘가로 서둘러 가고 있지만, 모든 것은 아무것도 얻지 못하고 흔적도 없이 사라진다. 풍향이 바뀌면 모든 것은 반대쪽으로 몰려간다. 그리고 거기에서 똑같이 지칠 줄 모르는, 요란하고 불필요한 유희가 다시 시작된다. 최근 몇 년 동안 자기 눈앞에서 시끄럽고 떠들썩하게 일어났던 많은 일들이 떠올랐다…… "연기다." 그는 속삭였다.

라트미로프 진영에 속한 장군들의 거짓 광휘와 구바료프 진영의 열띤 논쟁과 소란, 포투긴의 서구문화 찬양, 심지어 이리나와의 뜨거운 사랑조차도 리트비노프에게는 한낱 연기에 지나지 않는 것이다.

투르게네프는 『연기』에서 농노제 폐지 이후 모든 것이 뿌리를 내리지 못하고 형체 없이 떠도는 연기와 같은 시대의 분위기를 담아냈고, 『아버지와 아들』의 니힐리스트 바자로프를 잇는 새로운 인간 리트비노프를 통해 뭔가 새로운 길을 제시하려고 했다. 전자는 성공한 것 같지만 후자는 그다지 성공한 것 같지 않다. 루딘, 라브레츠키, 바자로프 같은 기존의 주인공들과 달리 리트비노프는 시대의 핵심 문제에서 비켜서 있고, 당대의 어떤 사회·정치적 경향을 대변하거나 사회 발전의 새 길도 제시하지 못한다. 소설을 다 읽고 나면, 구바료프 추종자들이 벌이는 연기 속의 공허한 논쟁, 장군들의 고함 소리와 지팡이 두드리는 소리, 포투긴의 밑도 끝도 없는 장광설이 환청처럼 들려오고, 악마적인 팜파탈인 이리나의 치명적인 매력과 생기 없는 검은 눈동자가 환영처럼 눈앞에 떠돈다.

작가 연보

1818 10월 28일(양력 11월 9일. 이하 연월일은 구력舊曆으로 표기), 중부 러시아 오룔현의 스파스코예에서 부친 세르게이 투르게네프와 모친 바르바라 페트로브나의 둘째 아들로 태어남.

1827 봄에 가족이 모스크바로 이사. 바이덴하메르 기숙학교에 입학하여 약 2년을 보냄.

1829 형 니콜라이와 함께 아르메니아 전문학교 부속 기숙사에 들어감.

1833 9월 20일, 모스크바 대학교 문학부에 입학.

1834 7월 18일, 상트페테르부르크 대학교 철학부로 옮김.
10월 30일, 페테르부르크에서 아버지 사망.
12월, 바이런의 「맨프레드」를 모방한 극시 「스테노」를 씀.

1835 그라놉스키와 만남.

1836 6월, 페테르부르크 대학교 졸업. 셰익스피어의 『오셀로』와 『리어왕』, 바이런의 『맨프레드』를 러시아어로 옮김.

1837 1월, 문학의 밤과 음악회에서 푸시킨을 처음으로 만남. 며칠 후 결투로 사망한 푸시킨의 장례식에 참석.
가을, 칸디다트 학위 취득.

1838 4월 초,『동시대인』1호에 시「저녁」발표.

5월, 베를린 대학교에 입학하기 위해 독일로 감. 스탄케비치와 만남.

1839 5월, 스파스코예 고향 집의 화재 소식을 들음. 귀국하여 스파스코예에 머물다 한 저녁 모임에서 레르몬토프와 만남.

1841 봄, 베를린에서 학업을 끝내고 스파스코예로 귀향.

10월, 바쿠닌의 영지를 방문.

1842 페테르부르크 대학교 박사학위 논문 제출을 위한 철학, 라틴어 시험에 합격.

어머니의 농노인 이바노바와의 사이에서 딸 펠라게야(후에 폴리네트로 개명) 출생. 후에 프랑스의 폴린 가족에게 보냄.

1843 1월 말, 벨린스키와 만남.

4월, 서사시「파라샤」를 발표하여 벨린스키의 호평을 받음.

7월 8일, 내무성 근무 시작.

11월 1일, 로시니의 오페라「세비야의 이발사」를 공연하기 위해 페테르부르크에 온 스페인 태생 오페라 가수 폴린 비아르도-가르시아(1821~1910)에게 첫눈에 반해 평생에 걸친 사랑을 시작함.

1845 4월 18일, 내무성 근무를 그만두고 창작 생활에 열중.

도스토옙스키와 만남.

1846 네크라소프가 편집한『페테르부르크 문집』에 중편「세 초상화」와 서사시「지주」, 번역시 몇 편을 발표함.

1847 『동시대인』1호에『사냥꾼의 수기』연작 중 최초의 작품「호리와 칼리니치」발표.

1848   1월, 파리에서 혁명을 목격하고, 게르첸과 친해짐.

1850   11월 16일, 모스크바에서 어머니 사망.

1852   『동시대인』2호에 「세 만남」 발표.

4월 16일, 고골의 죽음을 애도하는 추도문을 쓴 것이 문제가 되어 체포됨.

5월 18일, 한 달간의 구금 끝에 스파스코예로 추방되어 1년 반의 연금 생활 시작.

8월, 『사냥꾼의 수기』가 단행본으로 출판.

1855   1월, 모스크바 대학교 기념 축제에 참석하여 그라놉스키, 오스트롭스키, 악사코프 형제를 방문.

여름, 스파스코예에서 『루딘』 완성.

11월, 톨스토이의 방문을 받음.

1856   『동시대인』1, 2호에 『루딘』 발표.

10월, 『귀족의 보금자리』 집필 시작.

11월, 『투르게네프 중단편집』(3권)이 페테르부르크에서 출판됨.

1858   『동시대인』1호에 「아샤」 발표.

로마, 빈, 런던을 여행하고 러시아로 귀국.

여름과 가을, 스파스코예에서 『귀족의 보금자리』 집필에 열중하여 10월에 완성.

1859   『동시대인』1호에 『귀족의 보금자리』 발표.

1월, 러시아문학 애호가협회의 정회원이 됨.

8월, 『귀족의 보금자리』가 단행본으로 출판.

9월 중순, 스파스코예에서 『전날 밤』 집필 시작.

11월 8일, '문학기금회의' 창립자로 위원회의 회원이 됨.

1860   1월 10일, 문학 자선기금 마련을 위한 공개 강연에서 '햄릿
        과 돈키호테'란 테마로 연설함.

        카트코프가 펴내는 『러시아 통보』1, 2호에 『전날 밤』발표.

        2월 중순, 『전날 밤』에 대한 도브롤류보프의 논문(「진실한
        그날은 언제 오나?」)을 『동시대인』에 게재하지 말라고 네
        크라소프에게 부탁함.

        3월 29일, 투르게네프와 곤차로프 사이에 표절 시비(『전날
        밤』에 자신의 미발표 소설 『절벽』의 내용이 일부 표절되었
        다고 곤차로프가 주장)가 일어나 중재재판이 열림.

        『독서 문고』3호에 「첫사랑」발표.

        9월, 『아버지와 아들』집필 시작.

        11월 24일, 러시아어문학 분과회의에서 만장일치로 아카
        데미 나우카(학술원)의 준회원으로 선출됨.

1861   2월, 농노제도의 폐지를 환영.

        5월 27일, 톨스토이와 결투까지 갈 정도로 심한 언쟁을 벌임.

        7월 30일, 『아버지와 아들』탈고.

1862   『러시아 통보』2호에 『아버지와 아들』발표.

        5월, 런던으로 가서 게르첸과 시베리아 유형지에서 탈출한
        바쿠닌을 만남. 게르첸의 농촌사회주의 이론을 반대하고
        러시아의 자유주의적 진로를 주장.

1865   2월 13일, 딸 폴리네트가 파리에서 가스통 브뤼에르와 결
        혼함.

        5월, 투르게네프가 프랑스어로 번역한 레르몬토프의 「므츠

이리」가 출판됨.

11월,『연기』집필 시작.

1867   2월 26일,『연기』를 탈고하여 3월,『러시아 통보』3호에 발표.

8월, 바덴바덴에서 도스토옙스키와 언쟁을 벌임.

『연기』가 메리메의 감수로 프랑스어로 번역 출판됨.

1869   『러시아 통보』1호에「불행한 처녀」발표.

『유럽 통보』4호에「벨린스키에 대한 회상」이 게재됨.

1872   『유럽 통보』1호에「봄물」이 게재됨.

1월, 에밀 졸라, 알퐁스 도데와 만남.

9월, 조르주 상드를 방문함.

연말, 유형지에서 탈출하여 파리로 망명한 인민주의자인 라브로프와 만남.

1876   『유럽 통보』1호에「시계」발표.

2월, 러시아 인민주의 운동을 그린『처녀지』집필 시작.

6월, 모스크바에 도착한 후 상드의 사망 소식을 듣고 그녀에 대한 글을 씀.

7월 15일,『처녀지』탈고.

1877   『유럽 통보』1, 2호에『처녀지』발표.『처녀지』의 프랑스어 번역판이 거의 동시에 출판됨.

1878   5월, 톨스토이로부터 화해의 편지를 받고, "더할 나위 없이 기쁜 마음으로 이전의 우정을 회복할 준비가 되어 있습니다"라고 답장함.

6월, 파리에서 열린 '세계작가회의'에서 부의장으로 선출됨. 이 시기에『산문시』의 대부분을 씀.

1879   1월, 형 니콜라이 세르게예비치 사망.

3월 4일, 가난한 대학생들을 돕기 위한 음악회에 참석하여 모스크바 대학생들 앞에서 연설함.

3월 16일, 문학기금 마련을 위한 낭독회에서 「비류크」를 낭독함.

6월, 옥스퍼드 대학교에서 명예법학박사 학위를 받음.

1880   1월, 젊은 인민주의 작가들을 만남.

6월 7일, 러시아문학 애호가협회에서 '푸시킨에 관하여'라는 제목으로 연설함.

1881   6월, 마지막으로 고향 스파스코예를 방문하여 여름을 보냄.

1882   3월, 척추골수암의 증상으로 심한 통증을 느낌.

11월, 헨리 제임스가 찾아옴.

12월, 『유럽 통보』12호에 산문시 50편을 발표.

1883   『유럽 통보』1호에 「클라라 밀리치」 발표.

4월, 병세 악화로 파리에서 부지발로 옮김.

6월 5일, 실화 「선상 화재」를 폴린 비아르도에게 프랑스어로 구술하여 받아쓰게 함.

6월 말, 문학 활동을 재개하라는 간곡한 내용의 마지막 편지를 톨스토이에게 보냄.

8월 22일, 부지발의 별장에서 폴린 비아르도가 지켜보는 가운데 사망.

9월 19일, 벨린스키의 곁에 묻히고 싶다는 유언에 따라 투르게네프의 주검이 페테르부르크로 옮겨져 볼코프 공동묘지에 안장됨.

세계문학과 한국문학 간에 혈맥이 뚫려, 세계-한국문학의 공진화가 개시되기를

21세기 한국에서 '세계문학'을 읽는다는 것은 무엇을 뜻하는가? 자국문학 따로 있고 그 울타리 바깥에 세계문학이 따로 있다는 말인가? 이제 한국문학은 주변문학이 아니며 개별문학만도 아니다. 김윤식·김현의 『한국문학사』(1973)가 두 개의 서문을 통해서 "한국문학은 주변문학을 벗어나야 한다"와 "한국문학은 개별문학이다"라는 두 개의 명제를 내세웠을 때, 한국문학은 아직 주변문학이었다. 한데 그 이후에도 여전히 한국문학은 주변문학이었다. 왜냐하면 "한국문학은 이식문학이다"라는 옛 평론가의 망령이 여전히 우리의 의식을 장악하고 있었기 때문이다. 그렇게 생각하고 그렇게 읽고, 써온 것이었다. 그리고 얼마간 그런 생각에 진실이 포함되어 있는 것도 사실이었다. 그러나 천천히, 그것도 아주 천천히, 경제성장이나 한류보다는 훨씬 느리게, 한국문학은 자신의 '자주성'을 세계에 알리며 그 존재를 세계지도의 표면 위에 부조시키고 있었다. 그런 와중에 반대 방향에서 전혀 다른 기운이 일어나 막 세계의 대양에 돛을 띄운 한국문학에 위협적인 격랑을 밀어붙이고 있었다. 20세기 말부터 본격화된 '세계화'의 바람은 이제 경제적 재화뿐만이 아니라 어떤 나라의 문화물도 국가 단위로만 존재할 수 없게 하였던 것이니, 한국문학 역시 세계문학의 한 단위라는 위상을 요구받게 되었던 것이다.

그러니 21세기 한국에서 세계문학을 읽는다는 것은 진정 무엇을 뜻하는가? 무엇보다도 세계문학이라는 개념을 돌이켜 볼 때가 되었다. 그동안 세계문학은 '보편문학'의 지위를 누려왔다. 즉 세계문학은 따라야 할 모범이고 존중해야 할 권위이며 자국문학이 복종해야 할 상급 문학이었다. 그리고 보편문학으로서의 세계문학의 반열에 올라간 작품들은 18세기 이래 강대국의 지위를 누려온 국가의 범위 안에서 설정되기가 일쑤였다. 이렇게 해서 세계 각국의 저마다의 문학은 몇몇 소수의 힘 있는 문학들의 영향 속에서 후자들을 추종하는 자세로 모가지를 드리워왔던 것이다. 이제 세계문학에게 본래의 이름을 돌려줄 때가 되었다. 즉 세계문학은 보편문학이 아니라 세계인 모두가 향유할 수 있도록 전 세계 방방곡곡에서 씌어져서 지구적 규모의 연락망을 통해 배달되는 지구상의 모든 문학이라고 재정의할 때가 되었다. 이러한 재정의에는 오로지 질적 의미의 삭제와 수량적 중성화만 있는 게 아니다. 모든 현상학적 환원에는 그 안에 진정한 가치를 향해 나아가고자 하는 지향성이 움직이고 있다. 20세기 막바지에 불어닥친 세계화 토네이도가 애초에는 신자유주의적 탐욕 속에서 소수의 대국 기업에 의해 주도되었으나 격심한 우여곡절을 겪으며 국가 간 위계질서를 무너뜨리는 평등한 교류로서의 대안-세계화의 청사진을 세계인의 마음속에 심게 하였듯이, 오늘날 모든 자국문학이 세계문학의 단위로 재편되는 추세가 보편문학의 성채도 덩달아 허물게 되어, 지구상의 모든 문학들이 공평의 체 위에서 토닥거리는 게 마땅하다는 인식이 일상화까지는 아니더라도 최소한 정당화되고 잠재적으로 전망되는 여건을 만들어내게 되었던 것이다.

또한 종래 세계문학의 보편문학적 지위는 공간적 한계만을 야기했던 게 아니다. 그 보편문학이 말 그대로 보편성을 확보했다기보다는 실상 협소한 문학적 기준에 근거한 한정된 작품 집합에 머무르기 일쑤였다. 게다가, 문학의 진정한 교류가 마음의 감동에서 움트는 것일진대, 언어의 상이성은 그런 꿈을 자주 흐려왔으니, 조급한 마음은 그런 어둠 사이에 상업성과 말초적 자극성이라는 아편을 주입하여 교류를 인공적으로 촉진시키곤 하였다. 이제 우리는 그런 편법과 왜곡을 막기 위해서, 활짝 개방된 문학적 관점을 도입하여, 지금까지 외면당하거나 이런저런 이유로 파묻혀 있던 숨은 걸작들을 발굴하여 널리 알리고 저마다의 문학을 저마다의 방식으로 감상할 수 있는 음미의 물관을 제공해야 할 것이다. 실로 그런 취지에서 보자면 우리는 한국에 미만한 수많은 세계문학전집 시리즈들이 과거의 세계문학장을 너무나 큰 어둠으로 가려오고 있었다는 것을 절감한다.

이와 같은 인식하에 '대산세계문학총서'의 방향은 다음으로 모인다. 첫째, '대산세계문학총서'의 기준은 작품의 고전적 가치이다. 그러나 설명이 필요하다. 이 고전은 지금까지 고전으로 인정된 것들에 갇히지 않는다. 우리가 생각하는 고전성은 추상적으로는 '높은 문학성'을 가리킬 터이지만, 이 문학성이란 이미 확정된 규칙들에 근거한 문학성(그런 문학성은 실상 존재하지 않거니와)이 아니라, 오로지 저만의 고유한 구조를 통해 조직되는데 희한하게도 독자들의 저마다의 수용 기관과 연결되는 소통로의 접속 단자가 풍요롭고, 그 전류가 진해서, 세계의 가장 많은 인구의 감성을 열고 지성을 드높일 잠재적 역능이 알차게 채워진 작품의 성질을 가리킨다. 이러한 기준은 결국 작품의 문학성이 작품이나 작가에 의해 혹은 독자에 의해 일방적으로 결정되는 것이 아니라, 세 주체의 협력에 의해 형성되며 동시에 그 형성을 통해서 작품을 개방하고 작가의 다음 운동을 북돋거나 작가를 재인식시키며, 독자의 감수성을 일깨워 그의 내부에 읽기로부터 쓰기로의 순환이 유장하도록 자극하는 운동을 낳는다는 점을 환기시키고 또한 그런 작품에 대한 분별을 요구한다.

이 첫번째 기준으로부터 두 가지 기준이 덧붙여 결정된다.

둘째, '대산세계문학총서'는 발굴하고 발견한다. 모르거나 잊힌 것을 발굴하여 문학의 두께를 두텁게 하고, 당대의 유행을 따라가기보다는 또한 단순히 미래를 예측하기보다는 차라리 인류의 미래를 공진화적으로 개방할 수 있는 작품을 발견하여 문학의 영역을 확장할 것을 목표로 한다. 이는 또한 공동선의 실현과 심미안의 집단적 수준의 진화에 맞추어 작품을 선별한다는 것을 뜻한다.

셋째, '대산세계문학총서'가 지구상의 그리고 고금의 모든 문학작품들에게 열려 있다면, 그리고 이 열림이 지금까지의 기술 그대로 그 고유성을 제대로 활성화시키는 방식으로 진행되는 것이라면, 이는 궁극적으로 '가장 지역적인 문학이 가장 세계적인 문학'이라는 이상적 호환성을 추구한다는 것을 가리킨다. 이는 또한 '대산세계문학총서'의 피드백에도 그대로 적용될 것이다. 즉 '대산세계문학총서'의 개개 작품들은 한국의 독자들에게 가장 고유한 방식으로 향유될 터이고, 그럴 때에 그 작품의 세계성이 가장 활발하게 현상되고 작용할 것이다.

이러한 기준들을 열린 자세와 꼼꼼한 태도로 섬세히 원용함으로써 우리는 '대산세계문학총서'가 그 발굴과 발견을 통해 세계문학의 영역을 두텁고 넓게 하는 과정 그 자체로서 한국 독자들의 문학적 안목과 감수성을 신장시키는 데 기여할 것을 기대하며, 재차 그러한 과정이 한국문학의 체내에 수혈되어 한국문학의 도약이 곧바로 세계문학의 진화로 이어지게끔 하기를 희망한다. 이는 우리가 '대산세계문학총서'를 21세기의 한국사회에서 수행하는 근본적인 소이이다. 독자들의 뜨거운 호응을 바라마지않는다.

'대산세계문학총서' 기획위원회

대산세계문학총서